KB027768

이현정 장편소설

이 한 세상

한누리미디어

이 도서의 국립중앙도서관 출판예정도서목록(CIP)은 서지정보유통지원시스템 홈페이지
(http://seoji.nl.go.kr)와 국가자료종합목록시스템(http://www.nl.go.kr/kolisnet)에서 이용하실 수
있습니다.
(CIP제어번호 : CIP2019005468)

Contents

뿌리 힘

언제부터인가 새벽놀과 저녁노을에 힘입어 산다. 엄숙한 어둠을 떨치고 장엄한 빛을 펼치는 새벽놀에서 이 한 세상 영광을 누리는가 하면 하루의 마지막을 화려하게 감싸 안는 저녁노을에서 갈무리 정신을 가다듬는 것이다. 날로 새로워지는 내일이 되도록 조심하는 도리로 살아가는 인품을 그리워하노라니 남의 눈에 비치는 나의 일상이 얼마나 답답했던지, 언니가 수화기를 통해 말해 왔다.

"집안에만 처박혀 있지 말고 콧바람 쐬러 좀 나와."

이러한 때 상대는 마땅히 엄마여야 하는데 '어쩌다가 나야?' 하면서도 언니 덕에 잘 먹고 흥청거린 기억이 나를 사로잡는다.

언니는 돈이면 다 되는 줄 안다고 속으로 욕하면서 닮아가는 모양이다.

"너 오늘 좀 와라. 올 수 있지" 하고 언니가 다시 물었을 때였다. 호락호락하게 보이면 아니 되는 상대인 줄 알면서도 흔쾌히 받아들이고 말았다. 이전에 누리지 못한 또 다른 기대에 부푼 것이다.

그랬는데 일단 집을 나오니 버릇처럼 마음이 서글픈 쪽으로 기운다. 마치 '내가 부르면 왔지, 네가 별 수 있어' 라고 말하는 언니의 마음 속 밑그림을 읽은 것처럼.

택시를 기다렸다. '택시 타고 빨리 와' 했던 것이다.

남편 때문에 화가 나면 언니는 화려한 외식을 하고 쇼핑을 하는 것으로 속풀이를 하는데 동생에게 과시하려는 속셈도 엿보이지만 혼자 돌아다니기 밋밋한 기분을 달래는 위안도 있음직했다.

그런데 오늘 만난 언니의 표정이 심상치 않다. 일상복 차림으로 운전석에 오른 것부터 다른 때와 달랐다. 단단히 심술이 난 모양이어서 말 걸기가 망설여지는데 정지신호에 막히고 앞뒤 차 흐름에 끼어 차가 제 속도를 내지 못하자 슬그머니 내 기분이 상했다.

'사람을 불렀으면 속 시원히 말이나 좀 하지, 어떻게 자기기분만 제일인 거야. 오늘 또 꼬이나 보다.'

속으로 한숨짓는데 느닷없이 차가 멎었다. 속도를 내다 말고 웬일인가 했더니 형부회사가 있는 건물 입구였다.

주차장에 들어가지도 않고 언니가 내리니 나도 따라 내렸다. 언니는 주변을 아랑곳하지 않고 발소리도 요란하게 사무실을 향했다. 마치 사병을 거느린 장교처럼.

사무실문이 열리자 여러 사람의 눈길이 일제히 우리 쪽에 쏠렸다. 영문을 몰라 토끼눈이 된 나를 두고 언니는 용사의 걸음걸이로 전진했다.

모두가 정신을 차렸을 때는 이미 남자들 사이에서 화투판이 뒤집어진 뒤였다.

"이 사람이~!"

형부가 뱉은 말은 그뿐이었다. 입을 굳게 다문 채 사무실을 빠져 나온 언니 뒤에서 내 가슴이 콩닥거렸다. 그것이 처음은 아닌데도 그랬다. 언젠가는 여관집 전기스위치를 내리고 함께 도망친 적도 있었고, 형부의 새

양복을 재단가위로 싹둑싹둑 자르고 갈가리 찢었다는 말도 엄마를 통해 들은 적이 있는데 말이다.

"속없이 넌 뭐가 좋아 싱글벙글이야."

그제야 표정관리가 안 되고 있었다는 사실을 깨닫고 나는 솔직히 말했다.

"성질나는 대로 해치우는 언니가 대단한 거야. 놀랍고, 무섭고, 우습기도 하고. 나는 참 훌륭한 언니를 두지 않았겠소. 이제야 알겠구먼."

"좋아하네, 이러다가 나도 너한테 재미 붙이겠다. 엄마하고 한 건 하면 뒤가 뒤숭숭해. 불난 데 부채질하는 것 있지. 이제부터 널 데리고 다닐 터이니 굿이나 보고 떡이나 먹어."

그날은 쇼핑하고 비싼 옷 얻어 입고 분위기 좋은 곳에서 식사를 하는 내내 마음의 물갈이가 이루어졌다. 부자언니 덕을 톡톡히 본 것이다.

이로써 내가 말을 하면 두드러기가 난다던 그 언니는 사라지고 새 언니가 되려는가! 하지만 아니다. 언니가 설혹 그렇게 변한다 해도 내가 동화될 자신이 없다. 세월의 골이 깊어 햇빛 보기 힘든 마음의 상처 때문이다.

그로부터 일주일이 못 되어 우리는 다시 한적한 들판 길을 달리고 있었다. 차 속에서 별안간 떠오른 생각인데 언니는 아무리 화가 나도 남편 욕하는 걸 들은 적이 없다. 돈의 힘인 것이다. 사나운 성질도 조신하게 만드는 돈 힘에 대해 내가 여러 경지를 헤매는 사이 언니가 차를 세웠다.

허름한 음식점 앞이었다.

"이 집에 청국장 맛이 유명한데 오늘은 글렀지 뭐."

그렇게 말하더니 언니가 운전석에 앉은 채 한참동안 숨고르기를 하고 나서 차문을 열려다가 다시 나한테 말했다.

"너는 차안에 가만히 있다가 내가 손짓하면 냉큼 나와."

차창 밖으로 주변을 둘러보니 거기 어울리지 않는 외제차가 있었다.

차번호를 확인한 언니가 나를 돌아보고 손짓했다. 내가 다가가는 중에 언니 앞에 있던 식당주인이 사라졌다. 핸드백에서 큰 비닐봉지를 펼쳐든 언니가 신발장 앞에서 마구잡이로 움직였다.

"서둘러!"

나도 언니가 하는 대로 남자들 신발을 그 속에 마구 던져 넣었다. 그리고 언니가 계산대에 돈을 올려놓는 것으로 보아 무언가를 주문했던 모양이다. 우리는 바삐 그곳을 벗어났다. 음식점이 멀어지자 나는 그만 치솟는 웃음을 참기 힘들었다.

"우리 방금 영화 촬영한 거 아니야? 아이고 아슬아슬해."

언니는 웃지 않았다.

"혼 좀 나라고 해."

그 목소리가 당찼다.

이쯤 되니 나의 상상력도 힘을 얻는다. 필시 어느 구석방에서 형부의 노름판이 벌어지고 있는 것이다. 딱지치기로 전락한 돈이 있는가 하면, 목숨을 앗아가는 피 같은 돈이 있다. 돈보다 독한 것이 또 있으랴. 돈에 돈 세상 독을 없애는 길은 수입에 맞추어 알뜰히 살아가는 서민들의 인내심에서 비롯되는가 싶다.

무거운 구두자루를 가뿐히 실은 차가 형부 회사 앞에서 머뭇거렸다. 안내실 아저씨가 나타나자 나더러 내리지 말라는 한 마디를 남긴 언니가 차를 세우고 자리를 떴다. 내 눈은 언니 뒤를 졸졸 따라갔다.

짐칸에 실려 있던 신발자루를 건네받은 직원이 엉거주춤한 자세로 언니를 배웅했다. 언니가 다시 운전석에 오르자 나 혼자 홀가분한 기분이 되었다. 그러나 그 사이 형부에게 벌어지고 있을 사태가 너무 엄청나서 나는 도무지 말이 나오질 않았다. 얼마나들 황당할까.

이러한 때 보통 남자들 같으면 집안이 뒤집어지는 사태가 벌어질 일이지만 형부의 성격으로 볼 때 그저 큰소리 몇 마디 주고받다가 본전도 못찾고 방안에 들어가 방문이나 걸어 잠글 것이었다.

한데 그리 멀지 않은 지점에서 언니가 길가에 차를 세웠다.

"너 여기서 내려. 택시 타고 가."

내가 내릴 준비도 하기 전에 봉투가 보였다.

"빨리 받아, 사람 속 뒤집지 말고."

그런 중에 전화 벨소리가 요란했다.

카폰을 들자마자 형부의 성난 목소리가 또렷했다.

"남의 신발은 왜 가져가? 당신이 도둑이야?"

"도둑으로 치면 신발이 당신 사무실에 있으니까 당신이 도둑이지."

"자꾸 망신시킬래?"

"망신은 누가 시키는데, 당신도 망신을 알아?"

나는 눈인사를 남기고 눈치껏 그 자리를 비켜났다.

'도대체 언니는 시골구석에 틀어박힌 남편의 존재를 어떻게 알았을까.'

그 한 가지 의문에서 풀려나지 못해 끙끙거리는 내 손에 두툼한 봉투의 두께가 잡혔다. 남편의 행방을 몰라 울분을 달랠 길 없던 언니는 돈을 펑펑 쓰는 것으로 기분을 풀었는데 어느새 죄인을 쫓는 형사 못지않게 자신만만한 인물이 되어 있었다.

내가 알던 언니는 남편이 외박을 하면 호텔 주차장에 차례로 전화를 해서 남편의 차번호를 수배했는데 그새 남편 회사 직원 가운데에도 언니의 눈이 되고 귀가 되어줄 분신을 만들어 두었다니 정말 놀랍다. 돈의 위력을 잘 아는 언니에게 그보다 손쉬운 일은 없을 테지만 돈 있다고 마음대로 되는 세상도 아닌데 언니는 돈 쓰는 수완과 기질까지 타고났다.

'나도 언니처럼 화끈하게 한 번 살아봤으면!'

나는 아무리 싫고 화가 나도 몸을 사린다. 뒤로 물러나서 어떻게 해볼 역량도 없으면서—.

'한심한 인물! 가슴앓이가 길어서 당사자는 다 잊고 있는데 나만 당시 상황을 헤어나지 못하고 허우적거리는 못난이.'

아니다. 언젠가 언니가 나를 두고 말했던 것이다.

"너 참 맹랑한 구석이 있다. 너 그것 모르지. 너는 언제나 피해자인 척하는데 돌아보면 내가 너한테 당하고 있더라고."

"내가 아는 나하고 언니가 아는 나는 왜 그렇게 다른데?"

"저것 좀 봐. 저렇다니까. 꼭 집어 말할 수는 없어도 정말 지겨워."

"나도."

여러 번 당하다가 얕보이기 싫어서 말을 삼키는데 다른 사람은 한결같이 나를 얕보아도 나의 남편은 그런 나를 힘들어 한다. 별나게 약고 세심한 것이다.

언니는 남편과 다른 유형이지만 내가 같은 방법으로 방어하는 이유는 휘둘리기 싫어서다. 내가 묻는다고 속내를 털어놓을 언니도 아니고 뒤늦게 정을 쓰고 말고 할 나도 아니기에 말이다. 비록 엄마 대신 내가 선택되었다 해도 나는 욕심껏 사는 언니가 성심껏 사는 나를 함부로 대하지 못하게 할 것이다.

동태 형제끼리 드문 경우지만 아무에게도 말 못하는 내 안의 울분은 어찌나 잔뿌리가 많은지 나도 잘 정리가 아니 된다. 두서없는 만남이긴 했어도 나는 마땅히 엄마의 안부를 물었어야 했는데 실수였다.

두 모녀의 성형수술 짝짜꿍이 때문에 거세게 반발하다 얻어진 별명이긴 해도 나는 정말 맹하고 꽁한 맹꽁이인가 보다.

"내 눈 어때? 아주 조금 찢었는데 인상이 시원해 보이지?"

나는 대답 대신 내가 하고 싶은 말만 했다.

"그러다 잘못 되면 어떡하려고?"

그 다음 만남에서부터 언니랑 엄마는 줄이어 자랑했다.

"1밀리만 높였는데 내 코 좀 봐, 옆에서 보란 말이야, 그림이지?"

그러면서 모녀는 성형에 중독이 되어갔고 코가 길었다 짧았다, 인상이 미웠다 고왔다를 되풀이하는 사이 표정이 굳어버린 엄마와 인상이 달라진 언니만 남고 나는 외톨이가 되어갔다.

'내 언니 내놔' '엄마 내놔' 라고 속으로 울부짖으면서—.

만남이 잦지 않은데도 자랑만은 알차게 하고 싶어서 걸핏하면 형부네 어디에 있는 땅이 얼마에 팔렸고 그 중에 얼마를 형부가 언니에게 떼어주었다는 이야기였다. 그런 말은 잊을 만하면 되풀이되는데도 나로서는 도무지 가늠이 가지 않아 무심했었다. 단지 시간이 지나면서 언니의 씀씀이를 보고 '과연!' 할 뿐이었던 것이다.

언니의 남편이 아내의 간섭을 벗어나려고 돈을 방패삼는 남자라면 나의 남편은 아내의 안주머니나 뒤지는 좀씨다. 자기의 술값, 찻값, 그리고 골초 담뱃값을 미리 떼어두기 위해 쥐꼬리만한 월급이나마 봉투째 받아본 적이 없는데 이 어인 일인지를 생각해 봤더니 지폐 몇십 장 받아 쥐고 쪼개 쓰느라고 갈라 두었는데 그걸 잘못 받아들인 모양이었다.

그나마 때늦게 알아차린 노릇이어서 자존심 때문에 말은 못하고 하루를 살아도 저런 인간의 아내가 아닌 나로 살고 싶다는 소원만 비누거품처럼 일어나는 나날이었다. 그러나 실상 나는 비가 줄줄 새는 지붕 같아서 저렇게 숨통을 막는 인물이 지켜주지 않으면 사람노릇 제대로 못하는 인간이다.

어느덧 세월이 가고 세상은 달라져 갈등이 심하던 자매가 나란히 노름꾼 소탕이란 사회악 풍토쇄신에 나선 현실이 참으로 살아봄직하다 하겠다. 설혹 '병골이 시아버지 수발하는 게 불쌍해서 옷 사주고 밥 사주었더니 운운하면서 언니가 이 판을 송두리째 뒤엎는 날이 올지라도.

　형부가 참으로 어수룩한 시대를 거쳐 온 부동산 부자의 후예라면 언니는 엄청난 임대수입이 보장된 집안의 안주인이다. 날이 갈수록 언니는 자신감이 넘치는데 반해 형부는 두고 보면 볼수록 글쎄다.
　행여 옆길로 새고 싶어도 은연중에 언니에게 고삐를 잡혀 움쩍달싹 못하는 꼴이니까. 나는 그 무엇보다 몇 번을 당해도 다시 모이는 노름판 인사들의 면면이 궁금했다. 도대체 어떻게 생긴 몰골들인가. 그들에게도 쓸개가 있는가 등등.
　언니로부터 돌아오는 대답은 간단했다. 환경이 비슷한 한량들끼리 시간 죽이기에 나선 것이란다. 카지노가 일반에게 보급되기 이전이었으므로.
　그 동안 극성스런 성격이 온화한 성품을 먹잇감으로 아는 줄만 알던 사연 깊숙이 똬리를 튼 한심한 남자들이었다. 부부의 인연이란 것이 천생연분을 이승에서 만나는 것인지, 이 세상을 살면서 만들어지는 것인지 알다가도 모를 일이지만 남자들 세상에 여자가 사는 것만은 거의 확실하다. 부모가 재산을 물려준다는 것이 자식의 능력을 앗아가는 일이란 것도.
　비록 돈의 속성이 넘치고 모자라는 성질을 부추기는 데 있다 해도 잘 살고 못 살고 차이는 생각보다 크지 않았다.
　조금이라도 싸게 사려고 야채며 과일을 밤에 사들이는 주부가 신선한 밤공기를 마시며 모자라는 운동량을 채우는 시간대에 일일연속극에 매달린 부자마님들이 성인병을 고수하고 있는 현실에 비추어 더 이상 무슨 설명이 필요한가. 또 있다. 외출을 일삼는 주부와 일거리에 매달려 집안을 맴도는 주부가 가진 삶의 내용 말이다. 한 쪽은 갈수록 엉성해지고 다른 쪽은 다져진다. 가정의 건강을 좀먹는 골다공중 현상이 거기서 출발하는 것이다.

나처럼 무취, 무미, 건조한 인물은 달리 시간을 아끼고 재간을 부릴 방도가 없어 산책길에 손에 넣은 화분 하나로 집안을 화사하게 만든다.

"나는 너처럼 꽃을 잘 가꾸는 사람을 일찍이 본 적이 없어."

아버님은 그렇게 말씀하셨지만 사실 나도 제라늄이 이렇게 될 줄 몰랐다.

집안은 아무래도 햇빛이 모자라다 보니 볼품없이 키가 커서 줄기를 꺾어다가 버리려니 아까워 물병에 꽂아 보았던 것이다. 봄에서 여름까지 생기발랄한 계절이면 일주일 만에 뿌리를 내린다. 다시 며칠을 더 기다렸다가 화분에 심으면 한 달이 멀다 하고 새 잎이 돋는 것이다.

자신이 붙으면 재미가 난다. 색깔별로 화분을 늘리고 아침저녁 그것들에 열중하노라면 목마른 그 사정이 다름 아닌 내 사정이다. 뿌리 힘의 손실을 막아줄 궁리를 하는 것이다. 예로부터 잎이 무성하면 소출이 적다하였으니 꽃에 힘을 실어주기 위해 한 나무에 잎사귀는 셋 이상 두지 않기로 한다.

작전이 맞아 떨어진 듯 앉은뱅이 키에도 목이 긴 꽃대가 올라오고 다년생이 아니지만 세대교체가 활발히 이루어진다. 그로부터 꽃과 잎을 구분하는 예리한 눈으로 싹이 움트는 초기에 부지런히 잎을 따 준다.

물을 싫어하는 특징을 헤아려 화분 크기나 흙 상태에 따라 계절별로 5일에서 10일 거리 한 번 꼴로 물을 주고 비료는 봄, 가을에 한 숟갈 남짓 뿌려주는데 꽃이 한창일 때는 내가 꽃을 가꾸는지 꽃이 나를 가꾸는지 모를 지경이다.

해를 거듭하면서 전체적으로 체질개선이 되어 아담하게 자라는 제라늄은 작은 정성에도 큰 기쁨을 안겨주고 집안의 잡냄새까지 없게 해 준다. 어려운 사람을 위해 봉사하는 사람들의 정신에 견줄 바는 못 되어도 부자 언니가 돈쓰는 재미로 겉도는 동안 나는 알뜰하게 집안을 보살펴 가족이 수시로 꽃에 취하게 한다. 적어도 가까이 있는 행복을 몰라보는 일은 없게 만든 것이다.

어쩌다 비 오고 바람 부는 날이면 묵묵히 꽃잎 지는 꽃의 사정이나 속으로 눈물짓는 사람의 마음이 어쩜 그리 같은지.

마음이 달무리를 이루면 상체와 하체를 한 몸으로 하는 나는 8이라는 숫자가 되고 비몽사몽간에 하늘과 땅이 8이라는 숫자 안에 감돌아든다. 지치고 힘든 내가 누울 자리를 마련하면 8이라는 숫자도 따라 누워 무한대를 그리는 부호(∞)가 되는 것이다. 영원무궁을 뜻하는 부호는 8이라는 나를 잉태해 있고 나는 어디에 어떻게 있어도 8의 사랑이 되어 생사를 아우른다.

지하에 계신 나의 아버지는 어린 나를 가리켜 천성이 고운 예쁜이라 하셨기에 그 말씀이 전부인 줄 알고 행복했었는데, 하루는 만화가게 오빠가 '넌 못 생기면 다냐?' 하고 나를 놀렸다. 나는 내가 못 생긴 줄 그 때 처음 알았다.

하지만 사람은 서로의 눈을 들여다보면서 말로 마음을 주고받는데 오빠와 나는 서로 간에 말이 없어 나를 잘 모르고 그러려니 했다. 그 시절 그 마음이 나의 한평생 길을 같이 간다. 친정아버지 못지않은 시아버지 사랑이 전부 이 마음 속에서 우러나는 말에 있기 때문이다.

간병인을 쉬게 하고 대신 내가 나타나는 주말이 다가오면 아버님의 기력이 좋아지신다는 말을 들었어도 나는 애써 병원 일을 잊고 있었다. 나도 무던히 힘들었던 것이다. 간암 말기에 노환이 겹친 아버님에게 그나마 다행한 일은 심한 통증이 없으시다는 점이다.

— 가진 것 다 주고 가을이 가네, 세상을 널리 살찌우고 나서 가을이 가는구나.

혼잣말처럼 그러나 분명히 들리는 아버님 목소리는 깊은 울림을 갖고 있었다. 우울한 병상에 계셔도 인생의 종착역을 향한 감회가 유달리 아름다운 분이시다. 아버님이 건네주시는 신문 겉장은 화려한 단풍 일색이었다. 그러나 아버님은 잔뜩 화가 나신 목소리였다.

"정히 죽을라치면 저나 죽지 자식을 왜 죽이고 죽는다니, 몹쓸 짓이지."

"또요?"

"그려."

아버님께서는 내가 언제 나타나도 언제나 옆에 있던 것처럼 대해 주신다.

"아버님, 저도 자살에 있어서만은 '오죽했으면!' 하는 동정심에 이어 배신감이 들어요. 그건 사람의 도리가 아니거든요. 이 세상에 아무런 근심 걱정 없는 삶이 어디 사람의 것이에요? 사람을 보면 좋아라고 꼬리치는 애완견의 것이지."

"맞다. 네 말을 듣고 보니 문득 부끄러운 생각이 드는구나. 그것도 모르고 얼마나들 근심걱정 없이 살기를 바랐더냐. 인생살이 한바탕 꿈이라 했는데 내 마음은 자꾸만 지난날의 죗값을 물어, 부모님께 씻지 못할 죄를 지어서야."

좀 엉뚱한 느낌이 들었지만 나 역시 분위기와는 다른 말을 했다.

"아버님, 다리 좀 주물러 드릴까요?"

"아니다. 오늘은 아버지가 아주 옛날 이야기를 들려주고자 한다. 너 없는 동안 이 때가 오기를 별렀거든. 잘 새겨들었다가 나중에 남편한테 알려주어라. 윤회에 따르면 자식이 제일 큰 조상이라 했어. 너희가 이 아버지를 이해하고 용서해 주면 떠나는 마음이 가뿐할 것 같아서야."

너무 과분한 말씀을 듣자니 절로 고개가 숙여졌다.

"잘라 말하자면 이 아버지는 죄 많은 가출소년이었어. 3대 독자로서 있을 수 없는 일이었지."

순간 나는 숨이 멎는 것 같았다. 그러나 아버님이 편하시도록 미동도 않고 눈을 내리깐 채였다.

"내가 태어난 집 근처 산비얄山非野에는 옥수수만 심었었지. 일손이 모자라 인부들은 밭고랑 근처에 가지 않아도 옥수수는 잘만 자라니까. 어른들은 산으로 들로 일하러 가고 집안엔 찬모와 어린 여자아이들뿐인데 어인 일인지 집안에서 나는 할 일이 없었다. 더 어렸을 적에는 글공부가 성가셨어. 걸핏하면 회초리를 맞고, 그런 날 나는 홧김에 밥을 굶었지. 매맞고 나서 먹은 밥에 체해 무지 고생한 뒤로 생긴 버릇이었어. 내가 밥 굶기를 계속하자 나를 찾아들던 글방 선생님이 발길을 끊었다. 내 집에서 서당길이 멀어 다니기 쉽지는 않았지만 그래도 글공부를 빌미로 집안사람들의 집요한 관심을 벗어날 수 있어 좋았다. 한동안 서당길이 무탈하다 했더니 훈장님의 눈총이 내게로 쏠리면서 그 역시 멀어졌다. 수시로 옥수수 밭을 드나들며 아낙네들이 음식 준비에 바쁜 부엌에 들어가 밥 짓는 아궁이에 설익은 옥수수를 집어넣는 거야. 밉살스런 눈초리가 내게 박혀도 그런 것엔 이골이 난 나였다. 냄새에 이끌려 조무래기 동생들이 기웃거리지만 내 서슬에 눌려 끽소리 못했지. 나는 검댕이 묻은 옥수수를 들고 대단한 위세로 아이들 사이를 빠져 나온다. 내가 사는 재미란 그런 것이었다. 미운 털이 박힌 인간은 그래야만 살기 편했다. 그런데 안방에서 쫓겨나 사랑채로 내려온 이후 여자들이랑 멀어졌다. 그동안은 겁나는 것이 없었는데 시간이 가면 갈수록 불편하다 못해 불안했다. 나를 못마땅하게 여기는 아빠가 밤낮 나의 동태를 가까이서 지켜보기 때문이다. 아빠의 눈초리가 거북해서 자리를 피하는 나를 향해 아빠는 어김없이 '못난 놈'이란 꼬리표를 단다. 어쩌면 그 말은 귀에 들리는 것이 아니라 말로 태어나기 전에 내가 먼저 알아차리는지도 몰랐다. 나는 내 성질을 못 이겨 나쁜 짓만 골라 했다. 그런 나의 눈치나 살피는 아이들을 참 많이도 울린 기억이 난다. 어느 날 갑자기 새엄마가 오고 아빠와 나 사이가 또다시 멀어졌다. 그것이 처음은 아니었던 것이다. 나는 다시 아빠의 미움이 사라진 걸로 착각하고 있었다. 날마다 기세등등하여 서당에 글공부하러 가는 것이 아니라 말썽을 부리러 다니게 되었다. 하루는 핫바지 속에 매미를 엄청 잡아 가두었다. 남들이 공부하는 중에 그걸 풀어놓으려는 속셈이었다. 글방 뒷문으로 살짝 들어가 바지춤을 내리자 매미가 날고 소동이 일어났다. 훈장 선생님이 아이들을 시켜 그것들을 잡는 틈에 나는 도망쳤다. 모르긴 해도 그 동네에서 나 때문에 속 썩히지 않은 사람이 없었을 것이다. 그런데 언제부터인가 아빠는 아빠가 없는 사이에 내가 저지른 일을 훤히 꿰뚫고 있었다. 나는 그걸 너무 늦게 알아차렸다. 나는 새엄마를 지목했다. 새엄마가 아니고는 그 누구도 아빠에게 나를 고자질할 사람은 없었다. 몇 번째 해가 바뀌었던지 또다시 처음 따들인 옥수수를 찌던 날이었다. 벌레 먹고 구질구질한 옥수수가 내 앞에 놓여있었다. 보아하니 연하고 맛있는 것은 이복동생들 차지였다. 나는 낫을 들고 나가 그 많은 옥수수를 모조리 베어버렸다. 다음날이었다. 독수리가 병아리 꿰차듯 아빠가 나를 낚아 채갔다. 나의 긴 머리채를 말뚝에 묶어 옴짝달싹 못하게 만들어 놓았다. 그 당시 한 가닥으로 땋아 내린 내 머리가닥이 얼마나 길었느냐 하면 걸음을 옮길 때마다 머리채 끝이 내 궁둥짝을 철썩철썩 칠 정도였거든. 우선은 주위에 보는 눈이 없어 편했다. 그러나 뙤약볕 아래 금방 눈앞이 가물가물해졌다. 이대로 있으면 얼마 못 가서 죽겠구나 하는 생각이 들었다. 그렇다고 허공중에 소리를 칠 수도 없었다. 자꾸만 머리가 멍해지는 것까지는 알았는데 아마 내가 기절했던가 싶다. 잠들었다 깨어난 기분이 그랬다. 외삼촌이 나를 풀어주고 있었다. 하늘이 도운 것이었다. 외삼촌이 그 때 거기를 지나가지 않았더라면 아마도 내가 죽었을 것이었다. 그 길로 나는 영영 집을 떠났다. 꼭 인연을 끊으려고 작정한 것은 아닌데 객지에서 혈혈단신 살아가기가 얼마나 고달팠던지 한 해 두 해 넘기다가 이렇게 영영 남이 되고 말았구나."

긴 이야기 끝에 실눈을 뜨고 계시던 아버님이 비로소 정색하고 한 말씀하셨다.

"아가, 내가 근래 들어 지난 일을 되짚어 보는데 잘한 일은 눈을 씻고 보려 해도 없고 잘못한 일만 줄을 이으니 이제 와서 이 일을 어찌 하면 좋으냐."

그제야 나도 그 동안의 긴장을 풀고 자세를 가다듬었다. 그리고 아버님 가슴에 평화가 깃들기를 기원하며 차분히 말씀드렸다.

"아버님은 철없던 시절 저지른 잘못에 대해 이미 허물벗기를 끝내신 걸요. 제 생각엔 아버님처럼 사리에 밝고 자상하신 분은 다시 없어요. 세상엔 끝까지 자기만 옳고 자기만 대단한 사람이 얼마나 많은데요. 요즘 몸이 불편하시니 아버님 마음이 약해지시나 봐요. 옛일은 이제 잊기로 하세요. 과거에 사로잡혀 있으면 다가오는 미래를 볼 기회마저 놓치게 되잖아요. 어떤 철학자는 말했어요, 죽음이라는 새로운 경험을 맞이할 생각만 해도 흥분된다고요."

"가만, 가만, 네가 지금 죽음을 일러 새로운 경험이라 했더냐?"

그 말을 혼잣말처럼 음미하시던 아버님 얼굴에 가벼운 미소가 어렸다.

"그 참 놀라운 소식이로다. 나는 그동안 음침한 지하소굴 생각만 했었단 말이야. 아무래도 나는 나이를 헛먹은 것 같구나. 어려서는 그랬다고 해도 어른이 되어서까지 나는 왜 그렇게 마음에 없는 짓만 골라 했을꼬. 나한테 시집와서 고생하는 아내가 불쌍한 걸 모르는 바 아닌데 여차하면 그 사람에게 온갖 분풀이를 다 했어. 마치 그 사람이 박복해서 내가 못살기라도 한 것처럼. 한 때는 우리 두 사람이 힘을 합해 이 험한 세상 한 번 잘 살아보자고 한 마음 한 뜻으로 뭉쳤었지…. 네 시어머니와 나는 서로의 처지가 비슷했어. 공장 일을 하면서 함께 한 집에서 지냈었지. 우리는 밤낮을 가리지 않고 일을 했어. 주인 눈을 피해 둘이 흠뻑 정이 들었던 게야. 정말로 잘 해 줄 생각이었는데, 막상 살다 보니 못된 버릇이 나오고 말았어. 지금 생각하면 나는 가정이 무언지도 몰랐어. 아내에게 어떻게 해야 되는지는 더더욱 몰랐어. 참말이지, 사람노릇 하게 된 것이 어제 오늘의 일인 것 같다. 살다가 이 때처럼 마음 편한 날도 없었으니 말이다. 아무래도 네가 내 집에 들어오고부터 내 삶이 달라졌다고 하는 게 옳을 것 같다. 젊어서는 사느라고 정신이 없었어. 금지옥엽 같은 아들 보배가 학교를 다니면서 비로소 바깥 세상에 눈을 돌렸지.”

　마치 돌아가신 시어머님에 대한 그리움을 피부로 느끼고 싶은 사람마냥 아버님의 상반신이 좌우로 흔들렸다. 그만 끝나는가 싶던 이야기도 다시금 이어졌다.

　“언제부터인가 시장에 옥수수가 나돌면 그냥 지나치는 일이 없게 되었어. 옥수수에 사무친 고향생각마저 더는 싫지 않게 되었던 것이야. 한 번은 말이야, 네 시어머니가 푸짐하게 옥수수를 사다가는 사카린을 넣고 삶았어. 설탕이 귀한 시대에 단 것이 나와 한창 인기가 있었으니 자기는 잘한다고 그랬을 테지만 어찌나 울화가 치미는지 몽땅 마당에 던져버렸어. 그리곤 분을 삭이느라 동네를 한 바퀴 돌고 오니까 언제 그랬냐는 듯이 새 옥수수를 사다가 삶아 놓았겠지. 무슨 배짱이었던지 아내의 미안하단 말을 귓전으로 흘리며 난 대꾸도 안 했어. 하지만 많이 먹어주면 좋아할 것이라 여기고 많이 먹는 걸로 안사람 기분을 풀어주었었지."

생생한 현장이 떠오르는 동시에 웃음이 나왔다. 까다로우면서도 정이 많으신 아버님의 성격이 떠올라서였다. 그런데 어느새 우리는 서로 마주 보며 웃고 있었다. 흡사 먼 과거에서 돌아온 사람들처럼.

"그렇게 마음고생만 시키지 않았음 몹쓸 병도 들지 않았을 테고 좀 더 오래 살았을 터인데, 부모도 없이 자란 불쌍한 인간을 쌀밥조차 배불리 먹이지 못했어. 하다못해 아들이 장가 들 때까지만 살았어도 착한 너를 만나서 한 시름 놓았을 것인데, 집사람이 덜컥 세상을 떠나고 나니 정신이 번쩍 드는 거야. 날이면 날마다 하늘에 대고 용서를 빌었지. 소용없는 일인 줄 알았어도 밤낮을 가리지 않았어. 그리 하지 않고는 배길 수가 없었거든. 네 시어머니가 저세상 가서도 나를 크게 원망은 아니 했을 것이라 여기는 한 가지 이유지. 살려 보겠다고 어찌나 노심초사했던지 정신이 있는 동안은 고맙단 말을 입에 달고 있었으니까."

"어머님이 계셨음 저도 얼마나 좋았겠어요. 곱게 보였을지, 밉게 보였을지 알 수는 없지만 결국은 아끼고 사랑하는 사이가 되었을 거예요."

"아무렴, 너희는 부디 웃음을 잃지 않는 가정을 이루어라. 우리 부부는 너무 늦게 사람 사는 도리를 깨달았어. 둘 다 웃음을 모르고 자라난 환경 탓에 그리 된 것 같다. 아들은 나 같은 인간이 되지 말라고 없는 살림살이에도 있는 정성 다 바쳐 키웠단다. 보배가 하급 직장생활을 무난히 이겨내는 걸 보아도 나와는 딴판이다. 그런데 아가, 네 남편이 좀 소심하니라. 네게 부탁이다마는 살다가 속이 상하더라도 너무 책망 말고 가정을 잘 이끌어 나가야 한다. 못난 부모 만난 탓이라 여기면서. 말이 난 김에 또 한 가지 당부한다만 내가 죽은 다음에도 제사 지내지 말거라. 네 어머니 기일에 내가 했듯이 음식 일구지 말고 그냥 꽃 한 송이 사다 놓고 살아서 하던 말 되새기면서 촛불이나 밝혀라. 못다 한 진정이 살아나는 감회가 그 속에 있느니라. 가뜩이나 골몰한 여인네들의 수고를 빌어 제사상 차릴 준비를 하자니 쪼들리는 살림살이에 정성보다 한숨이 쌓이는 꼴이야. 그렇게 무리해서 치르는 절차가 조상을 위해 무슨 소용이더냐? 차례상이나 제사상을 빌미로 기승을 부리는 장사들의 상술에 휘둘릴 것 없어. 옛날 세도가들이 위세 부리느라 행한 제사상 차리기를 서민들이 흉내 내면서 그에 따른 부작용이 막심해. 죽어서 제사상 받겠다고 아들 못 낳은 며느리를 내쫓던 시대가 부끄럽지도 않단 말이냐. 세계 어디에도 유례가 없을 정도로 제사에 매달리는 우리네 관습이 반드시 좋다고 생각지 않아. 내 생각이다마는 위장이 없는데 무슨 음식 대접이냐. 흔히 응감한다고들 하지만 아서라. 그런 체통 없는 짓을 누가 하리라고. 그리고 무덤 만들지 마라. 자손을 어디다 내몰려고 가뜩이나 좁은 땅을 죽은 조상이 차지하니. 무덤 관리도 마찬가지다. 벌초하고 시제 지내고 명절에 교통 혼잡을 일으키는 일들이 조상을 위하는 일이라지만 조상입장에서는 욕된 일이 되기 쉽단 말이야. 그 누가 자손을 힘들게 하고 싶겠냐고. 나는 납골당에 갇히는 것도 싫다. 한지에 싸서 산에 묻든지, 높은 곳에 올라 낮게 뿌려라. 바람처럼 허공을 떠돌다가 이슬처럼 이 땅에 내리면 넋이라도 즐겁지 않겠느냐? 죽음 준비를 하자면 늘 젊은 날 잘못 살아온 회한이 앞을 가렸어. 죽으면 그만인 이 몸을 한창때 힘껏 써보지 못하고 너무 도사렸다는 것이지. 돈도 벌 때 제대로 써보지 못하고 욕심 부리다가 말아먹었어. 특별한 몇몇을 빼고 인간은 대다수 약고 추하든지 아니면 욕심 많고 공허했어. 나더러 다시 시작하라면 몸도 돈도 아끼지 않고 나에게 주어진 시간만을 아끼겠어. 허나 인생사에 되돌이표는 없지."

옥석가리기

∙-∙-∙-∙-∙-∙-∙-∙-

치 열한 경쟁도 없이 원서만 내고 들어간 대학생이 되었어도 나는 최고의 지성인이 된 것 같은 자존심 하나로 활짝 핀 시절이었다. 간신히 강의실을 찾는 데 익숙해졌을 뿐인데 하굣길에 선배 한 사람이 차 한잔을 제의해 왔다. 그를 따라 가는 것 이외에 나에게는 달리 아무런 생각도 떠오르지 않았다. 유행을 타는 그의 옷차림이 마음에 들지 않았지만 머리에서 발끝까지 멋진 것은 사실이었다. 사람 사귀는 일이 어렵기만 한 나에게 이 무슨 변화의 바람인지 모를 일이었다.

하여튼 그를 따라갔다. 그 때까지 내가 겪은 경험 중에 가장 어색한 장면이었는데 어째서 나는 도리질을 못했을까. 나는 그냥 그런 것이 자유로운 대학생활의 시작쯤으로 받아들였다. 생각을 정리해 볼 겨를도 없이 나는 그의 눈길 속에 갇혀 있었다. 내가 얼마나 굳어 있었던지 그가 말했다.

"죄인처럼 묻는 말에 대답만 하지 말고 기분 좋게 웃으며 이야기할 수 없어? 내가 형사같이 보여?"

그는 정말 자신감에 넘쳐 있었다.

"나 너한테 굉장히 호감을 가진 선배야, 잘 봐. 내가 그렇게 경계해야 할 상대인지."

그래도 그날은 겁이 나서 일찍 돌아왔지만 갈수록 나의 귀가시간은 늦어졌다. 정말 홀딱 반하고 말았던 것이다. 그가 하자는 대로 따라 하다 보니 유원지 가족탕 안이었다.

그로부터 그가 나를 참으로 사랑한다고 믿고 나는 실성한 사람처럼 그를 따르고 있었는데 그는 난데없이 영국으로 유학을 떠난다고 말했다. 정수리를 맞으면 머릿속이 비는지 나는 한동안 멍청했었다.

그런 나를 찍어 누르듯 그가 나를 뒤쫓는 일은 출국 전까지 계속되었다. 그래서 끝까지 속아도 속은 줄을 몰랐다. 하지만 떠난 뒤 소식 감감이었다. 기다리고 또 기다리다 말고 그만 죽고 싶었다.

그제야 내가 그의 놀이상대였구나 생각했던 것이다. 그래도 그의 무서운 이기심을 무찌를 방법이 없었다. 마지막 살 길을 찾아 싫지만 엄마에게 이 사실을 털어놓았다. 엄마는 당분간 언니 모르게 하라면서도 처음으로 나를 가슴 훈훈하게 받아들였다.

"남자 때문에 생긴 병은 남자로 고치는 거야. 길에 널린 게 남잔데 뭘 고민하고 있어. 오래 끌면 병 된다. 나 따라 가자. 엄마가 파마하는 데 같이 가서 기분전환도 할 겸 머리 만지고, 옷 사 입고 그리고 맛있는 것 먹자. 언니를 봐라. 남자 보는 눈이 엄마보다 한 수 위야. 그래야 좋은 데 시집을 가. 순진해 가지고는 사내들 먹잇감이나 되지 아무짝에도 못써. 좋은 경험했다고 치면 만사 오케이다."

그래서 어찌 되었던가. 이곳저곳 쑤시면서 뚜쟁이를 불러들인 결과 언니에 앞서 엄마가 원하는 결혼을 내가 먼저 하게 되었다. 왜 동생이 먼저 시집을 가느냐고 묻는 사람이 있으면 엄마는 주저 없이 말했다. 언니는 외국유학을 가게 되었다고.

내 결혼상대는 고아 출신이지만 자수성가하여 작은 집도 준비되어 있고 살림살이도 거의 갖춘 상태라고 했다. 외국 출장이 잦다면서 심심찮게 선물 꾸러미가 전달되고, 우리 가족 모두가 그걸 즐겼다.

준비 없이 간편한 결혼식을 치르는가, 했는데 의외로 식장에는 직장 종업원에 남녀 동창 친구가 많아 보였다.

그런데 신혼여행을 다녀오자마자 엄마가 불평을 늘어놓기 시작했다.

"부모를 일찍 여의었으면 시댁에 신경 쓸 일도 없고 나나 너나 편할 줄만 알았는데 속았어. 너무 보잘것없는 데로 너를 보낸 것 같아 후회막급이야."

엄마는 내 생활 구석구석을 파고들었다. 초기에 나는 엄마가 나를 위해 노심초사하는 걸로 알고 너무 솔직하게 속내를 털어 놓았던 것이다. 그랬더니 남편이 넉넉한 생활비를 주지 않는 데에 대한 엄마의 불만이 극에 달했다.

"명색이 사장이라면서 생활비라고 요걸 줘? 아파트관리비 내고 공과금 내면 뭐가 남아. 이건 월급쟁이보다 못 하잖아. 자주 일본을 들락거리기에 큰 것 낚았다 했지. 작은 선물공세에 내가 넘어간 거야, 분해 죽겠어."

"엄마, 왜 이래. 그가 듣겠어."

"들으라지, 내가 무서워할 것 같냐?"

아무리 정들어 한 결혼은 아니라 해도 엄마가 이 결혼생활을 집어치우라고 말할 때는 참 너무한다 싶어 화가 났지만 그러다 말려니 했다.

그런데 아이가 생기기 전에 조치하라는 둥, 혼인신고도 안 했는데 거리낄 것이 무엇이냐는 둥, 나의 도피행각을 부추기는 말을 엄마가 거리낌 없이 입에 담기 시작했다. 또 시작이구나, 했지만 그 때까지도 내 마음은 온전했다.

그러나 영국에서 편지가 왔다는 말 뒤에 나는 그만 하루가 다르게 마음의 평정을 잃어갔다. 애정 없는 이 생활을 이어가느니 과감히 떨치고 나가 보자. 그래서 엄마가 그렇게 자신만만했구나! 했던 것이다. 엄마가 그 편지를 가지고 오지도 않았고 나 또한 보자고 하지도 않았지만 그 편지의 주인공은 나를 못 잊어 나 때문에 이혼을 감행했다지 않는가. 그는 정말로 부모의 강요에 못 이겨 마음에도 없는 결혼을 했더란다.

그뿐만이 아니었다. 그는 내가 자기를 잊기 위해 재빨리 결혼해 버린 사실조차 모른다는데 얄궂은 쾌감이 있었다. 그가 나를 울린 만큼의 보답치고 이보다 더 공정할 수는 없는 것이다.

"왜 이제야 연락을 한대?"

나는 나와는 별개의 일을 다루듯 태연하게 엄마에게 물었지만 실속은 딴판이었다. 한동안 잃어버렸던 자신감을 되찾아 현실을 뛰어넘은 나는 전혀 딴사람이 되어가고 있는데 엄마는 거기에 부채질을 했다.

"타국 생활이 어찌나 외롭고 힘들었던지 제 엄마가 시키는 대로 결혼을 했지만 네 생각 때문에 줄곧 원만치가 못했대. 이제 법적으로 말끔히 정리가 되어 네가 받아만 준다면 곧 귀국할 거래. 아니면 네가 현지로 와도 좋고. 이제는 자기 부모들도 어쩔 수 없이 맞아들일 것이라 했어."

"얼씨구, 엄마는 처음부터 그 사람의 그런 내막을 알고 있었구나."

"알긴 뭘 알아. 이놈, 네가 잘 사나 두고 보자 하고 이를 갈았지."

"그랬는데?"

"그 편지를 받고는 고소하다 했지. 내 이 날을 기다렸거늘, 하면서 거들떠보지 말자 했는데, 너도 이 꼴이 되고 보니 다 잊고 탐나는 마음이 앞서더라 이거지."

나는 속으로 외쳤다.

'이 좋은 세상!'

그럼 그렇지. 우리 엄마가 훗날을 대비해서 저울질하는 사람이 아닌데 어쩌다 사연이 맞아떨어진 꼴이다.

고씨가 출장 간 틈에 엄마가 내 짐을 몽땅 실어놓고 나를 보쌈하듯 그집을 떠나왔다. 뒷골이 당겼지만 이미 결판난 일이었다. 내 어찌 숨어 산다는 것이 어떤 고통인지를 알기나 했을까.

나와는 달리 대학을 졸업한 언니는 유달리 내 앞에서 콧대를 세웠다. 나만 보면 멋모르고 날뛰다가 꼴좋게 되었다는 식의 비웃음이 그의 입가를 떠나지 않았다. 나를 그냥 두지 않고 억지로 이렇게 만든 엄마조차 기고만장이다. 일찍 그만 두어야지, 그런 녀석하고 그러고 살아서 무얼 하느냐는 식이다.

어쩌다가 내가 이 지경에 이르렀는지, 바깥세상에 한 발을 나가는 순간부터 사방에 나를 감시하는 눈이 있을 것 같고, 잠이 들어도 그 사람의 마술에 끌려 갈 것 같다는 내 말에 엄마는 시큰둥해서 말했다.

"고씨인가 뭔가 하는 그 작자는 돈벌이 밖에 몰라. 그리고 누가 남의 일에 신경을 쓴다고 그렇게 주눅이 들어? 쩔쩔 맬 일이 따로 있지. 넌 서울에서 김 서방 찾는단 말도 못 들어 봤어?"

그러나 나는 아니었다. 시시때때로 엄습해 오는 공포 때문에 눈을 뜨나 눈을 감으나 내 자신이 불안하고 그런 나를 몰라보는 엄마가 불쾌했다. 나날이 수척해 가는 나를 보면서도 할 말 다 하는 엄마를 참다 못해 내가 한 마디 했다.

"만약 고씨가 찾아오면 어쩌지?"

"맙소사, 구더기 무서워 장 못 담그랴. 그 놈이 사업 않고 무슨 영화 보겠다고 널 찾아와. 한 번 와 보래지, 내 딸 내어놓으라고 거꾸로 당할 판이지. 내 작정한 바가 따로 있으니 아예 그런 걱정일랑 말아라."

엄마와 나 사이의 현실인식은 회복불능 상태로 뒤틀리고만 있었다.

나는 곧 시골에 사는 먼 친척집에 방을 얻어 나갔다. 병 핑계로 한결 지나기는 편했으나 시간을 죽이는 일이 만만치가 않았다. 책을 읽는 것도 궁상맞고 골짜기를 누비는 것도 한심하기만 했다. 한 시간 남짓 비포장 길을 걸어 나가면 장터가 있고 그 너머 오종종한 갯마을이 있었다. 하염 없이 바다를 바라보고 앉았노라면 내가 지금 살아가고 있는지 죽어가고 있는 것인지 분명치가 않았다.

지구는 둥근데 어떻게 산을 끼고 바다를 품었을까. 허황한 공간에 해와 달과 지구는 또 어떻게 제 갈길 가면서 때를 가려 만났다 헤어지기를 되풀이하는가. 중력을 배웠어도 아는 둥 마는 둥, 생사가 갈림길에 놓여도 그런 둥 마는 둥…….

뒷산 계곡을 타고 산을 오른 날이었다. 폭포소리에 목청껏 내 목소리를 묻는 것만이 터질 것 같은 마음을 달래는 길이라 여긴 것이다. 모처럼 노래 삼매경에 빠져들고 있는데 남녀 한 쌍이 나를 향해 다가오는 것이 보였다. 왠지 모를 위기감이 느껴졌다. 우선 자리를 피하고 볼 일이었다.

정신없이 돌아와 방안에 갇혀 있어도 마음이 진정되기는커녕 의문이 꼬리를 물었다. 그들은 누구인가, 무슨 말을 하고 싶었던 건가. 그들이 만약 내가 신혼가정을 떨치고 도망간 고씨의 신부였다는 나의 정체를 알아보았다면 돌아가서 고씨에게 내가 있는 곳을 고자질할 게 분명하다. 나는 해질 무렵까지 기다리는 시간이 형벌이었다.

죄인에게는 햇빛만이 싫은 게 아니었다. 형광등 밑에서조차 눈을 뜨고 싶지가 않았다. 다음날은 그 동안 안식처만 같았던 그 작은 골방을 떠나는 날이었다. 그래서 일단 내 집에 다시 발을 들여놓은 나는 하루가 다르게 달라졌다. 나를 대수롭지 않게 생각하는 모두가 적인 것이다.

더구나 나는 더 이상 엄마의 부속품이 아니었다. 내가 살아있는 의미와 가치를 스스로 찾아야 하겠다는 마음가짐이 가시투성이였던 것이다. 결국 엄마 앞에 당당히 맞서서 나야말로 큰소리쳤다.

"그 선배자식이 외국에서 실컷 놀아먹고 귀국한단 말이지. 그런데 엄마가 그를 반기는 이유가 뭐야."

"너 몰라서 그래. 뭐니 뭐니 해도 첫사랑이 제일이다 이거야."

순간 머릿속은 하얗게 바래지고 속은 메스꺼웠다.

"엄마, 너무 황당해서 귀먹은 경험 없우?"

"살아봐라, 내 말이 틀리는가."

나는 작전을 세워야 했다. 자신의 쾌락을 위해 남을 재물로 삼은 인간이 제 죗값에 나뒹구는 장면을 떠올리면서. 그러나 아니었다. 그까짓 가소로운 일에 머리를 쓸 일이 없었다. 그냥 기분 내키는 대로 행동하면 될 것이었다. 이것저것 다 잊을 만한 때 엄마가 말했다.

"호텔 빵집에 가 봐. 선배가 널 기다리고 있어."

정말 엄마 말대로 아직도 저가 제일인 줄 아는 골빈 선배가 거기 있었다. 멀리서 보기에도 기분이 좋아 뵈는 그를 향해 가면서 처절한 웃음 뒤에 감추어진 완전무장 상태를 점검하는 것이었다. 그가 일어설 말미를 주지 않고 급하게 다가선 내가 먼저 말문을 열었다.

"잘 있었어? 좋아 보이네."

"우선 앉아."

"선배는 이혼했다면서?"

아예 반말이었다.

그가 얼마나 놀랐는지 다음 말을 잇지 못하고 나를 자세히 관찰하는 것이었다.

"여전히 멋지구나, 죄 많이 짓게 생겼어."

그리고 눈에 핏발을 세우며 여전히 선 채로 말을 했다.

"다시는 내 앞에 얼쩡거리지 마."

그런데 신기하게도 그는 끝내 그 자리에 못 박혀 있었다. 집으로 돌아와 또박또박 엄마에게 일렀다.

"다시는 나타나지 못하게 말했어. 죽는 수가 있거든. 엄마도 험한 꼴 보지 않으려면 알아서 해."

엄마도 다시는 말이 없었다. 그리 했으나 나는 집밖에만 나오면 사람을 가득 실은 버스가 지나가도 고개를 돌려야 했다. 그 안에 누군가는 나의 결혼사진을 갖고 있어 나를 쉬이 알아볼지도 모른다는 걱정에서였다. 헤어진 그 사람, 고씨라고 해서 그에게 살뜰한 측근이 없으랴. 괘씸해서라도 사진을 보고 또 보고 내 얼굴을 익히면서 범인 색출하는 형사마냥 돌아다니는 사람이 없으란 법이 없는 것이다. 누가 내 뒤를 밟을까 봐 발길을 재촉하노라면 금방 등이 후끈 달아올랐다. 그런 날은 엄마에게 묻지 않을 수가 없었다. 엄마는 정말로 세상 사람들의 눈이 무섭지 않으냐고.

엄마가 무덤덤하게 나올수록 내 속이 뒤집어졌다. 엄마 입에서 '저런 병신, 바보' 란 반응이 터져 나올 때까지 나는 했던 말을 또 했다. 그것으로 엄마는 엄마대로 나는 나대로 중심이 잡히는 것이었다.

그로부터 얼마나 더 많은 시간이 흘렀던지 내가 겨우 악몽에서 벗어나 명절을 알아보고 집안 행사에도 참석하면서 상상조차 하기 어려울 정도로 뻔뻔스런 오늘의 내가 되었다. 그만큼 철저히 물갈이가 이루어졌던지 엄마가 나의 새로운 결혼상대를 고르는 눈치다.

공연을 보러 갔으나 남자가 밖에 있는 형편이 그랬었다. 주위에서 지켜보는 시선이 부담스러워 일행을 따라가면 엄마는 빠져 나가고 나만 남았지만 나 또한 내 기분대로 냉담하고 대담하게 행동했다.

따라서 기회가 주어지면 주어지는 대로 죄 없는 상대에게 주어지는 상처만 늘어났다. 뜬 구름을 잡는 엄마도 지쳐 갈 즈음 언니의 결혼문제가 급물살을 탔다. 맞선은 싫다고 버티던 언니도 신랑감을 손수 고르는 데는 한계가 있었던지, 아니면 중매쟁이가 가져온 사진에 이끌렸던지 둘 중에 하나인 것 같았다. 당분간 나는 뒷전인가 하는데 모녀가 나의 발등을 찍는 일이 생겼다.

엄마가 시집가는 언니에게 장래 시어머니가 물으면 언니의 생일 날짜를 반드시 이틀 늦추어 말해야 된다고 엄중히 경고하는 것이었다. 그래야 좋은 사주가 되기 때문이라 했다. 나는 따져 보지 않을 수가 없었다.

"사실대로 말하면 어떤데?"

"이마빡에 두 눈이 박혔단다. 눈에 보이는 게 없대, 무서운 것도 없고?"

나는 그 말이 뜻하는 바를 잘 알 수가 없었다. 그래서 그 때는 멍하니 있을 수밖에 없었다. 그래서였던지 궁합도 좋게 나왔다는 소식이 전해지고 엄마는 혼자 의기양양했다.

다음으로 약혼 날짜가 잡히자 이번에는 우월감이 엿보이는 말을 했다.

"약혼복은 말이야, 최고로 하는 거야. 일생에 한 번 있는 일인데 왕창 씌워. 시어머니가 약혼복을 맞추어 주어야 잘 산다고 내가 중매쟁이에게 시킬 테니 넌 가만있어. 맏며느리한테 잘못 보여 봐, 자기 말년 신세가 어떻게 되나. 잘 키운 남의 딸 데려가면서 그까짓 일로 체면 깎을 테면 아예 그만 두라지. 자기 아들이 좋아 죽겠다는데 험한 꼴 보지 않으려면 고분고분 내 말 잘 따르게 되어 있어. 너도 그리 알고 후환 없이 알아서 처신해야 돼. 잘 알아들었어?"

드디어 약혼날이 다가왔다. 결혼예물이 도착하자 그것을 기다리던 언니 친구랑 이웃들이 탄성을 질렀다. 유명한 장인의 작품이라는 예물함이 모든 사람의 이목을 사로잡았던 것이다. 시어머니 될 사람의 안목도 안목이려니와 문외한인 우리가 보기에도 대단한 귀중품이었다.

그리고 함을 열자 진열된 보석이 휘황찬란했다. 반지와 목걸이 팔찌 등 세트별로 나열되어 있었다. 구경꾼 가운데 뒷집 새댁이 울음을 터뜨렸다.

"여자로 언제 한 번 이런 대접을 받아볼꼬."

그러면서 부러움에 들뜬 분위기는 사람들의 입을 통해 최고조에 달했다.

"시댁이 얼마나 잘 사는지 몰라도 자손만대 물려줄 생각으로 큰 힘 썼네."

"잘 산다고 저렇게 해 주나, 부자가 얼마나 무서운데."

"아무리 많이 해 줘도 다 자기네 집으로 돌아갈 건데, 뭘."

시큰둥한 우리 엄마의 반응이 방안에 찬물을 끼얹었다. 내가 보기에 그댁은 우리 집만큼 큰 차를 가진 것도 아니고 시어머니 될 사람이 우리 엄마처럼 사치스런 인물도 아니던데, 맏아들 장가 잘 보내려고 평생 동안 정성스레 장만한 패물임에 틀림이 없었다.

이다지도 막 돼먹은 정신이 도사린 집안인 줄 모르고 인간성에 대한 일말의 의심 없이 가진 것 다 내어놓는 순진한 마음이 안타까웠다. 순전히 아들에 대한 믿음과 지원의 힘인데 과연 그 힘이 미래 어디까지 뻗어날 수 있을까. 드디어 결혼 날짜가 잡히자 시부모님께 보낼 예단문제가 도마에 올랐다.

"시댁 단골집에 가서 대충 알아보고 난 뒤 그냥 돌아오는 거야. 나중에 동대문시장에서 그 비슷한 것을 골라잡으면 돼. 한복을 몇 번이나 입겠다고."

아니나 다를까, 시어머니를 모시고 하루 종일 단골집에 가서 물품을 고르고 값을 알고 그리고 다음에 연락하겠다는 말만 하고 돌아왔다는 이야기를 엄마가 했다.

물론 내가 신경을 쓴 일인지라 물어보았던 것이다. 딸을 잘 살게 하려는 건지, 못 살게 하려는 건지 알 수 없는 엄마의 속셈이나 엄마 좋을 대로 하라는 식의 언니 태도나 이해할 수 없기는 마찬가지였다.

며칠이 지난 뒤 동대문시장으로 나오라는 전갈을 받고도 시어머니 될 사람은 묵묵부답이었다. 그렇건만 막무가내인 우리 엄마와 언니는 약혼 당시 얻었던 치수대로 시부모 예단을 주문하고 찾고 전달하는 일을 한달음에 해치웠다.

엄마 말대로 아들이 좋아하니 어쩔 수 없다는 시댁 쪽 체념의 빛이 역력한데도 언니는 겁 없이 엄마 말에 맞장구를 치며 자기들 마음대로 되었다고 만족스러워 하고 있었다. 나는 더 이상 참지 못하고 그 동안 속에 담아두었던 궁금증을 털어 놓았다.

"생일을 속이고 하는 결혼이 두렵지도 않아? 억지를 써서 좋게 맞춘 궁합이 살다가 틀어지면 누가 책임질 건데?"

배짱도 두둑한 엄마가 말했다.

"사람이 달나라에 가는 판에 궁합이 어딨어? 시어머니 될 사람이 그런 미신을 신봉한다니 이왕이면 좋게 꾸며 하는 말이지."

그뿐이 아니었다. 엄마는 언니 따라 엄연히 교회에 다니면서 언니보고는 같이 절에 다닌다고 주장하라는 것이었다.

"그렇게까지 속이면서 꼭 그 결혼을 시켜야 해? 엄마만 대단해? 다른 사람은 다 허수아비야? 사람이 어떻게 그렇게까지 양심이 없어?"

"저년 저 주둥아리를 그냥."

나는 아무리 억울하게 당해도 엄마가 하는 일을 그냥 보고 넘길 수가 없었다. 사부인 될 사람과 통화하는 중에 엄마는 말했던 것이다.

"우리 딸은 어려서부터 어른이 시키는 대로 순종하는 걸로 유명해요. 물건을 손에 들려 놓으면 종일 그 자리에 그대로 있는 아이거든요. 어련하겠어요. 시댁 어른을 따르고말고요."

그 말이 무엇을 뜻하는가 했더니 수화기를 놓고 돌아서며 엄마가 중얼거렸다.

"절법은 또 뭐야, 며느리 될 사람은 절법을 아는 인물이게 해 달라고 공을 들였다나 뭐라나. 시시콜콜 말썽이네."

뒤이어 엄마가 언니를 나무라는 소리도 들렸다.

"너 신랑감이 저네 엄마한테 네가 교회에 다니는 것 같다고 말했대. 나는 절에 다닌다고 딱 잘라 말했는데 너 도대체 정신이 있는 아이야, 없는 아이야. 그 집은 절밖에 모르는 집이란 말이야."

"엄마는 왜 거짓말을 해. 종교는 자윤데."

언니가 오랜만에 말 같은 소릴 했다.

"옳소."

내가 박수를 치며 호응했다.

"나도 옛날에는 절에 다녔으니까 터무니없는 말은 아니지 뭘."

엄마가 우정 나에게로 돌아와 면전에서 으름장을 놓았다.

"너 말이다. 언니가 결혼할 때까지 그 입 뻥긋도 하지 마라. 가뜩이나 정신 사나운데 좋알거리기만 해 봐라."

나는 그 말이 식기 전에 대답했다.

"하면 어떻게 되는데? 고작 딸 둘을 가지고 그러는 것 아니지. 언니에게 있으면 입이고 내게 있으면 주둥아리인 거 잊지 않겠소이다."

"아이고, 골칫덩어리."

엄마가 신나는 일은 또 있었다. 언니의 결혼비용에 엄마 욕망이 추가되었다는 사실이다. 노골적으로 보석반지 자랑을 하고 고가품 옷을 사들였으니까. 언니 결혼식장에 나타난 아빠는 사진 촬영 이후 다시 볼 수 없었고, 언니의 신혼여행 소식은 동에 번쩍 서에 번쩍 가는 곳마다 전화통에 불이 날 듯 날아들었다.

"형부 월급이 얼만데?"

내가 물어 보았다.

"꼴 같은 소리 하네. 누가 사내 월급 보고 결혼하나, 그 집 재산 보고 하지. 어찌 되었건 언니는 부자신랑 낚는 데 성공했다만 앞뒤가 꽉 막힌 네가 문제다."

"나는 아무리 잘못 되어도 남에게 손해 끼치는 일은 안 할 거야."

"저 말버릇 좀 보게, 저게 아무래도 지 애비 귀신이 씌었나 봐."

"아빠 말을 그렇게 하지 마!"

"아이고 효녀 났네. 이 집에 효녀 났어. 제 앞가림도 못하는 주제에 사내라고 큰 소리 빵빵 치더니 그 신세가 어떻게 되었는지 보고도 몰라서 그래? 한 번만 더 역성들고 그래 봐라. 내 그 꼴 안 볼 테니."

언니가 결혼을 한 뒤로 미우나 고우나 엄마의 말 상대는 이제 나뿐이라 생각했다. 그런데 엄마는 아니었다. 오로지 언니와 통화하는 일에만 열심이었다. 형부나 시댁식구의 동태를 빠짐없이 묻고 따지고 그걸 자랑삼아 나한테 떠벌리는 것이었다.

한동안은 그냥 들어 주었지만 갈수록 역겨움을 참을 수가 없었다. 엄마는 궁금해서 그러는지 몰라도 끼니때면 시댁에 있는 언니에게 전화를 해서는 '지금 어디에 있느냐, 너 혼자냐, 그럼 그래야지, 어떻게 키운 딸인데─' 라고 말하는 중에 내가 소리쳤다.

"엄마, 언니는 이제 그 집 식구야. 혼자 밥을 하든, 시어머니와 함께 하든 엄마가 상관할 일 아니잖아. 시어머니가 옆에서 들을 텐데 어찌 그리 염치가 없어."

"이 엄마가 눈을 시뻘겋게 뜨고 있으니 시어머니자리가 주의하라고 그런다, 왜?"

"어머, 그 집에서 엄마가 왜 무서운데? 그렇게 해서 언니 시집 못 살게 하려고 그래?"

"그럼 좋지, 시집살이 그만두고 독립하면 그야 두 말할 것 없이 좋지."

"엄마, 제발 언니를 가만히 내버려 둬. 시집 잘 갔다고 남들이 칭송하는데 시부모 좀 모시고 살면 또 어때. 엄마도 그러는 것 아니야."

"너는 어떻게 사사건건 이 엄마 속을 뒤집어 놓냐. 원수가 따로 없어. 정말 속 터져."

그러던 중에 언니한테서 전화가 왔다.

"별꼴이야. 앞 집 여자가 뭔데, 아니 지가 뭔데 너보고 이부자리를 치우라 말라 해. 아니 시어머니 후배면 후배답게 할 말 하고 갈 것이지. 왜, 네 방을 기웃거려. 신방구경이라니, 그것 다 핑계지. 파출부가 온다면서 왜 그 때까지 네 방 청소를 안 했어. 뭐 그 때까지 자고 있었다고? 긴 말할 것 없다. 신랑한테 다 일러, 절대로 못 살겠다고 해. 내가 뭐랬어. 아무리 평판이 좋은 집이라도 시집에 들어가 사는 건 반대라고 했지. 엄마 말 안 듣다가 꼴좋게 되었다."

그런데 웬일로 엄마 목소리가 가라앉았다.

"그러니까 너도 이제부터 파출부가 오기 전에 일어나란 말이야. 집에서 하던 버릇 그대로 12시에 일어난다는 게 말이 돼? 결혼 전에 예지원에 보냈으니 그런 정도는 알 줄 알았지, 나 원 참."

과연 한 달을 넘기지 못하고 언니가 왔다. 집안에 들어서면서 재수 없다는 것이었다.

"남이야 화장을 어떻게 하든, 자기가 무슨 상관이야. 남편이 좋다면 그만이지, 글쎄. '너는 무슨 화장이 빨갛고 하얗고 까마냐. 그 잘 생긴 얼굴을 왜 짙은 화장으로 망쳐' 하지 않겠어."

그리고 말했다.

"제사음식 만들기 싫어 약속 있다는 핑계로 집을 빠져 나왔어."

멀지 않아 시댁을 떠나 이사를 한다고도 했다. 출퇴근이 힘들다고 형부 직장 근처로 가자고 졸라서 그렇게 되었다는 것이었다.

그런데 날이 갈수록 문제는 복잡하고 걷잡을 수 없는 지경으로 흘렀다. 집안이 습하다고 이사를 하고 비 오는데 빨래 좀 걷어주지 않는다면서 주인집과 싸워서 이사를 하더니 아기가 태어나자 독채를 얻는다고 좋아들 했다.

이후에도 핑계는 가지각색이어서 이사는 계속되었는데 그때마다 전세 액수는 불어나는 재미가 있다고 했다. 그뿐이 아니었다. 아들의 월급으로는 빚지지 않을 수가 없다고 징징거려 은행 빚 갚으라는 돈으로 땅을 샀다든지. 전에 사둔 땅도 지금 산 땅도 다 자신의 이름으로 등기해 두었으니 안심하라는 둥, 언니가 한 말을 엄마가 나 들으라고 큰 소리로 복창하는 시점에 언니에게 직접 내가 물어보았다.

"형부가 번 돈도 아닌데 언니 이름으로 등기를 하다니 형부가 가만있어?"

"남자이름으로 부동산을 사면 여러 가지로 불리하다는 걸 미리 일러두었지. 부동산 투기로 의심받으면 출세에 지장이 있어. 그건 너도 알아두어야 해."

그렇게 대답하는 언니의 표정에서 승자의 자부심마저 엿보였다.

"시부모님은?"

내가 다시 물어보았을 때 그 답이 걸작이었다.

"알기나 해? 아니 할 말로 안다고 해도 그렇지. 노인네들이 별난 애들 맡아 키울 자신 있어?"

멀지 않아 아파트를 장만하게 되었다는 낭보가 날아들었다. 손자를 시켜 하루가 멀다 하고 전화를 한 결과라 했다.

"손자가 '벽 속에서 침대가 나와요 할머니!' 하면서 좋아 날뛰는데 노인네가 어떻게 안 해 주고 버티겠어."

"그 자식 물건이다, 야. 아들 하나는 실하게 뒀어. 물론 딸도 잘 두었지.

하지만 아직 어려서 보탬이 안 되는 거지."

나는 귀를 막았다. '싫다, 싫어, 정말 싫다' 하고 외치고 싶은 마음을 그런 식으로 달래고 있었다. 그러나 꼬리를 무는 죄의식 때문에 나는 내가 무서워졌다. 한 모태에서 태어났는데 어느 구석에 얼마만큼이라도 닮지 않았을 리가 없다는 생각 때문이었다. 북녘 사람들 말대로 출신 성분이 뻔한데 그런 내가 내 피붙이를 못 견뎌 하다니 이 어인 돌연변이인가. 그런데 생뚱맞게도 엄마가 언니에게 말했다.

"야, 네 시어머니 학교 다닐 때는 별 볼일 없었다더라. 내가 중매쟁이를 살살 꼬여 알아냈단 말이다. 밉살맞게 굴면 딱 한 마디 쏘아붙여 다시는 꼼짝 못하게."

그 다음에 언니가 와서 말했다.

"나 시댁에 가서 멋지게 홈런 한 방 날렸어. 식사 시간에 식구가 다 있는 자리에서 말했지. '어머니 학교 다니실 때는 별 볼일 없었다면서요?'라고."

"야! 재밌다. 그랬더니?"

"얼굴이 붉으락푸르락하지 뭐 별 수 있어."

"다른 사람은 암말 안 하고?"

"그럼, 누가 뭐라겠어."

"너도 그렇다. 식사시간에 왜 그런 말을 했어."

"그래야 위장 속에 꼭 박히지."

"위가 아니라 뼈골에 사무쳐야 되는데…"

엄마가 건성으로 하는 말이었다. 그런데 나는 왜 몸서리가 쳐질까.

'어떻게 되자는 걸까. 무슨 결과를 바라면 말이 저렇게 돌아갈까. 사돈이란 자식을 나누어가진 소중한 사이가 아니라 서로 자식을 빼앗긴 원수지간이란 말이 생겨날 판이다.'

나의 이런 근심을 비웃듯이 언니는 날마다 엄마와의 전화통화로 하루를 보낸다. 시어머니 동태가 빠짐없이 보고되고 엄마의 지침이 하달되는가 하면 어느 때는 언니의 일방적인 불평이 엄마의 욕설로 이어졌다.

　시집살이를 할 때나 분가를 하고 나서나 언니는 엄마와 한 묶음이었다. 한 집안에 있는 나를 어이없게 하면서.

　더도 덜도 말고 그림의 떡 같은 내 아빠는 엄마와 통화하는 상대로만 살아있는 형편이었다. '돈 더 달라, 너무 많이 쓴다' 등의 통화내용은 엄마와 아빠 사이에 반복되는 노랫말 후렴 같아서 나는 예사로 흘려들었다.

　아빠가 바깥에서 재미 보는데 우리라고 못 놀 이유가 없다는 식의 집안 분위기는 우리 식구뿐만 아니라 일하는 사람들에게까지 번져 있었다. 식모언니는 물론 운전기사까지 함께 어울려 장난질이었던 것이다. 외출이 잦고 낭비가 심한 엄마가 그렇게 우리들을 부추겼고 하고 싶은 것은 하고야 마는 기질 또한 그렇게 조장되었던 것이다.

　아빠가 왜 가족과 그렇게도 멀어졌는지, 엄마가 왜 우리들을 야생마처럼 키웠는지, 이제 와서 절대로 알 길이 없지만 상식의 선을 벗어난 묘한 기운이 느껴지는 것만은 어쩔 수가 없었다.

　더욱 가관인 것은 기사 아저씨가 우리보다 밥하는 언니를 더 챙겼다는 사실이다. 무거운 짐이 없어도 예사로 차에 태우고 시장 길을 오가는가 하면 엄마의 부름을 받았을 때도 식모언니가 동행했다. 아저씨가 운전석에 꼼짝 않고 앉아있는 버릇 때문이었다.

　엄마는 무엇이 무서워 그런 아저씨를 보고만 있었을까. 지금에 와서 생각하면 아저씨가 어떻게 그처럼 기고만장할 수가 있었는지, 엄마는 또 아저씨에 대해 어찌 그리 관대했던지, 참으로 알다가도 모를 일이었다.

종종걸음

─────

내가 겨우 선악을 구분하게 되면서 나는 나도 모르게 일상생활 전반에 신경이 곤두섰다. 그런 나를 아니꼽게 생각하는 언니도 꽤나 힘든 시기였으리라. 그 때는 꿈에도 그런 생각을 못했다.

"수도꼭지를 최고로 틀 게 뭐야?"

이렇게 소리친 내게 돌아오는 언니의 말은 여유만만이다.

"내 마음이야, 네가 무슨 상관인데?"

"죄 된댔어. 물은 생명의 근원이거든."

그뿐이 아니다.

"전기는 왜 있는 대로 다 켜?"

"그 정말 아니꼽게 구네, 어둡게 지나면 눈 나빠지는 거 몰라?"

언니가 말하면 어디선가 엄마가 편든다.

"너 자꾸 나설래?"

"아이구, 저 밥맛."

그런지 얼마 만이었던가. 몹쓸 말을 골라 하는 모녀가 나를 침묵하게 하고 침묵이 길어지면서 나는 나도 모르게 사람의 됨됨이를 가려보는 눈을 뜨게 된 것이다.

당시엔 몰랐어도 이건 순전히 고모님 영향이다. 그렇게 잘 사시면서 물과 불 아끼는 일은 엄격하다 못해 인색한 수준이었다. 세숫물에서부터 시작되는 물 아끼기를 처음 대하는 내 눈에는 치사한 느낌마저 들었으니까. '물이 얼마나 싼데' 라는 얕은 계산 속 때문이었다. 그런데 인구가 폭발적으로 늘어나면서 물 부족과 전기수요 증가 현상이 심각하다지 않는가.

오늘의 원자력을 미래의 원심력 에너지로 대체할 수는 없는 것일까. 물레방아가 방아를 찧듯이 연자방아가 전기를 일으키는 발상전환 말이다. 수직적인 소모에서 수평적인 재생으로 이어지는 기계공학적 승리야말로 먹은 음식이 오물로 버려지지 않고 땅힘을 돋구는 밑거름이 되게 하듯 타버리는 에너지도 그런 길로 돌아가게 하는 것이다.

기차가 톱니바퀴 레일을 달릴 때부터 나는 감히 구름길을 달리는 인간의 상상력이 인류의 장래를 책임질 것이라 믿었다. 수십 억 년을 진화해 온 인간이 아니던가. 신을 만들고, 신을 받들고, 믿거나 말거나 신에 의지해 허무를 달래며 사는 인생사에 힘을 모으면 불가능은 없을 터이다.

진상과 허상을 동전 앞뒤 면처럼 지닌 상상과 명상의 세계에 우리 모두 의젓한 주인이다. 만고의 예술품인 인간군상 속에 한 점이 되어 생각에 사로잡힌 나는 얼마나 행복하고 행복을 내려놓은 나는 또 얼마나 각박한지 당장 엄마가 압박하고 언니가 얕보는 현실의 나로 돌아왔다.

가꿀수록 허망한 몸에 집착하느라고 더불어 사는 나를 떠돌게 하는 가족이지만 당장은 내가 지탱하고 나를 꾸리는 이 세상 몫인즉 가족을 소중하게 알 것이었다. 더없이 온화한 집안에 찬바람을 일으키며 친정에 들른 언니가 말했다.

"아이들만 보냈어. 나는 이제 시댁에 안 가. 시어머니자리가 나한테 자식 잘못 키운다고 조목조목 따져놓고 내 등 뒤에서 아예 나를 부려먹겠다고 덤벼."

"그건 또 무슨 소리야. 시어머니가 뭐랬기에."

엄마가 신경질적으로 말했다.

"아이들이 한창 예절을 알아야 할 나이가 되었는데도 너는 오로지 받들고 챙겨주다 못해 밥상머리에서 일일이 반찬 가려주는 시중이냐. 그렇게 키워서 그 애들이 어디에서 귀염 받는 인물이 되겠어? 내 이 말은 안 하려고 했는데 이왕 말이 났으니 짚고 넘어가야겠다. 네가 엊그제 시집온 새댁도 아니고 어째서 밥상을 차려놓아야만 일어나니. 이젠 일하는 사람도 없이 시어머니가 꾸려가는 살림살이인데 말이야. 너는 대단한 인물이어서 그런 대접 받아야 한다는 모양새인데 부끄러운 줄 알아야 한다. 며느리 탓하기 전에 그걸 용납하는 내 아들이 더 한심하다마는 집안 시끄러울까 봐 그나마 같은 여자라고 너한테 말한다. 제발 염치 좀 차려. 그뿐이 아니야. '나는 이 세상에서 네 엄마 같은 여자가 제일 싫다' 하지 않겠어."

"별꼴이다. 그래서 뭐랬어. 당하고만 있은 거야?"

"내가 왜 가만 있어. 마구 덤볐지. 우리 엄마를 왜 그래요? 하고. 사실은 며칠 전에 시어마시 환갑이었단 말이야. 나는 그날 전화도 안 했어. 축하 전화는 아무나 받나?"

"왜 또 그랬어. 신랑이 야단날 텐데? 괜찮겠어? 그까짓 전화 한 마디가 뭐 힘들다고 평지풍파를 일으켜?"

"겁날 것 없어. 지금 당장 이혼해도 난 손해 볼 것 없어."

그 말끝에는 엄마도 움찔했는지 목소리가 가라앉아 있었다.

"너, 영양제 잘 챙겨 먹어야 해. 너 몸이 제일이지, 돈 있어도 몸 골골해봐."

언니는 정말로 한 밑천 톡톡히 장만한 모양이었다. 말끝마다 두둑한 배짱하며 자신만만한 태도가 그런 사실을 입증했다. 그뿐 아니라 밥하기 싫고 더 이상 시켜먹을 것 없으면 뻔질나게 친정을 찾아들었다.

아이들은 왠지 불만스러워 보이고 식탁에서 서로 트집 잡기 일쑤였다. 어쩌다 그들이 정답게 놀던지 장난을 쳐도 나는 있는 그대로 받아들이지 못하고 은밀히 연민의 정을 느꼈다. 저런 아이들을 두고 이혼 말이 쉽게 나오는가, 해서였다. 그런 중에 참으로 참을 수 없는 일이 생기고 말았다.

"언니, 얘 좀 봐! 상에 차려진 접시를 모조리 뒤져. 참외 속을 있는 대로 다 발라먹는단 말이야."

계집애는 신경질이 든 나를 쳐다보며 오히려 그 짓거리를 서둘렀다.

"어머, 어머 너 이모 말이 말 같지 않아?"

나는 악을 썼다.

"그만 둬. 나는 딸이라도 그렇게 키울 거야."

언니였다. 그의 자신만만한 태도에서 나는 지금 언니가 자기 집안에서 행하고 있는 망측한 가정교육 현실을 꿰뚫어 보았다. 내가 알 바 아니어야 하는데 나는 왜 이다지도 막막하다 못해 헝클어지는가. 나는 말문을 닫았다. 자식의 앞날을 어찌하려고 자기 기분대로 행동하는가.

하지만 언니를 마땅히 제지하고 훈육해야 할 엄마가 있는데 주제넘게 내가 왜 이러는가. 그래도 그렇지 한창 사람의 염치에 대해 배우고 알아야 할 어린 것이 딱하고 그의 장래가 걱정되는 일이었다. 이것이 처음은 아니다.

불과 몇 달 전에도 이와 비슷한 경우를 당했던 것이다. 수영장에 가서 오랜만에 온 가족이 기분 좋은 한 때를 즐기고 있었을 때였다. 주변이 고요한지라 가족들을 찾고 있었다. 엄마와 언니는 사이좋게 나란히 앉아 쉬고 있었다. 나이에 비해 남달리 덩치가 큰 계집아이는 언니 무릎에 앉지도 못하고 엉거주춤한 자세로 엄마에게 달라붙어 있는 것이었다.

자세히 보니 젖을 빨고 있는 것이 확실했다. 저런 망측할 때가 있나, 하는 것이 나의 첫 반응이고 다음으로 흡사 짐승 같다는 몹쓸 느낌이 뒤를 이었다. 보지 말자고 애를 쓸수록 내 마음이 몹시도 언짢았다. 하지만 나는 물속에, 언니는 휴식공간에 있어 당장은 어쩔 수가 없었다. 하지만 꼭 짚고 넘어가리라, 명심한 대로 쉬는 시간을 이용해서 한 마디 했다.

　"언니, 언제까지 젖을 먹이려고 그래? 남들 보기 민망하지도 않아?"

　"별소릴, 나는 끝까지 먹일 거야. 형부도 그랬어. 설마 열 살까지야 먹겠냐고. 우리는 아기 눈에 눈물 나는 꼴 못 봐."

　놀랍고도 참담한 일이었다. 그래서 덤볐다.

　"부부가 아예 아이를 망칠 작정이로구나. 제 때 젖을 떼지 못하고 엄마에게 달라붙어 있는 아이의 심신발달에 끼치는 해악이나 사회성 부족으로 인한 인격형성에 결함 등을 듣도 보도 못했나 보다. 내 이딴 소리하고 싶지 않지만 저 어린 것이 너무 가엾어서 그래."

　"그런 너는 아이도 낳아보지 않은 것이 어떻게 육아를 그렇고롬 잘 아는데?"

　"나는 어느 책에선가 읽었어."

　"그래서 이 언니를 훈계하시겠다, 이거야?"

　"일단 들어봐! 아이가 정서적으로 어떻게 잘못되었느냐 하면 말이야. 이 세상에서 자기가 제일 좋아하는 걸 엄마가 빼앗은 걸로 되어 있어. 그래서 엄마에게 앙심을 품게 된 뭐 그런 내용이었는데 하여튼 끔찍했어. 언니 말대로 나하고는 워낙 동떨어진 이야기라 대충 읽었지만 만사 때가 있다는 것, 때를 놓치면 안 된다는 것, 그것만은 충분히 깨달았거든. 제발, 정신 좀 차리시유, 제발이다."

　내가 개입할 바 아닌 줄은 알지만 저다지도 무책임하게 키운 아이들이 성인이 되었을 때 그들을 품은 사회는 얼마나 혼탁하고 또 얼마나 우울할까. 아이들인들 어디를 가나 저 나름으로 불안하고 불쾌한 처지에 놓일 것이 뻔한데 이모가 되어 이 정도로나마 지적조차 하지 않는다면 그 또한 잘못일 터이다.

도대체 언니의 행동은 자식을 위해서인지 자신을 위해서인지 불분명하다. 멀지 않은 장래에 불거질 문제는 뒷전으로 내몰고 우선 자기들 편한 대로, 손쉬운 평화에 안주하는 꼴이란 양식 있는 사람으로서 지나칠 수 없는 일이다. 그래서 내가 자꾸 예민해진다. 다시 한 번 말을 하지 않을 수 없었다.

"나는 형부를 다시 보게 되었어. 어쩌면 자식사랑이 그렇게도 맹목적인가 말이야."

"야야, 시끄러. 자기 형님네 아이는 걸핏하면 매를 맞고 밥을 굶겨 어린 것이 공부에만 시달리는 모습을 불쌍해서 못 본대, 자기는 힘센 어른의 횡포를 제일 증오한댔어."

"형부같이 사리에 밝은 분이 자식사랑이란 늪에 빠져 인성교육에 무관심이라면 실로 우리의 미래는 어둡다. 어린이가 나라의 기둥일진대."

"형부 말은 말이야, 한 번 때리기 시작하면 자꾸 때린대. 맞는 아이도 때리는 부모도 매를 맞고 때리기 전에는 해결이 없는 줄 알게 된단 말이야. 그래서 아예 아이에게 손을 대지 말라는 거야. 네까짓 게 뭘 안다고 꼴사납게 굴어."

"그 말에도 일리가 있어. 결국 '남의 자식은 가르쳐도 자기 자식은 가르칠 수 없다던 사람이 하나같이 하는 말은 무얼 물어봐서 모르면 손이 먼저 올라간다'고 했거든. 그렇지만 잘 생각해 봐. 매가 아니어도 자식 앞에 부모는 얼마든지 강하고 엄하게 되어 있어. 갓난아기 시절에 취한 사랑에서 깨어나지 못하고 허우적거리는 부모에게 문제가 있단 말을 하는 거야. 남에게 칭찬받는 어린이로 성장하기 위해 대비해야 하는 어른의 자세를 말하는 거라고. 사랑의 매가 뭔데. 매를 아끼면 아이를 버린다면서 회초리를 정한 자리에 두고 행동이 지나칠 때는 따끔하게 맞도록 하라고. 아이에게 몇 대를 맞을 건가 물으면서 벌을 주었더니 아이 자신이 자기가 얼마나 잘못했는지를 알아서 정하더라는 이웃 아주머니 말도 있었어."

"네 말대로라면 숫제 이북처럼 부모는 아이를 낳기만 하고 키우는 건 나라가 책임지는 것이 어때?"

"인권이 없는 북한체제는 죄수의 인권마저 들먹이는 이 땅에 발붙일 수 없고, 어려서부터 염치를 아는 인간으로 자리를 잡아주는 부모가 되어야 한단 말이지. 오늘날 사회 근심거리인 왕따, 폭력, 성범죄 같은 청소년 문제나 성인들의 퇴폐문화가 다 잘못된 성장과정에서 유래되거든."

"시끄러워, 내 자식 내가 키워."

"언제까지 내 자식인데. 품안에 자식이란 말도 몰라? 조기 인성교육 없이 바람직한 미래는 없어. 뿌린 것의 몇 갑절이 되어 돌아올 미래가 무서워서라도 가정교육이 철저해야 해. 참으로 자식을 위한다면 말이야."

"엄마! 거머리 같은 걸 동생이라고 낳아준 엄마는 내게 죄 지은 거야, 알아?"

언니가 등을 보일 때까지 나는 나의 주장을 굽히지 않고 있었다. 나 말고 그 누가 저들의 그릇된 자식사랑을 꼬집어 말해 주랴.

무심한 세월은 흘러 아이를 학교 보낼 시기가 다가왔다. 젖은 떼야 하겠고 젖 맛에 중독된 아이의 집착은 늘어만 가고 결국 다급해진 모녀의 공방은 때를 가리지 않고 추태를 부리기 시작했다. 명절이나 어린이날을 가리지 않고 엄마는 때리고 아이는 울고, 울면서도 미련을 버리지 못해 떼를 쓰는 모녀로 하여 집안이 온통 아수라장이었다.

친정에 와서도 저러하니 제 집 안에서는 오죽하랴, 한창 또래 아이들과 어울려 놀 나이에 글쎄 젖 구걸에 매달린 아이의 초췌해진 몰골이라니. 내 언니는 내가 아는 한 참으로 대단한 엄마다. 못 볼 걸 보고 못 들을 걸 들으며 참아야 하는 나는 그들이 자기네 집으로 전쟁터를 옮기고 나서야 비로소 고개를 절레절레 흔들며 안정을 되찾아갔다.

그 다음 사정이 어떻게 돌아갔는지는 본 바 없는데 한참 뒤에 모녀 사이 달라진 분위기로 추측이 가능했다. 엄마의 독기에 질린 아이는 엄마와의 독대를 무서워했다. 아이가 무얼 원하면 고집을 부릴 낌새만 있어도 사전에 차단하는 방법을 썼다. '너 이리 와!' 하고는 아이를 방이나 목욕탕 안으로 불러들이는데 어찌된 노릇인지 아이가 순순히 엄마 뒤를 따라 들어가는 것이었다.

그런데 그 뒤 예상되는 꾸짖음도 반항도 없이 마냥 쥐죽은 듯한 침묵이 흐르는 것이다. 그리고는 아무 일도 없었다는 듯이 두 사람이 나타나는 것으로 상황 끝이었다. 무표정도 당당하기만 한 엄마 뒤에 의기소침한 계집아이 태도에서 나는 알았다. 무서운 완력으로 어린아이를 제압하는 데 성공한 그 동안의 내력을.

막다른 지경에 접어든 엄마는 얼마나 험악하고 딸아이는 또 얼마나 겁에 질린 나머지 이끌어낸 순종일까. 그런 상처를 주고 받았음에도 불구하고 내 언니에게는 후회가 없다. 자기성찰이 없는 것이다.

기분 내키는 대로 저질러 놓고 보는 막가파 기질에는 두려움도 뉘우침도 없었다. 그런데 놀라운 건 닥치는 난관에서 잘도 빠져 나온다는 사실이다. 누군가 악하든지 착하든지 아니면 점잖은 사람을 제물 삼아 자신은 구제되는 양상인데 암암리에 무르익기 마련인 그 죗값이 오죽하랴.

내가 가장 슬픈 건 혈육의 인연으로 태어났으되 남남으로 돌아가고자 하는 나의 의지가 돌이킬 수 없는 길을 가고 있다는 점이다. 엄연히 조상이 내려다보고 후손이 쳐다볼 법한 이 한세상 족적이 아닌가. 엄청난 생각의 차이로 우리 끝내 화합을 이룰 수는 없다 해도 내 의도대로 인연을 끊고 살자는 결심이 과연 옳은가 말이다.

당장은 괴롭지만 가면 갈수록 악화될 바엔 차라리 끊고 사는 것이 건강한 삶을 위한 길이라는 생각에도 불구하고 엄마를 통해 언니의 소식은 끊임없이 날아들었다.

언니는 형부 몰래 마이너스 통장을 만들어 주식투자를 한다고 했다. 사흘 만에 얼마를 벌었는데 이대로 가면 멀지 않아 큰 돈 만지게 생겼다는 말도 했다. 이제부턴 매달 엄마용돈을 보낼 것이라 했다면서 엄마입이 함지박만하다. 엄마가 좋은데 나도 따라 좋아하지 못하고 그 딸인 내가 왜 빗나가는 것일까. 남이 잘 되는 꼴을 못 본다던 우리네 흉허물이 어느덧 내 것이 되어 나를 울적하게 한다.

실지로 용돈이 오고 때맞추어 선물이 등장하자 그런 엄두도 낼 수 없는 내 마음이 말이 아니었다. 나는 언제 언니와 같은 능력을 구비하나, 나는 언니보다 여러모로 뒤지지만 진정만은 비길 바 아닌데 하나님도 부처님도 너무 아득히 계시어 지상에 발붙인 것들을 모조리 얼룩으로 보시나 보다.

그러던 어느 날 엄마가 나를 불렀다.

"네가 사귀는 사람이 의사라고 했지. 무슨 과야. 전공이 뭐냐고?"

내가 실험실이라고 말하려는데 엄마가 잘라 말했다.

"혹시 돈 좀 융통할 수 없을까?"

"어머, 그 사람이 지금 나와 무슨 관계인데? 서로 몇 번 만났다고? 나는 죽었으면 죽었지 누구에게 돈 빌리는 짓은 못해. 아니 엄마보다 더 부자가 어디에 있게? 경고하는데 절대로 엄마와 언니 사이에 날 끼워 넣지 마."

엄마가 눈을 부릅뜨고 나서 돌아서며 말했다.

"야, 하룻강아지 범 무서운 줄 모른다더니 저것이 그것이구만. 한 번도 무서운데 두 번씩이나 대사를 치러야 할 이 엄마 앞에 염치없이 그게 네가 할 소리냐고?"

"엄마가 그렇게 만들어 놓고 엄마는 그게 나한테 할 소리라 생각해?"

이 같은 집안 분위기는 은연중에 내 등을 밀어내는 검은 손과 다를 바 없었다. 이 집을 떠나 사는 방법 중에 결혼 이외 다른 길을 모색하던 내가 결혼을 결심하게 된 발단이기도 했으니까.

추석날 밤이었다. 바람난 동네 언니가 나를 앞장세워 송도로 뱃놀이 갔다. 언니가 외출 허가를 받기 위해서였기에 목적지에 도착한 이후 나는 혼자였다. 공짜로 먹고 놀고 구경하고 그것이 전부였던 것이다.

막차를 놓치고 나서야 언니는 나에게로 왔다. 나는 집으로 돌아갈 길이 없다는 사실조차 몰랐지만, 택시에서 언니가 말했다.

"너 내 덕에 의사 사귀게 되었지?"

역시 차를 기다리는 한 무리의 남자들이 옆에 있었던 것이다. 누군가 다가와서 혼자 왔느냐고 묻기에 나는 아니라고 말했을 뿐인데 나중에 그 중 한 사람이 나에게 전화번호를 건넸던 것이다.

그뿐이었는데 언니는 병원사람들이라고 말했다. 서로의 호칭이 선생님이라서 언니가 학교이름을 물었더니 병원 선생들이라고 말했다는 것이다. 나는 흥미 반, 장난 반, 어찌 되었든 알아서 나쁠 것 없는 상대에게 전화를 했다. 그는 예상보다 더 반갑게 다가왔다. 의례적인 인사말이 끝나자 그는 말했다. 만날 기회를 주지 않으면 전화를 끊지 않겠다고.

그의 목소리가 무척 유쾌했다. 따라서 나의 장난기가 발동했다.

"내가 하려던 말인데 새치기 당했어요."

"우와, 복권 맞았다."

그렇게 말한 그는 시간과 장소를 재차 확인했다. 그러나 막상 서로 마주보고 앉으니 피차 어색해서 웃음만 나왔다.

이러한 때 여자가 기지를 발휘하는 것 아닌가, 하면서 내가 선수 쳤다.

"밤에 보았던 인상하고 달라요."

그가 놀라는 기색을 보이자 나는 말을 이었다.

"아랑드롱을 닮은 줄 알았는데 아니네요."

"달밤이었잖아요. 나는 유심히 보았지만 자기는 나를 보지도 않아놓고선, 원래 그렇게 사람 골리는 형인가요? 전화상으로도 당했는데 만나서 또 당하네."

"사는 게 재미없어서 웃을 일을 찾다 보니 그렇게 되었어요. 여자가 말이 많으면 매력이 없다는 것쯤은 아는데 배짱이지요. 뭐."

"좋아요, 아주 좋아요."

그는 다시 말을 이었다.

"가족이 여럿이지요?"

"언니랑 남자 동생이랑 셋인데 서로 잘 어울리지 않아요."

"역시 형제들이 있어야 말재간도 늘겠지요. 나에게는 북적거리는 집안 이야기가 다 사치로만 들려요."

"잘난 언니와 못난 동생 사이라 줄곧 삐걱거리는데도 그래요? 그래도 남자 동생하고는 소가 닭 보듯 하던 때를 지나 이젠 곧잘 농담을 하는 사이가 되었어요. 지금 한창 말썽부릴 나이인데 묘하게도 생활철학이 담겨 있는 말을 하거든요. '오는 사람 막지 말고 가는 사람 잡지 말자' 이성에 눈을 뜬 철딱서니들 간에 횡행하는 말인지는 몰라도 기억할 만한 가치가 있다고 생각해서 저가 한 마디 덧붙였지요. '착한 마음 쓰면서 착하게 살자' 그러면 동생이 말을 해요. '무얼 먹고 살라고 민생고가 빠져 있지?' 신기하게도 남동생과 말장난을 하고 있으면 순리대로 사는 게 무언가를 알 만한데 같은 여자이면서도 언니와는 통하지 않아요. 엄마와도요."

"나는 집안이 썰렁해서 직장동료와 격의 없이 지내는 편이지요. 추석날 밤에도 보았잖아요."

"외동이군요. 그것도 좋아요. 편안하니까. 우리 엄마와 언니가 한 통속인 걸 보면 나한테 문제가 있겠지요. 그렇게 생각하다가도 아빠와 나 사이가 좋은 걸 보면 꼭 그렇지 않을 수도 있고요. 이야기가 왜 민망한 안방 분위기지요? 우리 오늘 처음 만난 것 맞아요?"

"재미있는데 왜 그래요. 계속하세요."

나는 입을 다문 채 눈을 똑바로 뜨고 나서 그에게 물었다.

"여자 친구 없어요?"

"없어요. 여자 남자 가릴 것 없이 각별히 사귀는 사람이 없어요."

"병원에 예쁜 간호사도 많고 동료들도 많을 터인데."

"직장 이야기가 아니잖아요."

"진짜 그러네요. 그렇다고 해도 자기가 너무 잘 났든가, 아니면 못난 소치인데 그 중 어느 쪽을 택할래요?"

"해당사항 없음이요."

"이로써 한심한 무언가가 통했어요."

"그 참, 웃어야 할지 말아야 할지 아리송한 화법이네. 아무튼 댁이 특별한 상대임에는 틀림이 없어요."

"이것으로 오늘 발품은 찾은 걸로 하겠습니다."

"그냥 가게요?"

나는 이미 소지품을 챙겨 일어섰던 것이다.

"만난 지 몇 분이나 되었다고? 식사라도 하고 가요."

"여자가 먼저 전화를 해서 밥까지 얻어먹어요? 궁금증이 풀렸으면 그만이지."

나는 상큼하게 만남을 마감하고자 했다. 그러나 그가 앉은 자리를 박차고 일어나기라도 할 자세였다. 참으로 마음 푸근한 순간이 아닐 수 없었다.

내 마음도 그의 사정도 아리송해서 밀어야 할지 당겨야 할지 모를 지경이었는데 시간은 덧없이 흐르지 않았다. 이야기 가운데 내용이 서로의 내면 깊숙한 곳을 파고들었던 것이다.

다음에 다시 만났을 때였다.

"사생활을 나누어가지는 것이 친한 친구일진대 실수를 덮어주고 비밀을 지켜주기는커녕 구석구석 헐뜯고 허물을 재미삼아 퍼뜨리는 인간들이 주변에 널려 있어요. 남을 사귄다는 것이 외로움을 피하는 것이 아니라 노여움을 키우는 것이구나, 하게 되지요. 결국 자기의 위신을 지키는 보호막은 자기 스스로 만들어 가야지, 두리번거려 보았자 시간 낭비에 겹치는 피로뿐, 인생은 어차피 혼자 가는 길이더군요."

서로의 입장이 아련해서 달빛을 머금은 양이었다. 대화를 통해서 우리는 점점 애틋한 사이가 되어갔다.

"나는 말이지요. 사귀던 상대가 떠나버리면 나 때문에 잘못된 것 같단 말입니다. 워낙 인덕이 없는지라 나를 만나지 않았더라면 그리 되지 않을 수도 있었으리라는 생각 때문이지요."

그리고 그가 말할 때는 이 사람이 도덕군자가 아닌가, 할 정도였다.

"사귀던 상대만 떠나요. 자기 자신은 상대를 배반하는 일 없고요?"

"나 같은 사람에게는…."

그는 도리질을 했다.

"살고 싶어 사는 사람보다 마지못해 사는 사람이 의외로 많다는 사실을 댁이 알기나 해요?"

나도 맞서 말했다.

"댁은 아빠가 나 몰라라 하는 집안에서 엄마에게마저 홀대받는 처지가 어떤 것인지 알기나 해요?"

"홀대도 기대도 똑 같이 자식을 기죽이는 부모에게서 나오는 걸 알겠네요. 이 순간 우리는 흡사 이가 맞물려 돌아가는 톱니바퀴 같아요."

나도 어느새 그의 말에 고개를 끄덕이고 있었다.

"여학교시절 가사 선생님이 밥 한 끼 얻어먹고 남자 뒤를 졸졸 따라다니는 속 빠진 여자나 속치마 빠진 여자는 절대로 되지 말랬어요."

"그래서 식사대접을 거절했군요?"

"그래서 뭐가 나빠요."

"혼자 우두커니 있는 시간이 길어지면 엉뚱한 방향으로 쓰러질 위기가 닥친답니다. 그런 나를 바로잡는 발걸음이 향한 곳은 찻집이지요. 가면서 생각해요. 애들이 일을 잘 하나, 감시하는 기분이 되는 거예요. 생각을 고치면 세상이 달라진다는 내 나름의 철학이 그것입니다."

"얼쑤!"

내가 말에 추임새를 넣자 그가 신나서 말했다.

"댁은 지금 주인의식에 사로잡혀 폼 나는 인사와 있다고요."

"아모!"

"그거 사투리지요. 내 친구 중에 말뜻이 곤두박질치는 인물이 있는데 사투리가 어찌나 심한지 집안자랑을 하는 중에 '우리 삼촌이 국해의원인데―' 하질 않겠어요. '이적단체에 속한 거야' 하고 물어보지요. '아니 잘 나가는 대한민국 국해의원이라고'. 이 친구는 국회라는 발음이 안 되는 거예요. 고쳐주려 해도 막무가내로 고쳐지지가 않았어요."

"고쳐주긴 무얼 고쳐주어요. 실지로 국회의원보다 국해의원이 더 실속을 차리는 곳인데, 내가 낸 세금이 그런 사회 해충들에게 먹힌다고 생각하면 치가 떨려요. 그나저나 그들의 숫자는 왜 그렇게 많지요? 정쟁으로 정치를 좀먹는 무리들이 제발 줄어들었으면 한단 말입니다.”

“시방 우리 두 사람이 나라살림 걱정하는 자리에 있는 것 맞지요?”

울렁출렁하다 말고 본심으로 돌아가기 위해 서로 멈칫한 순간이었다. 그가 놀라운 변화를 보였다.

“웃다 보니 갑자기 슬픈 생각이 들어요. 나 정말 이런 기분 처음인데.”

“그 마음 알아요. 환경에 동화되지 못하고 응어리진 사람의 특징이지요.”

그가 변한 모습에 내 마음도 스산했다.

“따분한 사람끼리 서로를 알아보았네요.”

“어머, 어머, 그 말 한 마디에 동지애가 뭉클해요.”

바로 그날이었다. 나는 모처럼 희망에 부풀어 귀갓길을 재촉했다.

이제 나도 언니에 버금가는 엄마의 이야기 상대가 되려니 해서였다.

그러나 대문 앞에서 한참을 기다려도 문을 열어주는 사람이 없었다.

혹시 벨이 고장 났을지도 모른다는 의심이 들어 문을 두드리다 말고 강도가 들었을지도 모른다는 흉한 생각마저 스쳤다. 어찌할까를 생각하며 바짝 긴장한 터에 홈 가운 바람의 엄마가 종종걸음으로 나왔다.

엄마는 선잠을 깨어 얼마나 화가 났는지 얼굴이 시뻘겋게 물들어 있었다. 나 역시 화가 날 대로 나서 아무 말 않고 내 방으로 사라졌지만 속으로는 계속 욕했다.

‘대낮에 무슨 낮잠이야, 내가 그랬단 야단났을 텐데. 도대체 다들 어디로 간 거야.’

내가 일 년여 집을 떠나 있었던 사이 변한 것은 이뿐이 아니었다. 일하는 언니조차 나를 대하는 인상이 달라졌다. 어쩌다 눈이 마주치면 나에게만 은밀히 속삭이던 ‘예쁜이!’ 란 말조차 잊어버린 것이다.

설마 내가 밤잠을 줄이면서 한글을 깨우쳐 준 고마움마저 잊은 건 아닐 터인데 그런다.

그날 밤이었다. 이층에 도둑이 들었다는 것이었다.

올라가 보니 응접실 가죽소파가 모조리 찢어져 있었다. 예리한 칼자국이었다. 모두들 얼굴이 하얗게 질려 있을 뿐 말이 없었다. 방안에 없어진 물건이 없는 것으로 보아 패물이 있는 자리를 아는 자의 소행임이 분명했다.

뒤늦게 연락을 받은 아빠가 오셨다. 내가 뛰어가 인사를 했지만 나는 안중에도 없었다. 그래서 이층까지 따라가지 못하고 엉거주춤 마루에 서 있자니 엄마가 자초지종 말이 많았다. 일하는 언니에게 들어가라는 신호를 한 뒤 나도 내 방으로 사라졌다. 그것은 오랫동안 우리 몸에 배인 행동이었다.

아빠의 화난 목소리가 온 집안에 진동했다. 다시 간담이 써늘해지지만 참 익숙한 분위기임에 틀림이 없다. 그런데 전에 들은 적이 없는 격앙된 목소리가 아빠의 것임을 의심케 하고 있었다. 따라서 내용을 몰라도 억누를 수 없는 분노만은 알 만했다.

폭탄이 터지는 소리가 났다. 너무 놀라 방을 뛰쳐나갔더니 아빠가 계단을 내려오고 있었다. 나는 엄마를 찾을 수밖에 없었다. 올라가니 거실 전등이 박살 나 있었다. 그 소리가 그렇게도 엄청났던 모양이다.

엄마가 거기 멍청하니 서 있었다. 엄마의 안전을 확인하는 대로 나는 돌아 나와 아빠를 찾았다. 하지만 어디에도 아빠는 보이지 않았다. 그 때 시원섭섭했던 그 마음이 두고두고 나를 옥죄는 족쇄가 될 줄이야.

그 다음날 밤 내 귀에 모녀의 대화가 장황하게 펼쳐졌다. 언니의 시아버지가 돌아가신 후 형부가 달라진 것이었다. 무서운 아버지의 감시를 벗어난 형부는 곧 술과 여자에 빠져든 것이다. 어쩐지 조용하다 했더니 형부가 바람이 난 사이 언니는 바람 빠진 풍선처럼 튀지 못하는 꼴이었나 보다. 그나마 남편을 쥐 잡듯 하던 여걸언니가 좋았는데 시간이 지날수록 음울한 사건이 꼬리를 물었다.

언니의 새로 사들인 아파트가 빚에 넘어갈 판인가 보았다. 시어머니에 게 둘러대야 할 말을 묻는가 하면 앞으로 어찌 해야 하나를 고심 중에 있었다.

'몰래 산 집이니 몰래 팔면 되겠네' 하는데 그게 아닌 모양이었다.

"…이익을 많이 남기고 팔았다고 해. …집을 산 사람이 갑자기 외국에 갔다 하란 말이야. …잔금을 치르기 전에는 매달 꼬박꼬박 이자를 쳐주기로 했다고 해. …엄마가 책임져 준다고 했으니 신경 쓰지 마시라고 하면 설마 더 이상 꼬치꼬치 물을까? 암, 그렇게는 못하지."

엄마의 일방적인 이야기만으로도 상황은 알 만했다.

사람이 살다 보면 좋은 날도 있고 궂은 날도 있지 글쎄, 언니는 걸핏하면 엄마에게 고자질을 하고 엄마는 어김없이 '한 살이라도 더 먹기 전에 뛰쳐나와 이것아, 얼마든지 더 좋은 데 시집 갈 수 있어' 하고 꼬드긴다. 좋을 때는 자기 혼자 희희낙락하다가 삐끗하면 엄마에게 자기 짐을 떠넘기는 식의 언니도 문제지만 불난 데 부채질하듯 부추기는 엄마는 고모가 예사로 말하던 저질 인간임에 틀림이 없었다.

언니가 엄마의 말끝에 '준비도 없이?' 라고 한다든지 '아직은 시간이 더 필요해' 라고 하는 말은 재산을 흠씬 빼돌려 놓고 난 이후에 생각해 보자는 말로 들린다. 엄마가 언니에게는 무슨 말이든지 통하지만 나에게는 어림없다. 그 따위 불결한 대화는 아예 나를 중심으로 태어나지도 못하게 할 것이었다.

그림자밟기

0 1 래저래 우리 두 사람은 주말마다 밤 깊은 줄을 몰랐다. 그는 생각처럼 자유로운 사람이 아닌 데다가 서로 연락수단이 있는 시절도 아니었다. 그는 그대로 나는 나대로 집을 알려줄 처지가 아니었던 것이다. 그래서 더욱 우리의 시간은 소중한 것이 되어갔다.

그는 오늘 나에게 자식에 대해 뜻밖의 의견을 말했다. 형벌 같은 세상에 자식을 낳아서 힘들게 할 수는 없다는 것이다. 그 말을 가슴에 새긴 나는 줄곧 그의 잘못된 생각을 바꾸는 날이 오도록 열과 성을 다하리라 다짐했다. 자식은 부모의 속물이 아니라 제 나름의 운이 있고 능력이 있는데 어째서 생활의 짐을 지고, 말고 그런 못난 소리를 한단 말인가. 욕심 부리지 않고 열심히 살다 보면 자식 대에 가서는 우리보다 훨씬 나은 삶을 살 터인데 왜 그들의 복된 길을 막는가 말이다.

그래서 나는 2세 말만 나오면 우리의 따뜻한 마음과 사랑만으로도 능히 행복할 터이니 두고 보라 큰 소리 치기 일쑤였다. 멀지 않아 나의 자신 감이 그에게로 통했다. 몸과 마음이 하나로 합치자 우리 서로 더는 외롭지 않았다. 문제는 줄고 자신감은 늘어났다.

언니 시집보내느라 진이 빠진 엄마뿐 아니라 주부가 없는 상대방 집안에도 크게 도움이 될 것이었다. 아무도 흉내 낼 수 없는 두 사람만의 길을 가는 쾌감이 우리의 생활을 활기차게 이끌었다. 이제 내가 친정에서 나오는 절차만이 남아 있었던 것이다. 그는 자신 있게 말했다.

"아까운 시간을 낭비하면서 더 무얼 주저해요. 두 사람이 함께라면 세상 거리낄 것 없단 말입니다. 우선 양가를 돌면서 결혼 승낙을 받기로 해요."

우리의 생각을 가감 없이 양가에 전하는 일이 순조롭게 진행되자 혼인신고를 끝마쳤다. 음식점에서 양가 가족이 만나는 자리에 서류가 제출되는 것으로 모든 짐을 내려놓았던 것이다. 결혼사진 한 장이면 충분히 기념이 될 것이었다. 이 같은 계획은 쓸쓸한 그의 가정환경에 어울리고 복잡 미묘한 내 입장을 벗어나는 길이어서 연일 감동의 연속이었다.

일생에 한 번뿐인 대사인데 친지에게 널리 알리고 고루 축복을 받아야 한다고 말씀들 하셨지만 우리는 흔들리지 않았다. 신랑신부라는 꼭두각시놀음이 싫다는 우리들을 애써 말려야 할 이유도, 그럴 가치도 없었던 것이다.

우리는 신혼여행이라고 이름 붙인 길을 떠났다. 가까운 산장에 여장을 풀었던 것이다. 마지막 체면치레의 순서 역시 우리에게 특별한 의미는 없었다. 하지만 양가 어른들의 자존심을 살리고 우리의 인상을 밝히는 계기로 그 길을 택했다. 산장에도 찻집이 있고 산 사람들이 있었지만 우리와는 무관했다.

"인생은 아무도 대신할 수 없단 말 그대로, 우리 두 사람 이외 들러리들을 위한 허례허식을 접고 나니 앞날을 튼튼하게 만들 일만 남았네요. 그 누구의 힘도 빌리지 않고 관습에 휘둘리지도 말고 꿋꿋이 살겠다는 신념이 자랑스럽지만 한 가지 물어 볼 말이 있어요. 환경으로 보나 인물로 보나 댁이 나보다 월등한데 왜 나를 택했어요? 모든 남자는 자기보다 못한 여자를 원해요. 그래야 권위가 서거든요. 솔직히 말 좀 해 봐요. 왜 자진해서 나를 택했어요?"

"내가 택한 건가? 나는 선택을 받은 걸로 아는데, 그걸 물었으니 답을 찾아보도록 해요. 어쩌다 이 지경이 되었는지 나도 잘 모르겠거든요."

나는 대화를 하다 말고 태엽을 감아야 할 시점이면 자리를 떴다. 그것이 나를 다듬는 하나의 방편이었다.

시댁에서의 새댁시절은 색다른 긴장의 연속이었다. 새벽에 잠이 깨면 집을 떠난 남편은 외박을 일삼았다. 실험실에 동물이 들어오면서 시간표에 맞추어 투약하는 책임이 따랐던 것이다. 길지 않은 기간이었지만 사명감 같은 것이 우리 두 사람을 지켜주었다. 그뿐이었다.

생활은 고르지 못해 일이 없을 때는 너무 일찍 돌아온 신랑이 외려 신경 쓰였다. 홀시아버님과 나와 남편 사이의 기류가 절대로 평범하지 않아서 숨쉬기 힘들 때는 오로지 한 가지만 생각했다. 어떻게 하면 새 사람이 들어와서 화기애애하단 말을 듣나, 하는 마음의 준비 말이다.

무엇으로 변화를 주면 그날이 그날 같은 생활의 단조로움을 극복할 수 있을까를 궁리하는 것만으로 끼니가 절로 다양해지고 기분이 덩달아 화사해지는 일상이 되어갔다. 같은 재료로 몇 가지 음식을 만들 수 있나 하는 문제를 들고 스스로 그 답을 찾아가는 나날이었던 것이다.

어쩌다 칭찬이라도 듣는 날은 고차원적인 세계에까지 정신력이 미쳤다. 쓰면 쓸수록 늘어나는 것이 사람의 지혜라고. 물끄러미 나를 지켜보시는 아버님이 작은 일에도 일손을 보태어 주시며 자신을 뉘우치고 가다듬는 계기로 삼으셨다.

"혼자 우두커니 집을 지키는 일이 따분해서 힘이 빠졌는데 왜 진작 할 일을 찾지 못했을꼬?"

그런가 하면 내가 아무리 잘 한다고 해도 혼자만의 둥지를 나누어 쓰는 불편이 있으신 것 또한 사실이었다. 나는 내 방에 들어가 낮잠을 즐기는데 아버님은 왜 삐걱거리는 낡은 의자에 앉아 졸고 계실까. 불편하고 불안해서 보기 힘들어도 나는 감히 말을 할 수가 없다.

언제부터인가 햇볕 아래 앉아 졸고 계시더니 이젠 아예 대문을 열어두고 지나가는 사람을 구경하다가 잠이 드신다. 한 시간을 족히 졸다 일어나시면서 '내가 아무래도 저승 잠을 자는가 보다' 하고 말씀하신다. 그래서 여쭈어보았다.

"앞으로는 아버님, 방에서 편히 주무시도록 깨워 드려요?"

"아니다, 나는 방해 받기 싫다. 그 자리에서 졸다 일어나면 가뿐해."

"저는 어떻게 해야 할지 고심했어요. 역시 잘 했군요."

"잘 하다말다, 낮잠을 어디 깊이 자냐? 가뜩이나 밤잠이 짧은데. 네 남편 이야기다만 내가 바깥에 나와 졸다가 들키면 아주 혼쭐이 나고 말아. 말은 않지만 꼴사납다 이거지, 성질이 나면 아주 고약하다 너. 시아버지가 며느리 앞에서 아들 흉떨이를 다 하는구나. 너는 며느리가 아니야, 내 딸이 있은들 너 같으랴."

나는 콧등이 시큰했다. 아버님은 내가 진정 있어야 할 자리에 있다는 안도감을 심어주셨던 것이다. 나야말로 다른 어디에 있은들 지금 이 같으랴. 나는 진정 명랑한 며느리가 되고 싶었다. 무사히 여기까지 온 감사의 마음을 세상에 갚아 나가는 방법으로 내가 몸담은 곳에 꼭 필요한 사람이 되는 것 이상 바람직한 일은 없을 것이었다.

남편은 귀가하면 제일 먼저 자기 아버지의 동태를 알고자 했다. 처음에는 걱정이 되어서 그러는가 했다. 하지만 골초에 좀스런 자기 자신은 괄

호 밖에 두고 술도 담배도 안 하시며 나에게 짐이 될까 봐 전전긍긍하시는 어른에 대한 예의가 아니었다.

아버님이 유달리 딱하게 보이는 날이면 그를 보는 내 마음에 서리가 내렸다. 그런 나를 알 리 없는 남편은 서로에 대한 경계가 느슨해지자 노골적으로 노인을 서럽게 만들었다. 하루 이틀에 끝날 일도 아닌데 이대로 버려 둘 수는 없는 것이 바로 나의 입장이었다.

내가 중재를 잘 하고 있는데도 저러하거늘 부자가 단둘이 살 때는 집안 분위기가 얼마나 살벌했을까. 나는 그의 언동부터 고치고자 했다. 공연히 부자 사이 난기류에 끼어든 꼴이 되고 말았지만 말이다.

남편의 반감이 그새 나에게로 번지는 감이 없지 않았지만 그도 저도 나의 신경을 거슬리는 일이었다. 남편은 사회인으로 주어진 일에 빈틈을 보이지 않았으나 아무리 두고 보아도 그 이상은 기대할 바 없었다. 발전이 있을 리 없으니 매사에 내가 주동이 되어 그를 이끌어야 하는 노릇이었던 것이다.

현실에 안주해서 월급봉투와 맞바꾼 생활이 그를 그렇게 만든 것 같았다. 나는 그런 그에게 자극이 되고자 했다. 주변에 있는 과일상자라도 포개어 놓고 예쁜 보자기를 씌워 임시 찬장으로 쓰는가 하면 그 실체가 드러나지 않게 그 위에 작은 물건들을 올려놓았다. 그것도 방안에 달라진 모습이 되고 웃음을 주는 계기가 되었건만 남편은 시큰둥할 따름이었다. 분명히 좋아하는 속내가 보이는데도 뭘 시시한 짓 하고 있어 하는 투다.

겉으로 드러내지 않으려고 하는 순진한 마음을 묵인해 주는 것도 아내의 아량이려니 하지만 그를 알면 알수록 깨닫게 되는 바는 만성적으로 굳어진 그의 부정적 성향이었다. 무슨 말에나 토를 달고 일단 반대부터 하고 보는 성격이 그랬다. 작은 것을 꼼꼼하게 따지는 반면 큰 것을 놓치고 마는 어리석음에 있어서도 마찬가지였다. 그렇게도 영리하고 재치 있던 사람이 가정이란 틀 속에 들면 그만 민망할 정도의 알몸이 된다. 과연 그에게 나와의 결혼 전 기억이 남아 있기나 한가 의심이 갈 정도로….

따라서 나에게 주어진 과제는 그가 알지 못하게 서서히 그의 성격을 교정해 나가는 일이었다. 그런 시도가 충돌을 일으켜 난감한 때가 있어도 나의 숨은 역량을 발휘하려는 나의 노력은 계속되었다.

이해는 멀고 오해는 가까운 그의 좁은 소견으로 인해 구차한 일상에는 마음 편할 겨를이 없었다. 그래도 진정이면 통한다는 일념이 있었기에 그 누구보다 낮은 자리에 어울리게 나를 길들여 나갔다. 그래야만 마땅한 나는 그래도 이 집에 안주인인 것이다. 그러하기에 스스로 당당하고 어떤 고비를 넘겨도 스스로 자랑스러울 수가 있었다.

그 결과 전에는 나를 비웃는 사람들 뒷전에 불편하게 있었는데 지금은 내 스스로 나를 대견해 하고 존중하는 분위기에 접어든다.

아버님 방의 청결은 아버님 소관이니 얼씬도 말라고 일러주신 홀시아버님은 우리 부부의 태만을 얼씬도 못하게 하는 약발을 지니고 있었다. 둘이 어물쩍 넘길 시간도 셋이면 규칙적으로 길들여져서이다. 그래서 남편이 잠자리에 들기 전에 발을 씻는 소리를 신호삼아 나는 바느질거리를 찾는 것으로 오늘을 마무리하고 내일을 대비한다.

그가 벗어놓은 윗도리를 집어 들고 행여나 놓칠세라 조심스레 해진 부분을 살폈다. 몇 번째 계절을 고스란히 지켜온 단벌옷은 남편의 자존심을 일그러뜨리면서 군데군데 해어져 있었던 것이다. 옷감의 씨줄과 날줄을 살리자니 금방 눈앞이 아물아물해졌다.

한동안 눈을 감았다 떴다 하며 빈 곳을 채워가는 중에 남편이 들어와 높이 달린 전구를 아래로 길게 늘어뜨려 주었다. 그만두라는 말 대신 그가 그렇게 하는 걸 보면서 기억 속에 있었음직한 시골살이 정경이 떠올랐다. 그 가운데 내가 아니, 우리가 있는 것이다. 가난이 유례없이 따뜻한 정감으로 나의 심성을 파고드는 느낌 말이다.

하루가 맑으면 다음날이 흐린 생활은 책갈피 속에 든 지폐 같아서 어느 결에든지 떨어지게 마련이었다. 마치 자기 이외 다른 사람의 꼴을 못 보겠다는 식의 조바심으로부터 나는 오염되지 않으려고 일정한 거리를 두면서도 아내로서 내가 해야 할 바는 지켜 나가려고 애썼다.

부부 사이 냉랭한 기류에 제일 민감한 이는 아버님이셨다. 아들은 차치하고 며느리에게 신경을 쓰신 나머지 아버님이 베풀 수 있는 호의는 친정 나들이 권유였다. 집집마다 전화가 있던 시절도 아니고 보니 동네 가게에 나가야 필요한 전화를 하는 형편이었다.

엄마는 나의 문안인사를 받는 둥 마는 둥 곧바로 언니 이야기였다. 언니와 형부 사이가 심상치 않은 낌새였다. 언니가 주식을 하다가 크게 빚진 사실이 탄로난 것이었다. 형부는 자기 엄마에게 낱낱이 보고했고 발칵 뒤집힌 언니부부 사이 대책을 엄마와 고심 중인 것으로 보였다. 특히 엄마에 대한 의존도가 극심한 언니의 아이들이 문제인 것이다. 반대로 그것이 언니에게는 유일한 무기이기도 하고.

그런데 이상한 일이었다. 내가 할 수 있는 말은 '형부가 그러는 건 당연하지'라는 말 한 마디뿐이고 그 말이 내 입에서 새어나올까 봐 조심하는 것이 현시점에서 내가 할 수 있는 전부였다.

그 후 나는 고의적으로 친정에 연락할 시기를 늦추었다. 나는 절대로 엄마나 언니에게 보탬이 되는 인간이 아니라는 자각이 나를 그렇게 만들었다. 아니나 다를까 한 달을 넘기지 못하고 언니는 아이들을 데리고 친정에 와 있었다. 어찌되었든 간에 찾아보아야 했다.

아이들이 현관에 앉아 있다가 나를 보고 모여들었다. 거의 울상들이었다. 뒤이어 돼지 멱따는 소리가 들리고 앙칼진 목소리가 뒤를 받쳤다. 너무 급작스런 일인지라 내용은 알아듣지 못했다. 하지만 겁에 질린 아이들을 보니 불난 집이 따로 없었다. 그런데 그 불똥이 사방으로 튀고 있었다.

"아빠가 엄청 큰 고객이기 때문에 증권회사에서 아빠를 호텔로만 모신다고 엄마가 말했지? 했어 안 했어, 그것부터 말해. 여자와 놀아나고 있다고 했어 안 했어?"

"처음에는 그랬지, 나중에는 돈 다 잃고 빚더미에 오른 거지."

"내 말은 그 말을 왜 이제 하느냐 이거야. 아빠가 살아있을 때 했어야지, 안 그래? 돈더미에 올라서든, 빚더미에 올라서든 아빠가 왜 집에 안 왔는데? 아빠는 한 번도 딴 살림을 차린 일이 없는데 왜 엄마는 아빠를 바람둥이처럼 말했냐고. 나는 늘 그렇게 알고 있었는데 이건 말이 안 되잖아. 아빠가 죽은 뒤에도 그렇지, 집 팔 때 우리들한테 뭐랬어. 상속 포기 각서에 도장 찍지 않으면 나중에 아빠 빚을 고스란히 짊어지게 된다고. 빚이 어딨어? 그 게 얼만데, 결국 우리를 속이고 혼자 차지한 집값 다 어디 두었어. 그 중에 내 몫 내어놓으란 말이야, 내가 살려면 이젠 그 길밖에 없어."

"빚 갚았다는데 돈이 어디 있다고 그래. 남의 자식들은 친정을 못 도와 줘서 안달이라는데 이건 혼자 사는 제 어미 뜯어먹지 못해 안달이니 원."

"언제는 엄마가 책임진다고 해 놓고 왜 이제 와서 오리발이야. 언제는 엄마만 믿으라고 했잖아."

"말도 못해? 힘내라고 한 말이지."

"참말로 상대도 안 돼."

언니가 짐을 여미지도 않은 채 방을 나오고 나는 모녀의 언쟁을 엿듣다 들킨 꼴이 되고 말았다.

"너는 왔으면 들어올 일이지, 도둑고양이처럼 밖에서 뭘 하는 거야?"

엄마였다.

엄마 뒷전에 있는 언니는 나를 힐끗 보았을 뿐 고개를 돌렸다. 나를 본

체만체 아이들 손을 이끌고 밖으로 나가는 언니를 보며 나는 바보처럼 우두커니 서 있었다. 워낙 서슬이 퍼래서 어찌하는 수가 없었던 것이다. 엄마가 방에서 나와 나를 향해 손사래를 쳤다.

"가라, 가라, 다~ 소용없다."

"내가 어쨌다고 나보고, 왜 이래?"

"정신 시끄러워서 그래, 가라니까!"

"엄마도 그러는 것 아니야. 언니한테 당하고 왜 나한테 분풀이를 해. 내가 못 산다고 업신여기는 것 나 다 알아."

나는 축 처져서 대문까지 한참을 걸어 나왔다. 빈말로라도 붙들어 주었으면 하는 마음이 그러했다. 골목을 벗어나니 남동생이 혹시 나를 잡으러 오지 않을까 하는 기대마저 사라졌다. 동생은 분명히 제 방에서 뒹굴고 있을 테니 말이다. 나는 부모의 반쪽 마음을 갖고 지켜보건만 동생은 아니었다. 아무런 보탬도 되지 않는 누나일 뿐이었다.

갑자기 나는 갈 곳이 없었다. 잠시 쉬어갈 곳도 생각나지 않았다. 오랜만에 허락을 얻어 다니러 온 친정길인데 이대로 돌아가면 쫓겨난 티가 나서 시댁으로 곧장 갈 수도 없는 것이다. 울컥하는 마음을 진정시키느라 나는 걷고 또 걸었다.

버스가 지나갈 때마다 무의식적으로 번호를 확인했다. 그렇게 두리번거리자니 아버님 얼굴이 떠올랐다. 남편은 나의 외출 사실도 모르고 있다는 점에 힘이 실리면서 나는 용감하게 버스에 뛰어올랐다.

시댁이 비로소 내 집이 되는 순간이었다.

"아기가 어찌된 일이냐? 친정에 아무도 안 계시든?"

아버님이 물으셨다.

"그냥 돌아왔어요. 서러워서 돌아오고 말았어요."

물끄러미 나를 바라보시던 아버님은 잠시 할 말을 잊고 계셨다.

"진짜 출가외인이 되었더란 말이냐."

얼핏 나의 감성을 사로잡는 그분의 눈길을 놓치지 않고 나는 있는 그대로 음울한 미소를 보냈다.

"아기가 절대로 옹졸한 사람이 아닌데…."

어깨 너머로 아버님의 착잡한 목소리가 거푸 흘러나왔다.

"웬만해서 그러지 않을 터인데…."

그 길로 나는 방안에 들어가 다시 나오질 않았다. 아버님도 그런 나를 찾지 않으셨다. 고아도 같고 미아도 같은 심성을 부추기는 건 외곽의 외로움이 아니라 내면의 노여움이었다. 내가 인정받지 못하는 이유는 오로지 나약함에 있다. 다툼이 싫고 이겨야 할 필요가 없는 내 마음이 그렇게 시키는 것이었다. 그렇다고 무시해도 된다는 뜻은 아닌데, 그 누구보다 대단한 나의 자존심을 가족이 몰라보는 것이다.

사람을 제대로 알아보는 안목이 우연히 생기겠는가. 균형 있는 감각만이 올바른 판단을 할진대 치사한 욕심쟁이 모녀에 있어서랴. 그나저나 어떻게들 되었는지, 나는 그런 걱정을 할 자격도 없는 등외인물이건만 가슴 밑바닥에 헝클어진 의문에서 눈을 뗄 수 없는 날이 계속되었다. 나는 평상심을 잃지 않으려고 노력중이지만 아버님은 나의 속마음을 꿰뚫고 계시는 듯 말씀하셨다.

"너 친정에 한 번 다녀오너라. 오늘은 네 남편도 늦는다고 했으니 좋은 기회라 생각된다. 무슨 일이 있었던 간에 자식이 머리를 숙이고 드는데 어떤 부모가 반기지 않겠어, 어서 가서 빌도록 하여라."

마지못해 가게에 나가 먼저 언니에게 전화를 했다. 같이 엄마를 찾아보자고.

"너나 가 봐. 나는 지금 엄마를 찾아갈 기분이 아니야, 특히 너하고는."

"내가 언니한테 무얼 잘못했게, 말 좀 해 봐."

"문틈으로 남의 말을 엿듣고도 뻔뻔스럽게 잘못한 게 없다고?"

"그래 봤자 가족이잖아. 집안일인데 내가 알면 큰일 날 일이라도 있어? 도저히 들어갈 엄두가 나지 않은 분위기였다고. 언제나 나만 빼돌리고 그랬었잖아? 싸움판이 나를 머뭇거리게 해서 그렇게 멋쩍게 되었는데 그게 그렇게 잘못 되었어? 내가 일부러 엿들은 줄 아는데 나는 그런 짓 안 해, 절대로 못 해!"

언니가 의자에서 벌떡 일어서는 듯한 낌새가 느껴졌다.

"너는 언제나 아닌 체하지. 까놓고 잘난 체하는 것보다 그게 더 기분 나쁜 거야. 뭐든지 자기는 아니지. 못난 것이 잘난 체는 혼자 하면서 뒤로 호박씨 까고 있어! 인간이 어쩜 그렇게 솔직하지 못해."

"말을 듣자 하니 성형하고 말고를 가지고 솔직한 성격이다 아니다, 하는 거야? 거울만 보고 사는 것 아니잖아. 거울을 보더라도 그렇지, 나는 낯선 내가 싫다는데, 자기와 따로 논다고 비웃는 거야?"

"기가 막혀서. 보기 좋은 떡이 맛도 좋단다. 보기만 좋아? 팔자도 고치지, 너까짓 게 뭘 안다고 나불거리는 거야!"

나는 수화기를 놓고 말았다. 돌아보니 내 뒤에 기다리는 사람도 없고 하여 나는 다시 엄마에게 다이얼을 돌렸다.

"엄마, 나 지금 엄마에게 갈려는데 집에 있을 거지?"

"네 언니가 밤낮 전화질인데 너까지 왜 이래. 네가 와서 어쩌겠다는 건데, 언니고 동생이고 딸이라면 아주 넌더리가 난다. 무자식이 상팔자라더니 그 말이 참말이야. 누구랄 것 없다. 당분간 끊고 살자."

나 먼저 엄마가 수화기를 놓아버렸다. 나는 전화통 앞을 떠날 힘이 없어 눈을 감았다. 터덜터덜 돌아오는 길에 나를 추스르느라고 몇 번이고 다짐했다.

'강해져야 한다. 나보란 듯이 잘 사는 그날을 위해.'

언제 집 앞에 이르렀던지, 나를 기다리고 계시던 아버님과 맞닥뜨리자 달리 할 말이 없었다. 나도 모르게 엄마가 한 말을 그대로 하고 말았다. 말이 얼마나 가벼운지 스스로 기막혀 했지만 때는 늦어 있었다.

아버님은 그래도 찾아뵙고 빌지 그러냐고 재차 말씀하셨던 것이다.

속으로 억울한 마음을 억누르며 다시 말하지 않을 수 없었다.

"아버님, 사람이 다 같지 않아요. 언니는 잘난 사람, 저는 못난 사람 꼬리표를 붙인 이가 바로 우리 엄마이거든요. 긁어 부스럼 일으킬까 두려워요. 말이 잘 통하지 않거든요."

"네가 집안에서 반대하는 결혼을 했더냐? 아님 결혼 전에도 모녀 사이가 안 좋았더냐?"

"그 둘 다요."

"내가 짐작한 대로구나. 그래서 내 철부지 시절 이야기를 너에게 해 준 거야. 순간의 잘못이 영원한 족쇄가 되더라는 교훈을 남겨주고 싶어서. 나는 불같은 성격이라서 작은 일도 참지 못해 큰일을 저질렀지만 너는 전혀 그렇지 않은데 어인 일이냐."

"저가 바른 말을 해서예요. 고까운가 봐요."

아버님이 빙긋이 웃으셨다. 허드레옷을 갈아입자 만감이 교차했다. 친아버지 하늘과 시아버지 땅이 오늘의 나를 있게 하지만 그 어디에도 울타리는 없었다. 치사한 속내가 함부로 나를 어쩌지 못하게 이를 악물었음에도 아빠 생각에 빠지자 자꾸만 울고 싶어졌다.

살다가 공연히 울음을 터뜨리는 일이 있었는데 그것이 아빠 때문인 줄을 이제야 알게 되었다. 그 동안 무엇에 홀려 있었기에 나는 아빠를 찾지 않았을까. 상당히 긴 세월이 흘렀는데 나는 도대체 무슨 생각을 하고, 또 무엇을 하고 있었더란 말인가.

엄마의 말이 문서라고 했는데 어린 시절에 나는 진짜, 진짜 바보였던 모양이다. 엄마가 경제권을 쥐고 있어 아쉬울 것이 없는 생활이 나를 그렇게 만든 것 같다. 내가 인간미 없다고 비웃던 언니는 그래도 가출한 아빠에 대해 알려고 노력한 흔적이 보인다. 알고자 하지 않았다면 엄마와 언니 사이에 그렇게 많은 이야기가 오갔을 리 없다.

아빠는 군에서 배운 기술과 그 때 사귄 인맥으로 사업에 성공한 케이스라 하지 않았던가. 내가 초등학교에 다닐 때만 해도 아이들이 나를 부잣집 딸이라고 수군거릴 정도였는데 아빠가 무엇 때문에 집을 나가셨을까.

주식투자에 실패했다는 말은 가장의 가출 이유가 못된다. 나는 엄마 이외 다른 어느 누구에게도 참 사정을 캐물어 볼 수가 없다. 단지 내가 아빠로부터 멀어진 데는 아빠를 우리 가족의 적인 양 뿌리 깊은 적개심을 심어준 엄마의 공이 크다. 언제부터 그리 되었는지 잘은 몰라도 나는 지금처럼 혼자 말없이 아빠생각을 하는 일조차 없었던 것이다.

나는 너무 오랜 세월을 사람의 진정에 주려 있었을 터인데 어쩐 일이었을까. 이기적인 가족으로부터의 안전에 힘쓰느라 더는 허전하지도, 처량하지도 않았다는 짐작이 있을 뿐이다. 늘 어둡고 음산했던 마음만은 나를 유달리 사랑해 주셨던 아빠의 기억 탓이었으리라. 이 못난 딸에게 오롯이 진정을 남겨 둔 아빠의 마음 또한 나처럼 그렇게 서서히 비어 갔을 것이었다.

나야말로 착실하게 살아야 한다. 엄마의 허영심에 구멍을 낸 나의 선택을 위해서도, 엄마를 참을 수 없어 그 옛날에 집을 나간 아빠의 선택을 위해서도, 또 함부로 다루어지고 있는 우리의 진정을 위해서도 나는 끝내 나에게 주어진 운명을 이 세상 전부인 양 밀고 나가야 한다.

이제야 말이지만 남편은 나에게 자기가 의사라고 말한 적이 없다. 그런데 나는 그를 의사로만 알고 내가 아는 그대로 가족들에게 말했던 것이다. 이를테면 속인 사람은 없는데 속아서 한 결혼이 되고 말았다. 병원에서는 흰 가운 입은 사람들끼리 서로의 호칭이 선생님이다 보니 그리 된 거다. 명패엔 분명히 의사 누구, 기사 누구라고 명시되어 있지만 병원엔 의사와 간호사밖에 없는 줄 알던 그 시절 내가 행여 그런 것에 신경을 썼을까.

그런데 우리 엄마는 한심한 자기 딸을 탓하기는커녕 애꿎은 남의 아들을 가리키며 사기결혼으로 몰고 있단다. 이미 끝난 일에 무슨 미련이 있어서인지 동네방네 떠벌인다지 않는가.

'흰 가운만 걸치면 다 의사래. 누군 누구겠어요. 우리 둘째 딸이지, 미친년이 따로 없다니까.'

그렇게 말하는 엄마는 자기의 망가진 자존심을 되찾는 수단으로 착각한 모양인데 내가 보기엔 집안망신을 자초하는 꼴이다. 어리석음을 따지고 보면 엄마가 내게 뒤지지 않은데 엄마는 그것을 알지 못한다.

막다른 골목에 쫓긴 쥐가 고양이에 맞서듯 나는 의사가운을 보고 결혼한 것이 아니라 사람을 보고 한 것이라고 우겨 보지만 한 번 틀어진 인식은 고쳐지지 않았다. 나는 남편을 하찮게 여기는 친정 식구들을 멀리하는 것이 나의 가정을 지키는 길이라 여겼다. 다른 대책이 서질 않아서였다.

이왕 이렇게 된 딸을 좀 가엾게 봐 줄 수는 없는지, 그 동안은 엄마가 야속하기만 했었는데 살아갈수록 그 마음을 조금은 알 것 같더니 오늘은 수긍이 간다. 그가 의사였다면 최소한 가난이 주는 이 같은 절망은 없었을 테니까. 하지만 그가 만약 의사였다면 그렇게 쉬이 나 같은 인간을 택했을 리 없다.

누가 뭐래도 나는 나를 천사로 알고 있는 아버님을 받들고 이 집안에서 후회 없이 살아야 한다. 시댁을 함부로 얕보고 막무가내로 행동하는 우리 엄마가 내 앞에 고개 숙이도록 말이다. 시작은 연약해도 크게 자라는 나무처럼 주어진 자리를 굳건히 지켜 내다보면 나라고 이렇게 집안에서만 헤매랴.

사람은 환경의 지배를 받는다는데 행여 내 마음이 구차해져서 빛을 잃게 될까 그것이 두렵다. 식구도 없는데 정말이지 이렇게까지 가난한 집안인 줄은 몰랐었다. 아버님도 평생 일손을 놓지 않은 걸로 아는데 어째서인가 하는 놀라움이 내 안에서 수시로 고개를 치켜들기 때문이다.

시아버님 되실 분에게 인사를 드린다고 찾아왔을 때만 해도 그저 아담한 집이라고 생각했었다. 그런데 나중에 알고 보니 그마저 셋집이었다. 이것이 다 내가 타고난 복이 없어서일 것이라고 체념하지만 끼니때마다 걱정을 불러오는 주머니 사정은 알뜰한 이 마음마저 시들게 한다. 시들어 가는 것이 어찌 마음뿐이랴. 몸이 쇠약해지는 징조가 환절기에 행사처럼 찾아오는 기침소리로 불거진다. 목이 아프고 가슴이 통째로 울리다가 식은땀이 흘러도 나는 나의 건강을 걱정할 여유가 없었다.

어디에도 호소할 길이 없을 때, 외로움도 같고 서러움도 같은 내 아버지의 영상이 무척이나 나를 닮아있다. 아버지도 나처럼 삶이 온통 막연해서 어둠이 내리는 길을 이렇게 걷고 또 걸었으리라. 나는 아버지를 닮았다지만 아니라고 생각했는데 가던 길을 쉬이 돌아설 수 없을 때는 '아하!' 하고 내 안에 그림자를 드리운 아버지를 보고 고개를 끄덕인다.

내가 어렸을 적에 유리창을 깨고 누가 혼내기도 전에 파랗게 질려 있던 나를 보고 아빠가 말했던 것이다.

— 사람은 누구나 실수를 한다. 그렇게 기죽지 말라. 너는 너무 여려서 탈이고 네 언니는 거칠어서 탈이다. 한 엄마 한 아버지 사이에 태어났는데 어쩜 그렇게도 서로 다르냐. 넌 이다음에 어떤 사람을 만나도 잘 살 것이다만 네 언니가 걱정이다. 고래로 남자 못난 건 제집이나 망치지만 여자 잘못 된 건 제집뿐만 아니라 남의 가문까지 망친다고 했거든.

언니를 시집보낼 때 이해타산으로 얼룩진 일에 하도 기가 막혀 내 결혼

문제만은 엄마가 개입할 틈을 주지 않겠다고 작정한 나머지 일이 이렇게 된 것이다. 다시는 아빠처럼 불행한 남자가 없도록 하는 것이 내가 사는 최고의 미덕이요 움직일 수 없는 가치가 될 터인데 책이 없고 신문도 없고 그것들을 챙길 자유마저 없다. 끼니에 충실한 여자로 바깥세상과도 담을 쌓았으니 어디에서 정신적인 허기를 면하랴. 내 속에 회오리바람이 나의 안일을 탓하는 기미를 아시기라도 하는 듯 시아버님께서 찾으신다.

"아가야!"

따사로운 음성이 나를 흔든다.

아버님은 또 점심을 때울 떡을 사 오신 모양이다. 손에 가볍게 들린 종이봉투가 그걸 알리고 있다.

"너 좀 편하라고 내가 또 군것질거리를 사왔다. 우리 이걸로 점심 때우자. 하는 일도 없는데 꼬박꼬박 삼시세끼를 챙겨 먹자니 미안한 생각이 든다만 어쩌겠니."

"아버님, 누구에게 미안하다 하시는 거예요?"

"세상에 대해, 안 그러냐?"

"아버님은 할 일 다 하셨어요. 이제 편히 쉬실 때에요."

"그래, 고맙구나. 나는 너 같은 복인을 만나 고생 끝에 낙인가 한다만 너는 없는 집에 시집을 와서 고생이 많다."

"아버님이 사다 주신 떡을 먹고 좋아서 생글거리는 제게 그 무슨 말씀이세요."

"그렇게 말하니 참 기분이 좋다. 우리가 너희같이 젊었을 때는 말이야, 평소에 떡을 먹는다는 건 기대조차 할 수 없는 일이었어. 명절에도 부잣집에서나 떡을 했지. 그래서 시제를 지낼 때가 되면 동네 아이들이 마을 뒷산 산소 자리로 몰려들었어. 그날은 푸짐하게 떡을 담아 와서 사람을 가리지 않고 골고루 나누어 주는 풍습이 있었거든."

"가난한 시절이었는데도 옛날 부자 이야기에서는 언제나 향기가 나요. 요즘 부자들은 속임수나 탈세의 명수들이라는데, 아마도 재산과 함께 부자가 해야 할 도리도 물려받은 사람과 그렇지 못한 벼락부자의 차이겠지요. 부자는 최소한 가난한 사람을 돌볼 줄 알아야 해요. 그것이 부자가 부자답게 살 수 있는 유일한 길이니까요. 도둑이 들끓고 강도가 날뛰면 결국은 부자가 불안하게 되니 말입니다."

"떡집 할멈이 나더러 뭐랬는 줄 아니? 며느리 사랑이 유별나다는 게야. 그래서 일찍 잃어버린 여러 딸 대신이라 했어. 옛날에는 홍역을 치르고 나야 진짜 자식이란 말이 있었어. 그런데 나는 홍역을 치루고 났어도, 열병으로 줄줄이 자식을 잃었어. 살기 좋은 세상이 되면서 끝으로 아들을 얻었는데 그것 하나 남아서 이 영광을 보는구나, 보배 말이야."

"그러셨군요. 저는 그것도 모르고 보배 씨가 아주 늦둥이로 태어난 줄 알았어요."

"옛말에 하나 아들 귀히 알다가 나중에 집안 망신당한다 했는데 그 말을 알지만 나도 자식을 엄히 키우지는 못했어. 막상 닥치고 보니 눈에 넣어도 아프지 않단 말 하나 밖에 알지 못하겠더라고. 우리 부부가 줄곧 저 하나만 쳐다보고 금이야 옥이야 키웠으니 누구 탓할 바는 아니다만 보배 역시도 자기밖에 몰라. 일찍 담배를 배우고 술에 곯고 무척 속을 썩였지만 내가 작심하고 본보기로 술 담배를 끊었지. 생사를 결단할 차례만 남았다는 생각에서였지. 그래서 말인데 오늘날 며느리와 속말 나누는 이와 같은 사이가 될 줄은 꿈에도 몰랐어. 이게 어인 횡재냐!"

나야말로 가난이 유난히 온화해서 내 마음이 그 옛날 온돌방 아랫목 차지와 조금도 다를 바 없었다.

몸에 꼭 맞는 가난

어느 호젓한 밤에 아버님에 대한 긴 이야기를 했을 당시 생각이 난다. 남편이 크게 한숨짓고 말했던 것이다.

"우리 아버지에게 내가 얼마나 황당한 효도를 했는지 알아? 하루는 말이야. 초라한 중년의 늙은이 한 사람이 직장에 찾아들었어. 아버지를 찾는다고 하면서 우리 집 위치를 알려달라는 거야. 흡사 빚 받으러 온 사람 같은 말투였지. 내가 왜 그러시느냐고 물었더니 자기는 집안 어르신들이 보내서 왔다고 했다. 그 분의 말투가 하여튼 기분 나빴어. 다짜고짜 그를 복도 한구석으로 몰아넣고 재차 물어보았어. 나를 어떻게 알고 여길 찾아왔냐고. 그는 대답 대신 앞장설 것이냐 말 것이냐를 다그쳤어. 참담해 하는 나를 보고 실망한 눈치가 역력했지. 병원에 근무한다니까 무조건 훌륭한 의사인 줄 알았던가 봐. 하긴 의사도 의료보조기사도 똑같이 흰 가운을 입고 있었으니까 그분이 혹시 나를 의사이거니 하고 착각했는지도 몰라. 방금 들은 이름이 아버지의 아명인 줄 분명히 알았지만 나는 시치미를 뗐어. 잘못 찾아오신 거라고. 결국 그 분도 자신이 없었던지 그냥 자리를 떴어. 그를 돌려보내고 온종일 씁쓸하던 기분을 간신히 억누르고서야 퇴근을 했지. 집안으로 들어서자마자 아버지께 말씀드렸어, 그렇게도 아버지에게 못할 짓을 한 사람들이 무슨 낯으로 찾아왔냐고. 나의 서슬에 질렸던지 아버지는 눈을 크게 치켜 뜬 채 말이 없었어. 무언가 찜찜한 느낌이었는데 나중에 어머니를 통해 사정을 알고 보니 아버지가 먼저 면사무소에 편지를 보냈다잖아. 아버지는 자기 집 주소도 몰랐던가 봐. 편지를 쓰고 싶었든지, 아니면 찾아갈 때를 대비해서였던지 아버지가 연락을 취한 결과 빚어진 일인 거야. 이미 기차는 떠난 뒤였지. 그 사건은 그걸로 끝난 줄 알았는데 두고두고 내 마음이 괴로운 거야! 그 초라한 행색이며 나의 뒷골이 써늘해지던 눈초리하며 기억에서 사라지지 않는 그는 우리의 누구였을까. 돌아가는 차비는 있었을까. 나는 말이야, 아버지의 한풀이에 힘을 보태는 줄 알았었는데 아버지가 용서를 빌고자 애써 터놓은 길을 가로막은 꼴이 되었으니 그야말로 변괴였지. 이후 우리 부자간에 대화는 이루어질 수가 없었어. 내가 어찌할 바를 몰라 하니까 부모님이 없던 일로 하자고 약조라도 하신 모양이었어. 나는 날마다 새벽에 일 나가고 밤늦게 돌아오면 피곤해서 잠자기 바빴지, 언제 지난 일 되새길 여유가 있었게. 그래도 양심은 살아서 어딜 가나 늙고 깡마른 사람이 지나가면 다 내가 돌려세운 그 때 그분 같기만 해."

이제 끝인가 하는데 다시 시작인 남편의 이야기는 거의 자학 수준이었다.

"도무지 내 아버지의 그 속을 모르겠는 거야. 한평생 철통 같은 줄만 알았던 노여움은 어찌된 거냐고. 어린 시절 한을 내가 풀어드릴 일만 남은 줄 알았는데 나도 모르는 사이 어떻게 사람이 그처럼 딴판으로 바뀔 수 있어? 그 아버지의 그 아들이라지만 나는 아버지와 달리 고등교육도 받았잖아. 아무리 궁했어도 그렇지, 어떻게 그런 일을 저지를 수가! 해결할

실마리는 그 후에도 얼마든지 있을 법했는데, 돌아보면 가난이 원수였어. 당장 먹고 살기 바빠 앞뒤 가릴 사이가 없었던 게야. 아버지 역시 순간적인 충동을 못 이겨 일을 떠벌렸다가 궁지에 몰린 격이지. 그 처지에 과거 운운하는 자신이 민망하기도 했을 것이야. 이제 와서 생각하면 떳떳이 찾아갈 형편이 못 되어 서신으로나마 생사를 알자고 한 것 같아. 편지가 오가기도 어려운 그 때 시골에서 서울 오기가 오죽이나 힘들었겠어. 특히 굶주림이 일반적이던 그 시절 서울 나들이가 쉬웠겠냐고. 세월이 그만큼 흘렀으니 감정에 맺혀 있던 옹이도 마디도 없어지고 온 마을이 들썩거린 결과 성사된 일을 내가 간단히 망쳤다는 것 아니겠어. 누가 뭐라 해도 나는 소인배야. 아예 형편없는 소인배로 태어났어. 어렸을 때부터 무엇 하나 남보다 잘 하는 게 없었어."

나는 그를 더 이상 두고 보지 않았다.

"당신은 형제가 없어 그래요. 미리 보고 배울 수 있는 환경이 아니지 않아요. 이따금씩이라도 오가는 친척이 있나, 어릴 적 친구가 있나. 혼자 자란 사람치고 당신만큼 착하고 착실한 사람 있으면 어디 한 번 말해 봐요."

남편 특유의 무표정이 그를 낯설게 만들었다. 옆에 있어도 아주 동떨어진 사람이게 하는 저 정체가 무엇인가. 그는 갑자기 현실과 무연한 자기 안에 갇혀 버린 것이다. 결혼 전에 번번이 나의 발길을 돌리게 하면서도 끝내 무심할 수 없게 만들던 저것이 애매한 그것이다.

뒤늦게 안 일이지만 남편은 꼭꼭 숨은 의처증 증세마저 보였다. 그것도 모르고 섣불리 그를 대했으니 본색이 드러나는 성과를 미리 거둔 것이라 해야 하나. 그는 결혼 전에 내가 본 그 남자가 아니었던 것이다. 그는 어디엔가 마음을 빼앗기지 않으면 초조하고 불안한 상태였다. 그 누구도 믿지 못하고 그 무엇도 탐탁하지 않은데 일단 빠져들면 자신마저 잊고 딴 사람이 되는 것 같았다.

"아버지가 뭐래?"

하고 물었지만 그러려니, 했었는데 그날은 일진이 나빴다.

"무얼 뭐래, 가만 계시지."

"아닐 걸, 내 욕을 하고 당신을 종 부리듯 했을 걸."

"무슨 소리, 어른한테 쓸데없이 나쁜 말을 하고 있어."

그는 흠칫 놀라는 눈치였다. 그렇게 직선적으로 응대하는 내가 아닌데 어쩌다가 그만 짜증스런 모습을 보이고 말았던 것이다. 실수는 돌이킬 수 없는 결과를 낳았다.

"쓸데없이 어쩐다고? 이게, 어디서 배워먹은 말버릇이야?"

처음 있는 일인지라 나는 제대로 숨을 쉴 수가 없는 지경인데 뒤에서 그릇이 박살나는 소리가 들렸다.

"분명히 말하지만 나는 여자가 그러는 꼴 못 봐."

그가 너무 과격하게 나오니 나는 그만 나락으로 떨어진 기분이었다.

"너 또 왜 이러냐, 새 사람이 왔는데 너 왜 이래."

황급한 목소리와 함께 아버님이 나타나셨다. 상황은 걷잡을 수 없이 돌아갔다. 부부싸움에는 끼어들면 안 된다는 교훈을 아버님이 몸소 체험하신 날이기도 했다. 일찌감치 길들이기 작전인지, 아예 기를 꺾어 놓겠다는 심사인지, 아니면 자기도 모르게 본색이 드러난 것인지 몰라도 남편 역시 부끄러운 과거 행적을 드러낸 것만은 확실했다.

그가 집으로 돌아온 시간은 분명치 않아도 밤새 화장실을 들락거리며 난리를 쳤다. 벌을 받아 마땅한 그와 자는 체하는 나 사이에도 새벽이 왔다. 그는 일터로 가고 나는 아버님을 어떻게 보나, 그것만이 문제였던 것이다. 그러나 아버님의 말씀은 의외였다.

"네가 참아라, 여자가 참아야 하느니라."

염치없는 말이 너무 쉽게 나오니까 외려 내가 덤덤해졌다. 오랜 세월

겪어온 사람이듯….

　맞대응을 하지 않고 무시하는 전략을 쓰면서도 밥 차려주고 속옷 빨아주고 내가 할 바를 다하는 날이 계속되었다. 그도 말없이 야비한 짓거리를 이어나갔다. 손으로 건네야 할 것을 내 앞에 던지고 발로 차고.
　'아하! 나더러 갈 테면 가라는 뜻이로구나.'
　남편이야말로 친정에서 밉보이는 나를 배짱 좋게 비웃는 시기였다. 친정이야기를 그렇게 적나라하게 하는 것이 아닌데, 내가 바보였던 것이다. 행여 친정에서 자기를 깔본다고 할까 봐 내가 미움을 받아서 자기도 사위 대접을 잘못 받는다고 위로차 둘러댄 것이 그만 역효과다.
　그는 겨우 그런 사람이었던 것이다. 속된 말로 끼리끼리 만났는지도 모른다는 뜻밖의 생각이 나를 그 자리에 합당한 인물로 만들어 가고 있었다. 아내의 길이 고달픈 줄은 알았지만 이다지도 치사하고 한심할 줄이야. 짝꿍은 나를 위해 주어지는 것이 아니라 내가 맞추어 나가는 상대일진대 일생의 동반자에 있어서랴. 더구나 이 사람은 일방적으로 당하는 길 이외 감정싸움을 벌릴 수 있는 상대도 아니었다.
　그에게 말려든 두루마리 인생이 아무리 억울해도 그것이 내가 지닌 전부였다. 그러나 그것이 시작인 것이다. 어떻게 하면 좀더 나은 토양에 뿌리를 묻고 새롭게 태어나는 미래를 볼까 하는 나의 해바라기 정신이 아버님의 그늘에서 쉬고자 했다.
　'그럴 바엔 내가 미련했지. 그래 착한 마음 두었다 무엇에 쓰려고. 죄송하단 말 한 마디면 사통팔달일 텐데 그래, 이왕이면 편케 살자.'
　생각을 달리 하니 세상이 달리 보였다.
　"미안해요, 여보. 마음 풀어요. 나쁘게 한 말이 아닌데, 말이 함부로 나왔어요."

아내로 사는 것이 한 인간이기를 포기하는 일이었다. 그런데 어인 일로 눈물이 귓전을 타고 내렸다.

앞만 보고 가도 발부리에 돌이 차이는 오솔길 여정인데 나는 자꾸만 되돌아보는 버릇이 생겼다. 내가 지나쳐온 사람과 사연이 나를 부르는 것 같은 착각에 의해 묻고 따져서라도 알고자 하는 의지가 움직였다.

그래서 그나마 평온한 때를 골라 나는 엄마에게 처음으로 아빠에 대해 물어보았다. 어슴푸레 알던 바와 같이 아빠가 주식으로 망한 내력이었다. 뒷집 아저씨가 고수라고 아빠는 그를 따라다니다가 그 세계에 깊이 빠져들었더란다. 아빠는 아파트를 사서 세를 받아 생활하기로 했는데 그것이 여의치 않아 그리 되었다고 했다. 지금은 법이 받쳐 주지만 옛날엔 월세 떼이고 집마저 비워주지 않아 소송을 해도 6개월 연장을 거듭 허락하는 법이 있어 악덕세입자만 배불리는 시대가 있었단다.

— 어떤 장사든지 돈을 벌려면 손님의 이익을 따먹게 마련인데 주식은 그게 아니야. 국제적인 황금시장에서 고기 대신 금을 낚는 거야. 잘 하면 나만 잘 되는 것이 아니라 나라에도 좋은 일이라고. 이익이 크던 작던 보탬이 된다 이거지.

그리고 며칠씩 집을 비웠더란다. 정보통이라는 누군가를 모시고 관광지를 돌아다니기도 했기에 비용이 아까워 바가지를 긁는 엄마더러 아빠가 말했단다.

— 두고 봐. 2억을 가지고 20억을 만든 사람이니 내 그 뒤를 따르면 똑같이는 몰라도 절반이나마 되지 말란 법은 없지.

"그렇게 집을 비울 때는 자기 혼자만 재미 보는가 해서 정말 내 속에 열불 났어. 실지로 흥청거리는 놀이판이 그려질 때도 있었으니까. 그럴 때가 있었는가 하면 '큰일 났어, 반 토막 났어'라고 말하면 뒷집 아저씨가 나무랐단다."

— 형님, 너무 욕심을 냈구려. 돈을 다 집어넣으면 어떡해요. 투자는 30%를 넘지 말라 했는데. 돈 잃고 건강 잃는단 말입니다. 투기판에 붙어 있는다고 더 버는 것 아니거든요. 멀리서 시장 흐름을 읽어야 해요.

"하지만 아빠는 '시세가 얼마나 예민하게 움직이는데' 가 아니면 '사나흘 떨어졌으니까 장에 나가 매수시점을 노려보자' 는 자세였단다. 아저씨가 아무리 일러도 아빠는 본전 생각 때문에 한 발 물러설 줄 몰랐단다. 아저씨가 어제는 미수를 쳐서 한 탕 크게 먹었다고 하면 아빠는 미수를 쳐서 크게 손해를 보는 일이 잦았다는데도."

— 형님, 생활비를 벌겠다고 덤비면 망하자고 드는 곳이 증권가예요. 더구나 현금화를 위해 시장이 나빠도 팔아야 하는 경우가 닥치거든요. 꾸준히 종목 선택하고 매수 매도 시점을 정하고 기업정보 얻는 공부했다 해도 모르는 것이 시장 사정입디다.

"그러면 아빠는 고수도 모르는 비법이 있는 양 큰소리쳤단다. '내 돈은 한 종목에 묻어두고 미수로 그 종목을 공략하는 거야. 낮은 시세에 사서 오르면 파는 방식' 이라면서…."

— 형님, 내렸다고 생각하고 샀는데 더 내리면 어떡해요? 손해를 봐도 그날 산 것은 그날 팔아야 하는데, 미수에 걸리면 죽을 판이라는 거 모르십니까? 아신다면 그런 위험에 뛰어들진 말아야지요. 보아하니 형님 구좌 멀지 않아 바닥나게 생겼어요.

결국 아빠는 엄마 볼 면목이 없어 집을 멀리 했다는 것이다. 과연 그뿐이었을까. 엄마는 아빠의 아쉬운 반쪽이기보다 혐오감을 불러일으키는 기피대상은 아니었을까. 다른 것은 다 몰라도 아빠가 이루어놓은 우리의 집이 절대로 아빠가 쉴 곳이 못 되었다는 점은 내 기억 속에 분명하다. 더구나 돈 버는 기계 취급을 당하다가 지쳐서 쓰러진 아빠의 속사정을 아는 사람은 고모 이외에 아무도 없는 것이다.

"엄마만 닮지 마라라. 네 엄마는 닥치는 대로 제 욕심만 채우는 뻔뻔스런 요물이다. 산골두메에서 평생 고생만 하는 네 이모가 누구 때문에 그리 된 줄 아니. 네 엄마가 이모의 약혼자를 가로챈 거야. 자기 동생한테 당하고 네 이모는 한동안 사경을 헤맸어. 그래도 집안이 쟁쟁한 외가 덕에 그 불쌍한 것이 새 길을 찾은 거야. 산중두메로 시집을 가 처녀귀신 신세를 면했으니 말이다."

"고모, 엄마의 부끄러운 과거를 들추어 저까지 수치스럽게 만들지 마세요. 집안 망신이잖아요."

"네 엄마는 절대로 부끄러운 줄 모른다. 오히려 자기가 그렇게 잘난 줄 알고 있어. 너 내 말을 못 믿겠거든 네가 직접 엄마한테 물어봐. 자랑삼아 웃고 떠벌리며 그 사실을 말하는 걸 너도 확인할 수 있을 터이니. 이 집안에 사리판단이 바른 사람은 너밖에 없단 말을 하고 싶은 거다. 너는 꼭 네 아빠를 빼닮았어. 천성이 착하단 말이다. 네 아빠는 너무 착해서 네 엄마처럼 요사스런 계집의 꼬임에 넘어간 거지."

아무도 없을 때 나 혼자 옛 생각에 빠지노라면 어렴풋하게나마 죄의식에 깊숙이 연루된 집안낌새를 감지할 수 있었다. 특히 아빠가 집을 떠나신 이후 엄마가 누린 전성시대 회상이 그것이다. 무어라고 꼬집어 말은 못해도 부모님이 다투던 당시 여러 정황도 한 몫을 한다.

집안에 젊은 놈을 끌어들였다는 둥, 잘 아는 놈이 아니고서야 응접실 소파 속에 감추어두었던 금품을 어떻게 감쪽같이 도둑맞을 수가 있느냐는 둥, 아빠는 마치 엄마가 누구와 짜고 아빠를 속이고 있다는 듯한 속내를 드러냈기 때문이다.

나중에 알게 된 일이지만 아빠가 하숙을 전전할 무렵이었을 것이었다.

어쩌다가 내가 아빠에 대해 궁금해 하면 엄마는 대답 대신 '아이고 저 맹추!' 라고 나를 몰아붙였다. 그 막연한 엄마의 말 한 마디가 나를 세상물정 모르는 철딱서니로 몰아갔던 것이다. 그렇게 많은 세월이 흐른 끝에 아빠가 병이 들어 병원에 입원을 해 있다는 전갈이 오고도 또 몇 해를 넘겼다.

엄마가 풍기는 분위기는 가장이 되어 가족을 버리고 나갔으니 어떤 벌이든 받아 마땅하다는 것이었기에, 정말이지 나는 아빠가 바람이 나서 우리들을 버린 줄로만 알고 있었다. 아빠의 죽음을 맞고서야 비로소 아빠 주변에 아무도 없었다는 사실에 충격을 받아 무언가 크게 잘못되었다는 것을 알았지만 때는 너무 늦어 있었다.

그 무엇 하나 분명한 사실이 없어도 알아볼 방법이 없고 보니 엄마와 언니 뒤를 묵묵히 따르는 도리밖에 달리 할 일이 없었다. 형식적인 절차와 함께 내 아빠의 화장장 배웅은 볼품없이 끝이 났다. 고모도 있었고 한때는 왕래도 빈번했는데 언제부터 어떻게 이렇듯 철저히 본가가 봉쇄되었을까. 아마도 아빠는 자신의 가출사실을 자기 혈연에게조차 알리지 않았던 모양이었다.

그러한 아빠의 고뇌를 내 어이 짐작이나 했을까마는 혼자 삭인 아빠의 비밀인들 그 얼마나 황폐했을까. 엄연히 자식이 있는데, 아무리 미약해도 나 같은 딸이 있는데, 아니지 그게 아니라 끝까지 찾아가지 않은 내 잘못이다. 순전히 내 책임인 것이다. 아직도 따뜻한 아빠의 목소리가 오늘날까지 나를 감싸며 놓아주지 않는 말이 있다.

'난전에서 물건 값 깎지 마라. 가난한 사람의 이익을 가로채는 일이란다.'

아마도 그 피가 내 안에 흐르고 있는 한 나는 변함없는 나일 것이다. 고래로 자기 복을 깎아내리는 영악한 인간에 비해 약간의 어리석음이 복되다는 가르침 말이다. 지금의 나를 어디선가 보고 계시다면 틀림없이 한 말씀 하실 것이었다.

'남편은 이 세상에 유일한 네 몫이다, 다른 생각에 놀아나지 마라.'

나는 어려서 남들처럼 아버지를 아빠라고 불러본 적이 없다. 아빠란 말은 어리광이 섞인 못난이 소리로만 알았었다. 누가 그렇게 일러준 적이 없어도 나의 지레짐작이 그랬다. 바꾸어 말하자면 나의 아버지도 절대로 다정다감한 현대아빠는 아니었다.

아버지 무릎에 앉았던 기억은 있어도 아버지 품에 안긴 기억은 찾을 수 없는 난데 한 집에서는 좋은 줄도 몰랐던 근엄한 아버지상이 근래 들어 부쩍 그리워지는 것이다. 무언중에 계셨어도 가슴에 진정이 와 닿는 힘은 그 분을 떠나 존재하지 않는다. 그 분이 계시지 않는 이 세상을 생각하면 분명히 나는 외톨이인즉 그렇지 않은 이유로 아버지라는 호칭이 내 안에 각인되어 있고 그 분의 음성이 내 안에 자리 잡고 있음에서이다.

나는 시아버지를 알면 알수록 이상하게도 친아버지를 더 깊이 느끼게 되었던 것이다. 어느 분의 장단점을 가릴 수는 없어도 한 분은 가슴 속에 계시고 또 한 분은 눈앞에 계시었다. 가슴 속에 계신 분은 생활 도처에서 만나게 되고 눈앞에 계신 분은 시시때때로 사랑과 이해의 말씀으로 계신다. 이 한 세상살이가 전생의 업보란 말이 나는 억울하다. 왜 유독 죗값만이 생명의 한계를 초월해 있는가, 업보로부터 자유롭고 싶은 노력이 텅빈 집안을 지키는 빗장이다.

짝꿍에게 원망을 사지 말고 내 감정에 충실하지 말자 하는 결의와 의리가 다 나를 위해 진정 못할 짓인 줄 알면서도 그 역할에 충실한 것이 여인의 길이 아니던가. 사랑은 무미건조한 의무사항에 편입된 지 오래라 해도 홀시아버님을 정성으로 모시는 생활이니 말이다.

그 동안 내가 나에게 취해 얼마나 오랜 꿈결을 헤매었던지 아버님께서

조용히 나를 부르시는 것이었다.

"아가, 내 말 좀 들어보련?"

"예, 아버님."

"어찌된 사람이 그리 조용하냐. 눈앞에 없으면 아주 없는 것만 같아. 발걸음도 조용해서 이승 사람 같지가 않구나, 내 말은 천상인간 같다 이거야. 너 원래 말이 없는 사람이냐? 언제나 웃음을 머금고 있어 망정이지 아니면 화가 난 줄 알겠어. 착한 아기같이 생겨서 화가 나 봤자 제풀에 희죽 희죽 웃고 말 것이지만, 참으로 드물게 보는 사람이야. 나, 자신 있게 말한다만 넌 언제고 크게 복 받을 것이야."

"아버니임!"

나는 입속이 훤히 드러나는 웃음을 웃고 말았다. 아버님께서도 드물게 기쁘신 표정이어서 나는 마음 푸근히 다음 말을 할 수 있었다.

"저가 늘 혼자 있어서 일등인 거예요. 저에게 아버님처럼 후한 점수를 주신 분은 이 세상에 다시 없어요. 친정에서는 늘 모자라는 인간 취급을 받았는데 이 무슨 영광인지요. 아버님 은혜는 절대로 잊지 못할 거예요."

"그러했더냐? 그 참 모를 일이다."

돌아서시는 아버님 뒷모습이 왠지 허전해 보였다. 나는 당장 후회하는 꼴이었다. 말을 잘못한 것이다. 그 좋은 마음을 곱게 받아들일 일이지 글쎄, 친정 말을 할 것이 뭐람. 나는 정말 경솔한 허점투성이 인간이다. 이런 내가 미운 참에 아버님이 위로차 말씀하셨다.

"오늘은 내가 집을 지킬 터이니 너는 친정에 다녀오도록 해라."

아버님이 작정하신 듯 꼿꼿이 서서 나의 반응을 지켜보셨다. 나는 궁지에 몰린 기분이었지만 담담한 표정을 지키며 대답했다.

"아버님, 저는 싫어요. 괜히 못난이가 되고 싶지 않아요."

"그러는 것 아니다. 너, 아직은 모르는 거야. 늙은이가 시키는 대로 해 봐. 훗날 후회하는 일 없을 테니."

더는 물러설 곳이 없었다.

"알았어요, 아버님."

그리고 대충 몸단장을 한 뒤 다시 말씀드렸다.

"저 먼저 전화 좀 하고 올게요."

친정에도 남편에게도 알리는 것이 순서이리라. 하지만 한 발 두 발 옮겨 딛는 발자국 따라 점점 마음이 헝클어졌다.

'오, 거짓된 나, 겉치레가 나를 꼭꼭 숨어들게 하는데 초라한 몰골로 가긴 어딜 가.'

나는 방향을 틀어 동네를 한 바퀴 돌기로 했다. 산이며 길이며 들이 다 정겹게 보이건만 그럴수록 나는 외롭고도 헐벗은 기분이 들었다. 이 무슨 허영인지 모를 일인데 나는 점점 그 길에 빠져들고 있었다. 입고 갈 옷도 없고 수중에 돈도 없고 이보다 더 자존심이 상할 수는 없는 것이다. 엄마는 아직도 새 옷 한 벌 못 얻어 입는구나, 하고 비웃을 것이고 변변한 선물 꾸러미도 없이 찾아간 나는 제풀에 망가질 것이 뻔한데 내가 왜 거길 가야 하나 싶었다.

누가 듣고 본다고 글쎄 그 동안 덮고 살려던 온갖 서러움이 뒤죽박죽이 되어 나는 뚜껑을 들썩이는 죽솥 같았다. 어째서 엄마 눈에는 가시 같은 내가 시아버님 눈에는 천사 같은가. 그 사이를 오가는 나는 정말 한결같은 나였나, 나는 돌 하나를 깔고 앉아 나의 어린 시절을 더듬어 보았다. 그 길은 춥고 나는 한없이 깡말랐었다. 몇 살 때였는지는 기억에 없어도 나는 엄마와 언니를 어찌나 미워했던지, 악질이란 낱말을 예사로 입에 담았다.

'언니만 사랑하고 그래 봐. 내 이 원수를 은혜로 꼭 갚아주고 말 터이니.'

그러면서 스스로 다짐하는 것이었다.

'값진 것들이 내 앞에서는 가치가 없어지는 그런 기품을 가질 것이야. 눈에 보이는 것이 전부인 줄 아는 사람들도 고개를 끄덕이는 사람의 향기를 지닐 것이야.'

이상과 같은 선의가 만들어주는 아름다움은 가슴에 그려보는 것만으로도 충분했다. 그 옛날의 악의와 지금의 선의가 지옥과 천국 그 어디에도 해당되게 하는 나! 나는 나 자신을 너무 몰랐다는 자각으로 나의 내면세계를 바꾸어나갈 것이었다.

어려서부터 언니에 대한 질투심 때문에 내 속에 차돌이 들었었다면 한 세월 지난 뒤 시댁의 보석이 되어 돌아온 감회가 나를 지킬 것이다. 상대에 따라 눈높이를 조절할 것이 아니라 끄떡없는 나를 펼칠 일만 남았다. 긴 방황 끝에 찾은 자기성찰의 마음을 은밀하게 하는 데 긴 시간이 필요치 않았다.

자리를 떨치고 일어나 사방을 둘러보았다. 산뜻한 내가 홀로 우뚝 선 느낌이었다. 따돌림을 당한 기분은 내가 그들을 무시하는 것으로 치유해야 한다. 내가 당하듯 나 또한 그들을 피한다. 그럼 '왕따'라고 말하는 따돌림은 누가 누구를 향해 저질러지는 일이 아니게 된다. 처음부터 잘 사는 것보다 잘 살아보려는 노력이 삶을 의미 있게, 전체를 이롭게 할 것이었다. 어디에 어떻게 있어도 열심히 사는 것으로 세상에 태어난 보람을 찾고 감사의 마음으로 보답을 하자. 비록 지금은 미약한 존재이지만.

집안에 들어서자 아버님과 시선이 마주쳤다. 나는 말없이 웃기만 했다. 전화를 하고 돌아오기에는 턱 없이 긴 시간이 흘러 걱정이 되셨던 것이다. 내게 무슨 할 말이 있으랴. 그냥 미안한 마음을 드러낼 길이 없어 주춤하다 말고 내 방으로 향했다. 아버님께서 거짓된 나의 행동을 모르실 리 없어도 그 날은 그냥 그렇게 넘어가 주셨다.

변명도 핑계도 없이 구차한 내 기분을 거리낌 없이 드러냈건만 아버님은 못 본 체 모른 체하셨던 것이다. 청소를 하지 않고 낮잠을 자다 들킨 꼴이지만 나대로의 믿음이 있어 결코 허하거나 무안하지 않았다. 고단수끼리 서로를 알아보는 관전이 조용히 이루어졌던 것이다.

이제 다시는 친정 이야기를 하지 않게 된 것만으로도 충분했다. 껄끄러운 기분이란 시간이 가면 절로 풀리니까.

"갔냐?"

언제나 그렇듯 아버님은 자기의 외동아들이 잠 잘 자고 직장에 잘 갔느냐는 말씀을 아침인사 대신에 그렇게 줄여서 말씀하신다.

"예, 아버님."

나 또한 날마다 같은 대답을 똑같은 음색으로 반복하고 있다.

"내 오늘 긴히 네게 할 말이 있다. 여기 좀 앉아라."

아버님께서는 밤새 궁리한 끝에 내린 결정이니 잘 듣고 대책을 세우라 이르신 뒤 본론을 말씀하셨다.

"내가 고향땅을 밟아볼 생각이다. 나도 너희가 힘든 바를 모르는 게 아니다. 하지만 나를 보아라. 날이면 날마다 심신이 쇠약일로에 있어 하는 말이다. 다리에 힘이 더 빠지기 전에 나 아무래도 고향에 내려가 부모님 산소를 찾아야 할까 보다. 아주 어렵게 부탁하는 것이니, 어떻게 해서라도 여비 좀 마련해 주어야 하겠다. 내가 어린 나이에 울컥하는 심사로 가출을 하고 세상에 둘도 없는 불효를 저질렀다마는 이제 부모님 무덤이나마 찾아가서 용서를 빌어야 하겠다. 나도 사람노릇을 하고 죽어야 하지 않겠냐."

아버님은 아무래도 미덥지 않으셨는지 돌아서는 나의 등 뒤로 한 침 놓으셨다.

"오늘 밤에 애비랑 잘 상의해서 내일로 가부간 답변을 해 줘야 해. 아가, 너 내 말 알아들었냐?"

나는 가볍게 허리를 굽혀 대답을 대신했다. 아버님이 야속해서였다. 당장 먹고 살기 힘들어 죽겠는데 아버님은 어떻게 자기 생각만 하실까. 기죽어 사는 아들이 측은하지도 않으신가, 하면서 나도 모르게 잊고자 했던 한순간이 떠올랐다. 애써 마련한 밥상 앞에서 말씀하셨던 것이다.

'너 나를 염소로 아냐? 사람이 풀만 먹고 살아?'

그 순간 나는 아찔한 현기증을 느꼈었다. 그러나 눈이 마주치면서 사태는 달라졌다. 아버님의 표정 속에 농담 반, 진담 반이 만들어내는 허탈한 웃음을 보았기 때문이다. 하지만 여운은 쓰라렸다.

오죽이나 고기가 잡숫고 싶었으면 그런 농담을 하셨을까 하면서도 은근히 화가 났었다. '형편을 뻔히 아시면서 나더러 어떡하라고' 했던 것이다. 그 말이 만들어내는 소화불량 증세에서 간신히 벗어난 터에 이 무슨 날벼락이란 말인가.

나의 근심을 닮은 어둠도 깊어 바로 잠들어도 모자라는 시각에 나는 결국 남편에게 아버님이 하신 말씀을 전하지 않을 수 없었다. 화를 자초하는 일인 줄 알지만 나 혼자 삭일 일은 아니었기 때문이다.

"자식이 죽는지 사는지 아랑곳없으시구먼. 전세금이라도 빼서 드리고 모두가 길거리로 나앉자는 거야? 내가 가서 직접 속내를 알아보자."

남편은 신혼 초기에 본 일이 있는 성깔을 부렸다. 나는 그가 방을 나가지 못하게 옷자락을 붙들고 늘어졌다.

"말아요. 아버님 깊이 잠드셨어. 여비 마련을 못해 드리면 그것으로 그만이지 성질부릴 일이 아니잖아요. 없이 사는 것도 서러운데 당신이 불효를 가중시키면 중간에 있는 내가 부자간에 의를 상하게 한 것이라고요. 내가 너무 요령 없이 말을 했나 봐. 제발 참아요."

어디까지나 말은 부드러웠지만 내 마음은 단호하게 대처할 결의에 차 있었다. 나의 난처한 입장을 앞세워 한 번만 보아달라고 호소하는 것으로 나는 남편의 마음을 간신히 진정시킬 수가 있었다.

집안 사정은 쑥대밭이어도 잠은 여전히 자애로웠는지 먼동이 트기도 전에 남편은 집을 떠나고 나는 다시 아버님 앞에 불려가서 고개를 숙인 채였다. 그러나 단단히 방패가 될 각오 또한 되어 있었다.

"그래, 애비가 뭐래던?"

"조금만 참아주시래요. 지금은 그 말밖에 드릴 수가 없대요. 죄송해요, 아버님."

"네가 죄송할 것 없다. 비루한 자식 둔 내 팔자소관이지."

순간 나는 정수리를 한 대 얻어맞은 기분이었다. 어떻게 그처럼 험한 말이 그리 쉽게 나올 수 있는지 알 수 없는 일이었다. 나는 망막 깊숙이 아버님의 진심을 확인하고자 고개를 들었다. 핏기 없는 얼굴이 나를 외면하고 있었다. 절망이었다. 그렇다고 나는 그 자리를 떠날 수도 없었다. 아버님을 위해서도 나를 위해서도 너무 마음이 아파서였다.

'제발 우리 사이에 무슨 일이라도 일어나면 좋겠다. 이대로 내가 땅 밑으로 꺼지든지, 아니면 하늘 높이 치솟든지' 라 생각하면서 한참을 그 자리에 못 박혀 있었다.

"아버지를 용서해라, 내가 시방 네 앞에서 부끄러운 행태를 보였어."

그러면서 어른은 허공을 바라보고 계셨다.

과연 우리 아버님이시다. 누가 뭐래도 아버님은 참으로 깨끗한 성정을 타고나신 분이다. 나는 행복에 겨운 나머지 눈물이 글썽해서 웃고 있었다.

"아가 네가 웃으니 내가 활짝 피어나는구나. 나는 말이야, 참을성으로 무장된 사람이 세상에서 제일 부럽다. 화초 같은 너를 내가 몰라보는 건 아닌데 내 말에 가시가 있었어. 그걸 반드시 고치고 말겠다고 애를 쓰는데도 어째 소용이 없냐? 아마도 이 마음이 편치 않아 그러하겠지. 모든 불평불만이 다 가난 때문인 걸 난들 왜 모르겠니. 남들은 며느리에게 경제권을 빼앗겨서 의욕을 잃었다고 수군거리지만 나는 아니야. 아무렴 내가 친구 만나 차 한잔할 돈이 없어 집안에 발을 묶어 두겠냐. 남 말하기 좋아서들 하는 소리에는 신경 쓸 것 없지. 나는 말이다, 네가 살림을 맡아준 뒤로 옹색한 살림살이 걱정을 벗어난 기분이었어. 그런데 그것도 잠깐이야. 얇은 지갑은 손에 쥐나 마나 마찬가지로 시간이 남아도는 만큼 더 불편해. 너를 좀 더 잘 먹이고 잘 입히고 싶어서이지. 군데군데 샘솟는 착한 마음을 무능한 아들이 자꾸 허물어뜨리는구나. 실은 아들보다 내 잘못이 더 큰 줄 알면서도."

"아버님, 저는 별로 부족함이 없어요. 허황된 부자가 되기보다 몸에 딱 맞는 지금의 가난이 더 좋아요."

"몸에 딱 맞는 가난이라 했더냐?"

"제가 아는 한은요."

"이렇게 좋을 수가! 내가 단언컨대 너는 이다음에 꼭 부자로 살 거야."

"아버님, 그 때까지 오래오래 사셔야 돼요. 함께 옛말 해야지요."

이로써 아쉬움도 많고 서러움도 많은 아리랑 고개가 또 한 고비 넘어가고 있었다. 오늘 아침에 불편한 심기를 감추시려고 친정 나들이를 권하신 아버님의 호의를 받아들여 훌쩍 집을 떠났더라면 이같이 화기애애한 명장면은 태어날 수 없었으리라.

나의 친정 길을 가로막은 언니도 엄마도 내게 좋은 일 한 거다 뭐, 하는데 아버님의 말씀 중에 경제권이란 말이 새삼스레 떠올랐다. 경제권을 빼앗기고 라니, 빼앗긴 걸로 비치는 속사정에 내가 들기는 정말 싫었다.

아무리 잊자고 해도 무심결에 끼어든 그 말 한 마디가 나의 결의를 다진다.

풋사랑

"아무래도 저가 살림을 맡아 하기 이른 것 같아서 그래요, 아버님! 앞으로는 생활비 좀 맡아주세요. 저가 아버님께 돈을 타서 시장을 보게 되면 여러모로 편할 것 같은 생각이 들어요. 아버님께서는 집안 사정에 밝게 되시고 저는 대접을 잘 못해 드려 죄스런 마음에서 해방되고 그러면 모두가 서로를 이해하는 폭이 넓어지겠지요."

아버님은 내 말에 묵묵부답이었어도 나는 남편에게서 월급봉투를 받아 쥔 날 그대로 이행했다. 남편에겐 말할 필요도 없었고 필요한 시점이 되면 그 때 말해도 될 것이었다. 이후 참 좋은 날이 거듭되고 있었다. 아버님께서 손수 시장을 봐다 주시니 몸도 마음도 편할 뿐 아니라 시간도 남아돌았다. 나는 담벼락을 끼고 옥수수를 심었다. 이따금 물을 줄 때면 아버님께서는 볕이 잘 들지 않아 생산이 어려울 것이라 말씀하셨지만 우선은 푸른 잎만 보아도 즐거울 것이었다.

'내 집도 아닌데 네가 그걸 따 먹을 때까지 이 집에서 살 자신 있냐?' 하고 물으시지만 누가 먹게 되어도 그럴 수만 있다면 좋을 것이었다. 아버님의 저런 말씀은 나를 향해서라기보다 외려 자기 자신을 겨냥한 한의 성격이 짙다. 아버님의 진정은 내가 꿰뚫고 있어 그걸 안다.

친정도 친구도 잊고 시댁에 뿌리내리는 기간이 길어지면서 나를 버리고 새 세상을 얻은 결과다. 외출옷 없어, 비상금 없어, 끼니 걱정 없어, 마음 호젓한 나는 참 평화롭기도 하다.

결혼을 앞둔 언니는 내 집안을 흔들고 남의 집안을 얕잡아보고 우리 가족을 숨죽이게 만드는 수다를 떨었는 데 비해 나는 그 누구의 호응도 없이 기죽어 떠나온 친정이 섭섭하기보다는 후련하다. 언니는 언니를 알아주는 엄마가 있어 그렇고 나는 나를 있는 그대로 믿고 사랑해 주시던 아빠가 없어 이렇다. 아빠도 나처럼 무어라고 꼬집어 말 못할 시달림에 시달리다가 지쳐서 집을 떠났을 것이었다.

그냥 주어진 대로 살 일이 아니다. 생각하고 관찰하고 노력해야 한다. 나는 늙고 힘없으신 아버님의 편에 서서 이 집안에 화목을 불러들이고 가난한 살림살이에 보탬이 되도록 손쉬운 것부터 시작해야 한다. 나는 이미 내 머리를 손수 손질하는 데 익숙해 있었다. 머리숱이 많은 머리카락은 한 줌씩 한 손에 잡고 층을 만들며 잘라내는데 뒤편은 세 차례에 끝내고 나머지는 손에 잡히는 감촉을 거울삼아 적당히 다듬는다. 다음으로 앞에 보이는 머리 손질을 기분대로 정리하면 왠지 그 모양이 특별했다.

아니나 다를까. 장보러 가는 길에 수시로 사람들이 물었다. 어느 미장원에서 커트를 했냐고. 내가 손수 했다면 믿지를 못하고 또 물었다. 뒷머리는 어쩌고, 라고. 내가 왼손가락을 머리칼 속에 넣고 길이를 맞추는 시범을 보이면 흉내만으로 모두가 똑같은 말을 했다.

'신기하다.' '멋있다.'

나는 못 생겼어도 그마저 개성이요, 멋이 되는 여자가 되어 있었다. 처음으로 아버님께 머리 깎는 현장이 들킨 날이었다.

"내 평생에 제 머리 제가 깎는 사람을 처음 보았구나. 하긴 중이 제 머리 못 깎는다고 했었지. 아무리 까까머리가 아니라고 해도 그 참 보기 드문 기술이로다."

"저는 아버님께서 어떻게 화장품을 전혀 쓰시지 않고 그렇게 좋은 피부를 보존하시는지 그것이 놀라운데요."

"가만히 있으면 피부가 조여드니까. 나는 열심히 냉수마찰을 하지. 손바닥이 되었다가 수건이 되었다가, 하지만 끊임없이 새살이 돋아나는 기분이란다. 각질제거의 일환이란 생각이 들면서 다소 거친 천으로 피부 관리를 하기에 이르렀지."

실로 그랬다. 살갗이 아릴 정도로 가볍게 자극하고 나서 로션을 듬뿍 발라주었더니 다음날 감촉이 달랐다. 피부 노화를 방지한다는 사실을 믿고 따르게 된 뒤 그 말을 하게 되면서 또다시 아버님의 옛날이야기가 길고 긴 터널을 빠져 나오고 있었다.

— 나는 젊어서부터 외모 덕을 톡톡히 보았어. 어디를 가나 남다른 대우를 받았지. 객지를 돌아다닐 때도 음식을 잘 먹지 못해 고생했는데 욕 대신 '입이 짧아서'라는 말이 내 귓전을 스치곤 했었지. 그 말에 애정이 담겨 있다는 걸 내가 왜 모르겠어. 하지만 여러 사람 가운데 특별대우를 받는 건 염치없는 일이었다. 별도로 주는 음식이 무엇이든지 간에 번번이 거절하고 나서 이젠 끝이려니 할 때였다. 이발소 주인댁은 막무가내로 끼니 때 나를 안방에 불러들였다. 그리고 보통 아이들은 바닥 쓸기 빨래하기 머리감기기가 전부인데, 나는 처음부터 이발 기술을 배울 수가 있었다. 당시 사정으로는 사장 부인이라도 별로 좋은 형편이 아닌데 나를 향한 그녀의 동정심은 잊을 수 없는 것이었지. 자기 몫을 슬쩍 나에게 넘기고 찬물을 벌컥벌컥 들이키던 모습은 평생 가슴 쓰린 기억으로 남아있어.

"너 지금 어디서 신문을 보니? 밤에 방에 가서 봐라."

사장이 잔뜩 아니꼬운 목소리로 나를 꾸짖는 날이었다. 내가 사태를 수습할 틈도 주지 않고 어디선가 부인의 목소리가 들려왔다.

"손님 없는데 신문 좀 보면 어떻소. 을매나 야무진 안데 그라요?"

"임자는 가만 있어. 일 안 하고 공돈 먹으려는 나쁜 심보가 들기 전에 가르쳐야지."

백번 옳은 말씀이었다. 그런데 주인아주머니가 화를 내시는 것이었다.

"그 좀 잠시 잠깐 쉬면 어땡교."

정말 쥐구멍에라도 들어가고 싶었다.

"죄송합니다. 죄송합니다. 저가 잘못했습니다."

그렇게 굽실거리며 그 자리를 벗어났지만 더는 버틸 수가 없었다. 그래서 그분들 곁을 떠날 결심을 하면서 내가 처음으로 맛들인 세상인심과도 결별이었다.

언젠가 신문에서 오려둔 새 주소가 내 손에 들려 있었다. 그 당시에도 숙식을 제공하는 학교가 있다니 물 만난 고기가 따로 없었지. 객지생활이 익숙해지면서 내겐 두려움 대신 외로움을 견디기 힘들었다. 그러나 그 어떤 어려움도 헤쳐 나갈 수 있다는 자신감 또한 그 못지않았다. 한창 혈기 왕성할 때여서인지 한 자리에 오래 머물 수가 없었다. 내 뜻은 좀 더 편한 곳을 찾는데 있지 않고 좀 더 중요한 일이 없을까 해서였다.

기술을 익히자니 그 곳에 묶인 시간이 너무 긴 데 비해 돈벌이가 안 되었다. 그나마 기술이래야 너무 보잘것없다는 생각이 그 일을 떠나게 만들었던 것이다. 한 마디로 건방졌던 게지.

날이 갈수록 간섭이 싫고 구속되는 것도 싫고 당장 독립을 원하는 나로서는 월급 많이 주는 곳을 골라 가는 게 상책이었다. 웃음의 소리다만 잘 생긴 덕에 비교적 일자리 얻기는 수월했다고 봐. 따라서 아내 얻기도 쉬웠고. 젊은 날의 고생은 돈을 주고 사서도 한다지만 뼈에 사무친 고생은 병이 되기도 하지. 가난이 얼마나 잔혹한지 당하지 않은 사람은 몰라.

"지푸라기를 한 줌씩 쥐고 굴비 엮듯 역어서 만든 것이 무언 줄 아니?"

"이엉이요."

"용케 아는구먼, 이엉을 몸에 두르면 논일 할 때는 비를 피하는 우장이 되고 지붕에 줄줄이 둘러치면 초가집이 되는데 그 당시는 이엉두루마리 아래 들어가서 사는 형편이었지. 사변 때 사람들은 이엉을 입고 덮고 깔고 그러면서 피난 시절을 견디었거든. 아마도 네 남편은 기억할 것이야."

이엉과 함께 꼴사나운 생활도 예고 없이 끝이 났으니 이웃에 혼자 살다 방금 세상 떠난 할머니 집으로 들어간 것이다. 망설일 일이 아니었다. 비록 단칸방이지만 두꺼운 초가지붕 밑이 그렇게 푸근할 수가 없었다. 어린 것들을 데리고 빈 초가집에 둥지를 틀고 보니 비가 오면 추녀 끝에 흘러내리는 누런 물이 문제였다.

무료한 아이들은 소일삼아 손바닥에 물을 받는 장난을 했다. 장마가 지나가기도 전에 아이들 손끝에 보푸라기가 일었다. 그것을 뜯은 자리에 염증이 생기고 피고름이 맺힌다. 추녀 끝에 떨어지는 빗물은 다름 아닌 양잿물이었던 것이다. 잘 씻지 않고 잘 먹지 못한 아이들의 체력은 겨울에 움츠렸다가 여름에 바닥을 보였었지.

그래서 온 동네가 말라리아 소굴이 되고 말았다. 그 중에 셋째 딸 명회의 증상이 심상치 않았다. 삼복더위 속에 있어도 몸을 사시나무 떨듯 하다가 잠깐 잠이 든 사이에 헛소리를 하는데 생사가 걸린 비명이었다. 엄마가 흔들어 깨우면 겁에 질린 아이가 울부짖는 것이었다.

"무서워, 바다에 빠져 죽을 뻔했어. 아무리 기어올라도 큰 물방울이야, 자꾸 미끄러져, 굴러 떨어진단 말이야, 엄마 어디 가지 말고 내 손 좀 쥐고 있어. 잠들지 못하게 나 좀 깨워줘."

땀범벅이 되었건만 명희는 추워서 쩔쩔매는 형상이었다.

"꿈인 줄 알았으니 그만 잊어버려, 헛꿈인데 무서워할 게 무어니. 너 아직도 떨고 있구나. 명희야, 너 몸이 아파서 그런데 마음까지 약해지면 진짜 못난이가 되고 말아. 물방울 같은 거 그게 다 헛것이거든. 실제로 바다에 그런 것이 어딨어. 없는 걸 가지고 겁먹으면 바보야. 처음에는 몰라서 당했나 본데 이제 알았으니 더는 걱정하지 마라. 다시는 그런 꿈이 없을 테니."

내가 왜 이런 말을 하는고 하니 아비구실을 못한 나의 죗값을 치르고 싶어서야. 다른 아이들은 앓고 비실거리다가도 음식을 찾게 되면 병줄을 놓고 일어서는데 명희는 얼마나 약골이었던지 증상이 심했다 말았다를 반복할 뿐 자리를 떨치고 일어날 힘이 없는 것이었다.

나는 집안에서 아이가 앓는 소리를 듣고 있을 수 없어 바깥을 나돌았다. 아무리 어린 아이지만 명희도 한계를 느꼈는지, 모기소리만큼 가녀린 목소리로 엄마를 불렀단다.

"나 죽을 것 같아. 겁나, 나 좀 살려 줘!"

그리고는 주루룩 눈물을 흘렸단다.

엄마도 덜컥 겁이 나서 울며불며 이웃을 불러 모았다고 했다.

아이 상태를 들여다본 이웃할머니가 명희 목에 새끼줄을 걸었더란다.

"엄마가 업고 나 따라나서!"

그리고는 뒷산 언덕배기에 오른 할머니가 명희를 땅에 내려놓게 한 뒤 무덤 앞에 서서 빌더란다. 더럽고 천하고 쓸모없는 것을 데리고 왔으니 모든 죄를 사해 달라는 청을 드린 뒤 명희더러 말했단다.

"너는 이제 사람이 아니라 짐승만도 못한 거야. 내가 목줄을 당기면 너는 엄매! 엄매! 하고 소 새끼 노릇을 하며 기어야 돼. 저승사자인들 그런 천덕꾸러기를 데려가서 무엇에 쓰게. 너를 살릴라치면 이러는 수밖에 다른 방도가 없다."

"어린 것을 그렇게 끌고 다녔다고? 당신이 사람이야? 아무리 못났지만 애비가 있는데 나 몰래 어떻게 그런 일이 일어났냐고?"

"명희 아빠 그런 말 말아요. 나는 그보다 더한 일도 자식을 살릴 수만 있다면 숨죽이고 있겠네요. 나를 그 지경으로 끌고 다닌다 해도 싫단 말 못하지요."

"그래서 살렸어?"

"살렸으면 말을 않게요. 내 자식이지만 너무 미안하고 가엾어서…."

"에라! 무식한 거. 내 앞에서 썩 꺼져!"

말은 그렇게 했지만 나야말로 마지막 순간에 그 어린 생명을 품어주지 못하고 어디서 무얼 했더란 말이냐. 벌을 받아 마땅한 인간이 있다면 바로 이 못난 애비가 아니더냐. 내가 혹시라도 그 할머니에게 무례한 행동을 할까 봐 아내가 말했다.

"오죽하면 그랬을까요. 예부터 천한 인간은 귀신도 잡아가지 않는다는 말이 있었어요. 할머니도 어린 것을 살려보겠다는 일념으로 힘든 일을 해주신 거라고요."

어둡고 어리석은 시대 사람들의 입소문이란 그랬다.

아는 것이 그뿐인 사람은 그런 믿음으로 굳어지게 마련이어서 미신이 성행하게 되고 미신일수록 무지한 마음을 파고드는 파급효과가 큰 것이었다. 개인적으로 밉고 분하고 억울한 마음도 참아내기 힘들었지만 그보다 동네에서 다시는 그런 일이 일어나지 않도록 하는 처방이 있어야 한다는데 더 큰 고민이 있었다. 당시 우리나라 평균 수명이 40에도 이르지 못했으니 가히 짐작하겠지. 그 때 일반인은 병원을 알지 못했다. 병원이 있는 도시에서조차 부자들이나 드나드는 시설로 알았으니까.

"우리는 딸이 말라리아로 죽은 줄조차 몰랐단다. 다른 것들은 엄마 시중을 받으며 온 집안의 가호를 받다가 죽었으니 여한이 없는데 막내딸 생각에는 아직도 한이 맺혀 있어. 오죽하면 이 나이에도 그 아이 생각만 나면 잠을 설칠까. 세월이 가면 잊혀진단 말은 괜한 소리야. 잊혀질 것 같아도 절대로 그게 아니야. 양심보다 더 무서운 거울은 없다고 생각해. 넌 그럴 리 없겠지만 절대로 양심에 꺼리는 일은 하지 마라라. 세속적인 욕망이 쇠퇴하는 자리에 양심이 살아나더라. 당장은 악이 강한 것 같지만 두고 보면 선이 이겨. 선은 미래의 힘인 거야."

"잘 알겠어요, 아버님. 자기 안에 도사린 거울을 무서워하고 선을 의지해 살란 말씀으로 알아듣겠어요."

"바로 그거야, 반세기가 지난 일들이 어저께 일처럼 새록새록 돋아나서는 잎을 키우고 꽃을 피워. 마치 누군가가 옛 추억에는 날개를 달아주고 방금 전 기억에는 돌을 달아 놓은 것도 같단 말이야. 안개 속에 묻힌 줄 알았던 양심이 드러나면서 스스로 실토하도록 만드는 거야. 지금 이 아버지처럼."

"아버님! 진정, 존경스럽습니다. 성정이 맑디맑으신 아버님이 아니고는 이런 귀한 말씀을 들려주실 분 다시 없을 거예요. 저에겐 행운이어요."

"고맙구나, 비웃어 마땅한 자리에서도 너는 끝내 밝고 좋은 면만 느끼는구나."

"아버님, 저는 정말 가난이 저주스러워요. 모두가 뭉쳐서 그 위세를 꺾어야 해요. 대기업이 큰일을 하고 있는 줄은 알지만 감히 말하건대 아쉬움 또한 그 못지않아요. 부자나 힘 있는 사람들이 그 영광된 자리에서 왜 욕을 먹어요. 자자손손 마음 편히 잘 살 길은 안정된 사회뿐인데 훌륭한 사람들이 왜 그걸 모를까요."

"그래서 가난한 자에게 복이 있다는 둥, 가난보다 더 좋은 교훈은 없다는 식의 말도 있지. 가난이 가르치는 바 또한 큰 것도 사실이지만 어디까지나 잘 살고 나서들 할 말이지. 찰가난이란 어른들에게는 떨치기 힘든 몸살이라 해도 아이들에 있어서 그것은 허기요, 추위요, 죽음으로 이어지는 질병이었느니라."

"아버님, 아직도 우리 사회에 불평불만은 끊임없지만 갈수록 세상은 좋아지고 있지요?"

"암, 땅 파먹고 하늘 쳐다보며 살던 때에 비하면, 발전도 초고속이지. 개인의 지혜나 나라 안의 연구 결과가 곧바로 세계에 영향을 끼치는 시대이니 소식을 듣고 보는 것만으로도 현기증을 느낄 판이지. 사회가 아무리 급속도로 발전하고 사람이 우주를 날아다닌다 해도 인간은 인간의 범주에서 올바른 자신감을 키워나가야 해. 왜냐하면 아주 작은 것을 참지 못해 큰 것을 잃어버리고 뉘우치면서 한평생을 살아온 내게 보이는 것은 예나 지금이나 참을성 한 가지야? 참을성이 인간성의 기본 틀이더라 이거야. 나는 아직도 참을성이 모자라지. 아가! 나 보기에 너는 천성으로 참을성을 타고난 성 싶어. 여러 번 감탄한 나머지 이제 하는 소리야."

"그렇지 않아요, 아버님. 어른 앞에서는 조심을 하니 그렇게 보일 뿐 저의 실상은 참을성에 앞서 말조심조차 잘 안 되어요. 혼자 얼굴 붉히는 일이 얼마나 잦은데요. 착한 마음 속에도 불쑥불쑥 고개를 드는 나쁜 마음이 있어요. 그런 말씀을 받아들이기 너무 창피한 거예요."

"넌 아마 부계를 닮았나 보다. 안 그러냐? 내가 보기에 네 엄니는 씩씩한 여장부에 가까웠거든. 친탁을 한 게 틀림없어. 널 보고 네 아버지 인품이 짐작되어서 하는 말이다. 매사에 신중한 사람은 겉보기부터 남달라. 내가 널 처음 보았을 때는 '저 눈이 마음의 거울이구나!' 했어. 무슨 말인고 하니 거짓말을 못하게 생겼어. 만남이 거듭되면서 의지도 엿보였지."

나는 묵묵히 듣고만 있었는데 정신이 번쩍 들게 하는 말씀이 있었다.

"내 한 가지 묻는다마는 너 어찌 대학물까지 먹은 사람이 고졸 출신 남편을 택했더냐. 우리 보배가 적게 배웠어도 크게 쓰는 팔자라드만 네 눈에 장래 크게 쓰일 인물이 될 성 싶더냐?"

내가 할 말을 대신 다 해 버리시는 아버님이시다. 역시 성격이 급한 면모가 드러나는 순간이었다. 그 점이 내게는 유리하게 작용했다. 나는 어려운 문답을 벗어나 한 시름 놓고 있는데 아버님은 계속 자기가 하고자 하는 말에 가려 앞으로 나아가지 못하고 계셨다.

"요즘같이 약은 세상에 얼마든지 좋은 조건을 찾을 수도 있었을 터인데 장래 배필감의 환경이나 직업 따위 아랑곳하지 않고 사람 됨됨이만을 꿰뚫어보는 네가 참으로 신기해서 그런다."

이러한 때 나의 본심은 뒷전이요, 어르신 기대에 어긋나지 않는 답변이 우선이다. 그러나 나는 외람되이 굴지 않고 침묵 쪽을 택했다. 그것이 주효했다.

"그래, 사람 사이의 일은 예측된 길로 가지 않지. 특히 남녀의 일은 당사자들밖에 몰라. 그래서 인연이라고 하지 않던?"

이로써 물음만 있고 답변은 없는 삶의 또 한 고비가 넘어갔다. 그 밤도 자정이 넘은 시각에 아버님이 가슴에 통증을 호소하셨다. 완전히 웅크린 자세였다.

"기침하세요. 크게, 크게 기침을요. 심장이 쉬지 않게 계속요."

내가 얼마나 악을 썼던지 아버님이 가슴을 움켜쥐고 기침을 계속하셨다. 어디에서 익힌 지식인지 몰라도 나는 그렇게 알고 있었던 것이다.

"기침이요, 아버님, 더 크게, 더요, 더요!"

응급실에 도착 즉시 응급처치가 이루어지고 아버님은 다시 어려운 고비를 넘기신 것 같았다. 마음에 큰 낙원이 자리 잡은 분이시니 죽음의 그늘이 제풀에 물러서는구나, 했다. 연세가 그리 많으시지 않은데도 아버님은 늘 죽음을 예견하는 말씀만 하셨다.

"가슴 부위에 돌 같은 것이 만져져. 나는 오래 사는 것도 싫고 너희들에게 짐이 되는 건 정말 싫어."

그러실 때마다 나는 말했다.

"우리 이제 잘 살잖아요. 다 아버님이 이루신 거라고요."

그리고 틈이 있을 때마다 한 번뿐인 삶을 강조했다.

"아버님, 오래오래 사셔야 해요. 천국이고 지옥이고가 무슨 소용이에요. 부모 자식 인연 좋아 오순도순 살아가는 이 세상이 제일이지요."

"그건 그렇다만 내 이전에도 말한 바 있지. 할 일 없으면 가는 것이 가족이나 나라를 다 이롭게 한다고. 나 주치의 선생님께 부탁했어. 살려 보겠다고 애쓰지 말라, 욕된 일이다, 하고 말이야. 억지로 죽을 수는 없지만 살 만큼 산 사람을 붙들고 인공호흡을 시킨다든지 산소 호흡기를 들이밀고 고생시키는 일 절대 반대야."

"그런 말씀 마셔요, 아버님. 우리 한 번 헤어지면 어디서 다시 만나요?"

"너 또 아버지를 울리는구나! 이게 아들 보배가 내게 준 보석 같은 눈물이야."

나는 아버님의 말씀을 또박또박 가슴에 새겼다. 순간 눈앞에 섬광 같은 것이 쏟아져 내렸다. 행복한 눈물이 그러했다.

하필이면 그날 남편은 엉뚱하게도 지난날 아버님의 좋지 않은 기억을 떠올리고 있었다. 아버님은 날이면 날마다 아침상을 물리기 바쁘게 나가시면 저녁상을 받으러나 집에 오셨다는 것으로 이야기는 시작되었다.

나야말로 아버님처럼 가족 사랑에 목말라 계신 분을 만나 분에 넘친 사랑을 받고 있는 중이기에 남편 말을 중단시킬 겸 물어보았다.

"당신은 왜 자기아버지를 못마땅해 해요?"

남편은 시큰둥한 표정을 지으며 말했다.

"아버님, 한평생 곤곤하게 모아 두신 돈은 다 어딜 갔어요, 하고 한 번 물어봐."

"그려, 내가 그렇게 물었다고 칩시다. 아버님 왈, 아가, 네가 단단히 돈독이 올랐구나, 젊은 것이 맛이 갔어, 하실 테지."

"아니야, 그렇지 않아, 장군하면 멍군하게 되어 있어. 집 한 칸도 지니지 못한 사연이 줄줄이 나오게 되어 있단 말이야."

어머님이 돌아가신 뒤로 이웃에 살던 누이가 아버님 끼니 시중을 들었더란다. 두 집 살림살이가 너무 힘들어 시장거리에서 장사하는 여자를 소개했더란다. 아들의 반대를 무릅쓰고 여자를 끌어들여 한동안은 여우에 홀린 사람 같았더란다. 몇 달이 못가 시장 구석에 쌀가게를 차린 걸 계기로 멀지 않아 집안 살림은 거덜나고, 여자는 달아나고 돈 갚으라고 깡패가 드나드니 결국 집마저 날리게 되었더란다. 그런 풍파가 우리의 결혼 몇 달 전에 간신히 끝을 맺었다고도 했다.

"이제 훌훌 털어버려요. 잊어야 할 사연이 고스란히 남아있으면 그 맘 속에 내가 비집고 들어갈 내 차지가 없게 되잖아."

"엄마가 피난길에 중풍이 들어 중학생이던 내가 밥을 해먹어도 우리 아버지는 어찌된 노릇인지 끼니 걱정이 없는 거야. 설마 굶기야 하겠어? 뭐 그런 배짱이었던 거야."

나는 자기아버지를 흉보는 데 안달이 난 아들 앞에서 더는 앉아 있을 수가 없었다. 나는 신선한 바람을 불어넣고 싶었다. 그래서 말했다.

"6.25사변 때 당신은 벌써 철이 들었었구려, 나는 새까만 초등학생이었는데."

"당신 출세했어. 그 때 나는 여고생 아니면 상대도 안 했는데."

"그럼 그 때 당신은 까까머리였겠네?"

"아주 스님처럼 빡빡 밀었었지."

"아이구나, 까까머리 짝꿍 반가워!"

우리 두 사람은 드물게 유쾌한 순간을 맞이했다.

"그나저나 당신은 사변 통에 용케도 살아남아 좋은 세상 누리며 사는구려."

"맞아, 사변 통에 학생 절반이 없어졌어. 특히 운동선수들이 전멸이었어. 모두가 나이를 속일 때니까 덩치 큰 친구들이 징발 대상 표적이 되었지. 우리 동네에서 할머니 손에 자라난 아주 착한 형이 있었어. 그 형은 다행으로 전사 통지라도 받았지만 이웃이 모조리 울어버린 경우였어. 가난했지만 참으로 부지런해서 동네 칭송을 한 몸에 받았었는데, 하늘도 무심하단 말이 오랫동안 그 동네를 떠날 줄 몰랐어. 나는 키가 작아 문제될 것 없는데도 집 밖을 나다닐 수 없는 처지이긴 마찬가지였어. 잠깐 동안만 피난 갔다 오라기에 처음엔 온양 가서 한 일주일 온천이나 하다가 오자 했었지. 우리뿐 아니라 다들 그 모양이었어. 참 어둡고 어리석은 시절이었지."

나 또한 늦도록 잠 못 이루고 나만의 후미진 생각에 주름살을 펴고 있었다.

용오빠는 우리 동네에서 제일 인기 있는 인물이었다. 얼굴 잘 생기고 학교 성적 좋고 하여튼 최고로 멋있었다. 마을 뒷산에 아기의 돌무덤이 하나 생겼다고 그걸 찾아 몇 사람이 산기슭을 누비던 날이었다.

어린 나무 그늘 아래 정성껏 쌓아올린 돌무더기는 한 아름 남짓으로 작아 보였다. 아무리 자세히 들여다보아도 보이는 건 돌뿐인데 그 속에 아기 시신이 있다는 주장이었다. 그렇지 않고서야 누가 그리 정성들여 돌을 쌓았을까 하는 한 가닥 의심이 그 주장을 뒷받침하고 있었다.

그러나 돌아섰다. 갈 때와는 달리 올 때는 무서웠다. 가파른 산길을 뜀

박질하다가 울고불고 야단이 났었지만 그 밤에 용오빠는 반딧불이를 잡아 내 손에 쥐어주고 서로의 이마가 맞닿도록 그것을 들여다보았다.

다른 아이들은 용이오빠, 아니면 용이형이라고들 불렀지만 내 생각에 용이는 어쩐지 낮춤말 같았다. 그뿐 아니라 나는 남다르고 싶었다. 따라서 오빠에게도 남다른 대접을 하려는 속뜻이 있었다. '넌 왜 용오빠라 하는데?' 하고 물었을 때 나의 그런 대답을 듣고 으쓱해 하던 오빠의 모습이 나의 생각을 잘 받쳐주었다. 그래서인지 오빠 역시 여러모로 남다른 점이 눈에 띄었다.

겉으로는 남자 여자를 가리지 않고 스스럼없이 어울리는 것 같아도 내가 없는 자리에 그는 오래 머물지 않았다. 은근히 자기주장이 강하다가도 어느 순간에 말문을 닫고 자기만의 생각에 빠지는 우월감마저 아주, 아주 좋게 보였다. 그는 소꿉장난하는 내 동생 또래와도 곧잘 어울렸는데 외동이어서 어린 동생뻘 아이들을 좋아하는 것 같았다. 동생 또한 하루가 다르게 용이형에게 빠져들었다.

오빠의 손때가 묻은 장난감을 동생이 물려받은 날로부터 우리 세 사람은 팀을 이루었다. 거침없는 사이가 된 것이다. 우리 같이 냇가로 물고기 잡으러 갈 계획을 앞둔 마당에 사람들이 난데없이 피난가야 한다고 했다. 이북에서 빨갱이 놈들이 쳐들어와서 전쟁이 났다는 것이었다. 사람들이 엄청 죽고 서울은 이미 쑥대밭이 되었다고도 했다.

'아빠도 없는데 우리는 어떻게 해?' 라고 말을 하고 보니 아빠에게 가 있는 언니도 문제였다. '남들 하는 대로 해야지, 별 수 있어. 우선 먹고 자고 입을 것 좀 챙겨야 하겠다' 고 말을 하는 엄마의 손놀림이 바빴다. 잠잘 시간인데 실지로 엄마는 농장을 열어 놓고 짐을 꾸리고 있었다. 당장 발등에 떨어진 불은 아닌 성 싶은데 집을 떠나, 아니 우리 동네를 떠나 낯선 어디로 간단 말인가. 이제야말로 즐거운 나날인데.

불과 며칠 사이에 피난을 가는 사람들이 신작로에 나타나기 시작했다. 어른 아이 할 것 없이 짐 보따리를 지니고 있었다. 곧 돌아올 수 있다고는 하지만 아버지는 사업하시느라 집을 떠나계시고 언니도 아버지 따라가고 없으니 말이다. 멀리 떨어진 사람들의 소식은 알 길이 없고 사방 찻길이 막혔다는 소리들이다.

그런데 동네가 비어갔다. 딸린 식구가 많은 사람들이 그 중 문제였다. 시간이 지날수록 들리는 소문은 흉흉했다. 이미 차도 소달구지도 젊은 사람들까지도 닥치는 대로 징발된다는 소문이었다. 어서 동네를 벗어나되 큰길을 피하라는 말이 어른들의 마지막 당부였다.

아니나 다를까, 멀리서 산이 흔들리는 굉음이 들렸다. 북쪽 하늘이 시시각각 검게 변해 가고 있었다. 거의 마지막 행렬 속에 우리가 섞였다.

이모가 살고 있는 갯마을에서 하루 밤을 묵고 다음날 그곳을 떠나 남쪽으로 갈 것이었다. 목이 타들어가도 그렇다는 말조차 할 수 없는 처지였다. 눈이 부셔 발등만 보고 걷는데도 사람들의 머리 위에 태산 같은 짐이 내 눈에 들어왔다. 어둠이 내리기 전에 어떤 집 마루나 처마 밑에서 하룻밤을 묵을 작정이란 말을 듣고 사립문을 기웃거렸다. 그러나 미리 와서 자리를 잡은 사람들이 마당에 넘실댔다.

다행인 것은 모두가 모두를 반긴다는 사실이었다. 암암리에 숫자가 많을수록 유리하다는 판단이 서 있었던 것이다. 물 길으러 갔다가 갯바위를 타고 앉은 용오빠를 만났다. 너무 놀란 나머지 우리는 서로 멍하니 바라만 봤다. 그리고 똑같이 말을 했다.

"우와, 여기로 왔어?"

용오빠는 나의 물통에 한가득 물을 퍼 담아 나에게 건넸다. 나도 그가 물통을 채울 때까지 옆에서 기다렸다. 그나 나나 식구들이 애타게 물을 기다리는 형편이었다.

"그 쪽이야? 우리는 반대쪽인데."

설마했지만 그것으로 끝이었다. 용오빠와는 다시 만날 수가 없었던 것이다. 그 밤에 수평선 너머 군함에서 쏜다는 함포 사격소리가 천지를 진동했다. 가족 별로 뿔뿔이 흩어진 식구를 챙겨 일행이 된 우리는 어둠에 휩싸인 산을 기어오르고 있었다. 머리 위로 포탄 날아가는 소리가 소름끼쳐도 당장은 먼 곳을 겨냥한 것이 확실했다.

산허리쯤에 사람들이 모여 있었다. 그제야 수평선너머 함체가 정확하게 간격을 두고 뿜는 불빛이 보였다. 그나마 당장은 안심이었다. 나는 귀기울여 귀에 익은 목소리를 찾고 있었다. 행여 용오빠가 오지나 않았을까해서였다. 소용없는 일이란 걸 알면서도 그럴 수밖에 없는 시간이 흘렀다.

우리는 먼동이 트기도 전에 산모퉁이를 돌아 숨을 곳을 찾아야만 했다. 이웃마을에 인민군이 나타났다는 전갈이 왔기 때문이다. 모두가 숨을 죽인 중에 계곡 깊은 곳에서 뜻밖에 우리가 맞닥뜨린 건 미군막사였다. 우리는 그마저 피해야 했다. 이유는 알 수 없어도 다 같이 왔던 길을 되돌아가되 산의 반대편으로 나아갔다.

밤에는 숨어 지내고 낮에는 길을 걷는 시기도 지나 우리는 다시 바다를 끼고 남쪽을 향해 걸었다. 굶어 죽으나 총 맞아 죽으나 마찬가지라는 말이 꼬리를 물었다. 악운에 허덕이는 피난민 심정을 아는지 모르는지 하늘에서 기총사격 소리가 시작되었다.

그래도 설마하는 피난행렬은 이어졌다. 죽기 아니면 살기여서 모래사장을 휘젓는 발바닥이 아프다고 느낄 겨를조차 없었다. 짐 보따리에 눌린 목 고개가 한 쪽으로 기울어 부러질 것 같은 고통 때문이었다.

일행 가운데 어린 아이들의 울음소리가 간간이 들려왔다. 얼마나 지쳐있었던지 사람의 소리라곤 그뿐이었다. 나는 한 발짝이라도 빨리 가서 내 보따리를 내려놓고 엄마에게 돌아가 그 손에 들린 짐이나마 잠깐이라도 덜어드리고자 했다. 그 같은 생각이 힘이 되어 내 발길을 바쁘게 했다.

간신히 되돌아갔을 때 그런 나를 핀잔주기 바쁜 엄마였다. 멀리 떨어져서 걷지 않고 가까이 맴돌아서 신경 쓰이게 한다는 것이었다. 그런 엄마의 기분이 통할 만큼 내게는 여유가 없었다. 손에 들린 짐을 노리는 나를 향해 드디어 엄마가 불을 뿜었다.

"썩 물러나지 못해, 사람이 힘들어 죽겠는데 피라미 같은 것이 어디에 손을 내밀고 있어."

그만큼 지쳐 있었던 것이다.

다음날 간신히 찾아든 이모 댁은 텅 비어 있었다. 사람들은 인기척을 찾느라고 골목 구석구석을 헤매고 다녔다. 누군가 멀리 떨어진 골짜기를 가리키며 가 보란 귀띔을 해 주었다. 누가 먼저랄 것도 없이 모두가 그 자리에 주저앉았다. 아마도 나를 따라 그렇게 되지 않았나? 하는 생각이 뒤를 따랐다.

한참 만에 찾아든 거기에 이모네 식구가 정말 있었다. 그로부터 우리는 끼니걱정을 잊을 수 있었다. 어둠이 짙게 깔리고 나서 우리 모두 이모네 집으로 숨어들 수 있었다. 그리고 간만에 깊은 잠에 빠져들었다.

그런데 노독이 풀리기도 전에 우리는 그 시원한 쉼터를 벗어나 새벽길을 재촉했다. 다시 바닷가 모래사장이 눈앞에 펼쳐지고 무심결에 눈을 떴다 감았다 하는 길이 계속되었다.

피곤이 겹치면 긴장이 풀린다는데 더는 아무 느낌도 없는 시간이 끝날 줄 몰랐다. 앞 사람과의 거리가 너무 멀어져 허겁지겁 간격을 줄여놓아도 금방 뒤처지고 마는 때를 당해 나는 지름길을 생각해 냈다. 한 발자국을 줄이는 것도 도움이라는 생각에서였다.

그런데 몇 걸음 걷지 않아서 내 앞에 검은 물체가 나타났다. 군화였다. 군화를 따라 모래에 묻힌 두툼한 덩치가 드러났다. 그 동안 마을 뒷산이

나 바닷가를 걷다 말고 군인 시체를 보았다는 소문을 여러 차례 들어왔어도 실지로 군화가 삐죽이 나와 있는 시신을 본 건 처음이었다. 둘러보니 나는 이미 혼자였다.

앞 사람을 따라잡기 위해 나는 나를 잊고 말았었다. 간신히 숨을 몰아 쉬자니 그제야 끝없이 푸른 바다가 한눈에 들어왔다. 일찍이 바다가 이렇게 무심한 적이 없었다. 하늘 아래 살면서 하늘 한 번 쳐다볼 줄 모르던 내가 기어이 하늘을 원망하고 바다를 향해 울부짖었다.

"무슨 짓들이야, 사람은 사람에게 못할 짓을 하고 신은 어디에서 무슨 짓거리를 보고만 있냐고."

나는 울며불며 그 자리를 떠나야 했다. 한스러운 발자국을 따라오는 건 그래도 살아있는 파도소리였다. 나는 거의 까무러칠 지경이었지만 다른 사람들을 생각해서 소리를 지르지 않고 그 장소를 빠져 나왔던 것이다. 그리고 나중에 일행들에게 그 사실을 알렸다.

"어린 것이 속이 깊네 그려, 다른 아이들이 알았으면 난리 났을 것인데 모르게 하길 참 잘했어."

"너 정말로 본 거야? 진짜 군인 시신이었어?"

그 많은 사람 가운데 나를 못 믿는 건 내 엄마뿐인가 했다. 나의 그런 생각이 내 얼굴에 드러났던지 엄마의 눈길이 이상야릇한 느낌을 주었다.

해질 무렵이 되어서야 우리들은 모래사장이 둔덕을 이룬 지점에 이르렀다. 바다에서 상당히 멀리 떨어진 인가에서 허기를 달래고는 콩을 볶아 각기 나누어 가진 뒤, 다시 짐을 챙겼다. 다음날도 그 다음날도 산비탈 길을 따라 우리는 거친 숨을 몰아쉬었다. 바다가 아닌 산이 먼발치에 보이기 시작하면서 더는 지나가는 동네 이름을 알지 못했다.

산골 깊숙이 들어간 곳인데도 비행기 소리가 예사롭지 않았다. 가까이 공습이 있는 조짐이었다. 우리는 점점 더 깊은 산속으로 들어가지 않을 수 없었다. 낮에는 숨어 있다시피 하고 주로 밤길을 걸었다. 함께 움직이는 일행은 수십 명이 되기도 하고 잠깐 사이 우리만 뒤처지기도 했다.

피난 길 일행은 불어나도 걱정이고 너무 없어도 겁이 났다. 스쳐 지나치는 사람마다 서로 도움 될 말을 나누는데 주로 어느 마을 사람인지를 알고 나서 행선지를 묻곤 했다. 어쩌다 아이들 중에 넘어져 울음을 터뜨리는 일이 생기면 적에게 발각될까 봐 낭패를 당하는 느낌이었다. 모두가 그만큼 예민해진 탓이었다.

그런데 철없는 것들이 어떻게 우리가 처한 상황을 아는지 울음소리는 금방 외마디로 그쳤다. 그 밤이었다. 논두렁에 있는 우물을 에워싸고 우리 일행은 짐을 내려놓았다. 우물을 가린 지붕이 멀리서도 보였던 것이다. 물로 시장기를 달래고 차례로 발을 씻어 피로를 달래는 판에 눈을 내리깔고 동생이 물었다.

"내일도 또 산 넘어갈 거야?"

아무도 대답이 없자 그는 그만 울음보를 터뜨리는 것이었다. 이런 일이 있기 전에도 동네에서 사람의 등에 업혀 살던 그 아이 사정을 우리 모두 잊고 있었던 것이다. 그지없이 단순한 아이의 물음이 우리 모두가 지닌 비극의 몸체를 드러내는 순간이었다.

"누부야가 좀 업어 줄게."

동생은 고개를 흔들었다. 내가 등을 디밀고 업히라는 시늉을 하자 마침내 아이가 발악을 했다.

"아니야!"

우리에게 닥친 악운은 저 어린 가슴에도 악을 싹틔운 것처럼 보였다.

비행기는 나직이 떠서 소리 없이 산등성이를 넘어와서는 들판에 기총 사격을 퍼붓기도 하고 그냥 음흉한 소리만 남기고 사라지기도 했다. 처음

떠난 피난길엔 굶주림이 덜했는데 이 번엔 동네가 있어도 먹을 건 없었다. 그나마 비행기가 언제 나타날지 몰라 불을 피울 수도 없었다. 연기 때문이었다. 굶주림은 사람들을 죽음의 길로 내몰고 있었다.

어린 것이 있는 우리의 사정이 그 중 급했다. 조금만 더 참아보자는 사람들을 뒤로 하고 다시 그 끔찍한 길을 되돌아갈 참이었다. 우리는 죽어도 내 집에 가서 죽는 게 낫다는 생각에서였다.

그런데 동생이 없었다. 모두들 눈이 휘둥그런 찰나, 함지박만큼 벌어진 동생의 입 주위는 온통 가지 빛이었다.

"용이형 왔다앙!"

손에 든 칡뿌리로 가리키는 그의 등 뒤에 정말로 용오빠가 서 있었다. 그가 무슨 행운의 별이라고 그 순간 그처럼 온 세상이 밝아졌을까!

용오빠는 장승처럼 서 있었다. 전처럼 웃지도 않았다. 내가 우정 다가가서 말을 건네야 했다.

"용케 만났네."

그는 대답도 않고 낯설게 나를 바라보기만 했다. 내 꼴이 말이 아닌가 보다 하는 생각이 들어 내가 다시 말했다.

"용오빠 많이 말랐네, 나도 꼴이 형편없지?"

"아니, 안 그래."

오빠는 나를 지나쳐 동생에게로 갔다. 오직 동생에게만 관심이 있는 것 같은 그의 그런 행동이 나를 실망시켰다. 너무나 섭섭한 나머지 나도 등을 돌렸다. 햇빛을 피할 요량으로 거적을 둘러 친 임시 거처에 들어가니 안은 어둡고 바닥은 습했다.

'용오빠가 변했네. 왜일까, 나를 보고도 반가운 기색이 없어. 그럴 수가 없는데.'

괜히 자존심이 상했다. 이러고 있느니 엄마 말대로 얼른 밤이 되어 이

곳을 떠나고만 싶었다.

'이제부터 누구를 좋아하는 일 따위를 말아야지. 그건 내 스스로 나를 얕보게 만드는 아주 형편없는 짓이야. 도도하게 굴어야지. 사람을 보면 나도 모르게 웃음을 보이는 이 마음부터 고쳐야지.'

이렇게 다짐하고 있는데 동생이 떼를 쓰는 소리가 들렸다.

"용이형이랑 같이 갈래, 싫어. 형네 집하고 같이 가잔 말이야."

"형하고 같이 간다 해도 짐이 많아서 형이 널 업어주지 못해. 우리 먼저 가자, 그래도 형아가 우리보다 앞서 갈 거야."

엄마가 타이르는 말에도 동생은 막무가내로 고집을 부리고 있었다. 엄마도 이젠 화난 목소리였다.

"너 말 안 들으면 두고 갈 테다."

실랑이는 그것으로 끝이 났다. 그런데 동생을 향한 내 마음이 그 어느 때보다 알싸했다. 그 마음이 곧 어둠속에 웅크린 내 마음이었던 것이다. 별 수 없이 우리는 길을 재촉했다. 앞서거니 뒤서거니 어둠이 내리는 동네를 벗어나도 도중에 누굴 만날 기대마저 없었다. 그래도 내 집으로 간다고 시간이 지날수록 마음이 안정되어 갔다.

떠날 때와는 달리 우리는 신작로를 택했다. 그런데 우리 말고는 큰길에 사람이 없었다. 이상한 일이라고 생각하는데 멀리 바다 쪽에서 쿵하는 소리와 함께 하늘 한가운데 조명탄이 떴다. 우리는 날렵하게 길 가장자리로 가서 그 자리에 주저앉았다.

움직이면 비행기에 쉽게 발각된다는 말을 하도 많이 들은 터였다. 머리에 짐을 인 사람, 어깨에 짐을 진 사람이 다 바위같이 보이기를 빌며 한참을 기다려도 별다른 일이 뒤따르지 않았다. 다시 조명탄이 꺼져가고 우리는 가던 길을 서둘렀다. 몇 발짝 가지 않아 한 노인이 나타났다.

"이렇게 정신없는 사람들이 있나."

우리더러 어서 한 길을 벗어나라는 것이었다. 지금 인민군이 북으로 쫓겨 가는 판이라고 했다. 당신들 때문에 바다에서 함포사격이라도 날아오면 동네가 어떻게 되겠느냐면서 남정네도 없는 것 같으니 자기 뒤를 따라오라 했다. 우리는 낯선 할아버지 뒤를 무작정 따랐다.

자신도 며칠 전에 집이 걱정되어 식구는 산에 두고 혼자 돌아왔다고 했다. 황송하게도 우리 앞으로 방 하나가 배정된 것이다. 우리는 참으로 오랜만에 겁 없이 깊은 잠을 잘 수가 있었다. 뿐만 아니라 새벽이 되자 할아버지는 우리에게 삶은 고구마를 주셨다. 우리는 고마운 마음을 삭이지 못하고 거의 울 뻔했다.

다시 길을 떠나기 전에 큰 길이 위험하다니 산을 타야 할 것인가를 할아버지에게 여쭈었다. 절대로 아니 될 일이라 하셨다. 자신도 가족이 있는 곳으로 되돌아가지 못할 만큼 사태가 급박하다는 것이었다. 어제도 한 차례 퇴각하는 인민군 총에 쓰러진 사람이 있는가 하면 잡혀간 사람도 여럿이란다.

우리는 방안에만 갇혀 있어도 마실 물이 있고 허기를 때울 것이 있어 난리통에 그보다 더 좋을 순 없었다. 그래도 비행기소리는 여전히 지긋지긋한 고문이었다. 기총사격이 있는 날이나 없는 날이나 그랬다. 별안간 바깥이 소란하고 말발굽소리가 연달아 큰 길을 지나갔다. 우리는 옴짝달싹 못하고 그 자리에서 벌벌 떨었다.

그로부터 숨결이 차올라 방안에 있어도 시시때때 죽음의 문턱인 듯싶었다. 언제나 마음 푸근하게 발 뻗고 살아보나, 하는 탄식마저 사치여서 모두가 말문을 닫은 채였다. 그 밤이 지나자 마치 다른 세상이 열린 것처럼 사방이 잠잠했다.

잘은 몰라도 전세는 우리에게 유리한 것이 확실했다. 부디 좋은 시절 만나 잘 살아야 한다는 할아버지의 말씀을 뒤로 하고 우리는 다시 어둠이 내리는 길을 떠났다. 이슬이 발목까지 젖어드는 길이었다.

당장 먹을 것이 없고 땔감이 없어도 집은 역시 우리 집이었다. 어지러운 것을 치우고 나자 우선은 기운이 나고 살 것 같았다. 하지만 집안을 아무리 뒤져도 수저 한 벌, 쌀 한 톨이 없었다. 친척언니 집에 가서 쌀을 한쪽박 얻어 왔다. 언니 집은 음침한 골짜기 속에 있어 우리보다는 형편이 나았다. 그래도 정말 더는 못할 짓이었다.

엄마가 살아갈 방법을 의논하러 이웃동네 이모를 찾아갔다. 동생이 눈물을 꾹꾹 참을 때쯤에서야 피난보따리 같은 걸 머리에 이고 엄마가 돌아오는 시절이었다. 먹을거리가 태반이어서 짐은 무겁기도 했다. 하지만 장사를 하겠다고 엄마는 또다시 집을 떠났다.

나는 밤이나 낮이나 동생이 걱정이었다. 엄마 대신이란 생각 때문이었다. 나는 이미 동네를 쏘다니던 이전의 내가 아니었다.

용이형이 주었다면서 엿이랑 과자를 들고 와서는 동생이 말했다.

"누부야가 갈잎 긁으러 갈 때는 용이형이 리어카로 실어다 준대, 꼭 그 말을 하랬다. 누부야 알았지."

내가 그 말뜻을 마음으로 받아들이기도 전에 동생을 따라 용이 왔다. 용이 동생 따라 내 집에 들락거리긴 했어도 안방에 들어가기는 이번이 처음이었다. 동생과 나는 아랫목에 깔려 있는 이불 밑에 발을 뻗고 누워 책을 읽거나 그림을 그리는 게 유일한 낙인데 오늘은 내가 있을 자리에 용이 드러누워 내 대신 동생이랑 말을 하고 있는 것이었다.

나를 보고 주춤한 용을 향해 나도 모르게 내 입에서 괜찮다는 말이 흘러 나왔다. 호롱불이 그처럼 방안을 아늑하게 하는 밤도 처음이었다. 마땅히 앉을 자리도 없고 해서 나는 반대쪽 이불 속으로 발을 뻗었다. 용이 기다렸다는 듯이 이불 속에 내 발을 손으로 감싸주었다. 어찌나 갑작스럽고 은밀했던지 나는 숨이 막힐 지경이었다. 하지만 더없이 행복했다.

그날 밤 이후, 우리는 어디에 어떻게 있어도 확실하게 서로 사랑하는 사이가 되었다. 나는 날마다 뒷산 그늘을 누비며 갈잎을 긁고 나뭇가지들을 한 데 모아 추위에 대비했다. 어두워지기 전에 돌아오려는데 성큼 성큼 용이 내게 다가왔다. 아무도 몰래 왔는데 내가 여기 있는 줄 어떻게 알았냐니까 동생을 손가락질하며 자기에겐 충실한 부하가 있단다.

다음에는 리어카를 가지고 멀리 가서 땔감을 한가득 실어오자고 했다. 내가 남의 눈에 띄는 일은 안 하는 게 좋다고 말하자 용오빠의 가지런한 이빨이 비밀처럼 드러났다. 드물게 보는 귀염둥이 얼굴이었다.

"그렇게 웃으니 보기 좋은데 왜 늘 성난 사람 같은 표정이냐?"고 했더니 세상만사 자기 마음 같지 않아서 그렇단다.

"도시로 나가 공부도 하고 돈도 벌고 그래야 나중에 출세를 하고 색시 호강도 시켜줄 텐데, 나 이러고 살다 말기는 정말 싫어."

"오빠는 어쩜 그렇게 많은 생각을 해, 아무래도 이담에 큰 인물이 될 모양인데! 그 때 가서 나를 못 알아보면 어떻게 하지?"

나는 우스갯말로 진심을 밝혔다. 그러나 그는 옮기던 발길을 딱 멈추어서서 분명하게 말을 했다.

"내가 널 얼마나 좋아하면 그런 장래 꿈을 꾸고 있겠어. 나는 이제 너 없이는 아무것도 할 수가 없어, 절대로 못살 거야. 네 엄마가 돌아와도 나는 지금처럼 네 집을 드나들며 무엇이든지 도울 거야, 한 식구처럼."

가을날은 쉬이 어두워졌다. 우리는 칡넝쿨로 얼기설기 엮은 나뭇단을 들고 마을길로 내려왔다. 용오빠는 골목 어귀에 짐을 내려놓고 나와 헤어져 제 집 있는 쪽으로 걸어갔다. 나의 저녁 걱정도 덜어주고 자기엄마도 안심시킬 요량인 것이다. 혼자 남겨진 나는 동생 때문에 허둥댔다. 나를 기다리며 처량하게 문간에 앉아 있을 것을 생각해서다.

첫째동생은 태어나면서 죽고 다음은 홍역으로 죽고 간신히 붙든 셋째가 아닌가. 천한 이름을 지으면 오래 산다 하여 망측하기 이를 데 없는 아명을 갖게 되었다. 곧 초등학교를 가게 되면 호적에 올릴 이름이 지어지고 모두가 떳떳하게 이름을 부르는 날이 올 것이었다.

나를 보자 대뜸 용이형을 못 봤냐고 동생이 물었다. 나는 그만 못 봤다고 거짓말을 하고 말았다. 언젠가 엄마가 오시면 동생은 용이랑 나랑 서로 좋아한다고 고자질할 것이었다. 아직은 그런 말이 나오지 않도록 조심할 필요가 있었다.

그날 밤엔 용오빠가 나타나지 않았다. 불과 몇 시간 전에 헤어졌건만 나는 그새 그를 기다리고 있는 것이다. 혼자 누워있으려니 오빠가 하던 말이 가슴 깊은 곳에서 되살아났다. 나를 호강시켜 주고 싶은데 마음대로 되지 않아 고민이 많은 줄 내 어이 알았으랴. 나는 그런 대우를 받을 가치도 없는데 용오빠는 어쩜 그리 착하고 착실할까.

나는 오빠의 그 말 한 마디로 충분히 행복하단 말을 꼭 해 줘야지, 장래 걱정일랑 말고 그날그날 열심히 살자는 말을 꼭 할 결심이었다. 한잠 자고 나서 눈을 떠 보니 바깥은 아직도 칠흑 같은 어둠이었다. 어느새 서늘한 밤기운이 문틈을 살피게 하는데 내 마음은 별난 오뉴월이었다.

'호강하는 여자는 오래 못산다는 말로 오빠를 위로해 주어야지.'
'무얼 한들 남보다 못 살겠냐'고 힘이 생기는 말도 할 것이었다.

날이 밝는 대로 뜰아래 풀을 거두고 말끔하게 비질을 했다. 엄마가 언제 돌아와도 그 사이 달라진 내 모습을 보이고 싶었던 것이다. 그 밤에 아무도 오지 않았다. 다음날 밤이 지새도록 아무도 오지 않자 기다리는 일이 형벌 같았다.

나는 잠들지 못하는 동생을 부추겨 엿을 만드는 엿도가로 갔다. 엄마가 쥐어주고 떠난 돈을 한 손에 돌돌 말아 쥐고 한 손으로는 동생의 손을 잡았다. 그러지 않고는 배길 수 없는 적막한 마음이 나를 큰 길로 나서게 했던 것이다. 언덕길을 내려 텅 빈 밤길을 걸어가자니 강 건너 마을에 불빛이 마치 남의 속도 모르고 깜박이는 신호만 같았다. 동생도 나처럼 어리둥절한 경험을 하고 있는 중이었다. 힐끗 나를 쳐다보며 내 손에 잡힌 팔목을 흔들더니 한 마디 하는 것이었다.

"형은 왜 안 와?"

"어딘가 심부름 갔겠지 뭐."

말은 그렇게 했지만 나 역시 오빠생각이 간절했다.

밤늦은 시간에도 엿도가의 호롱불은 켜져 있었다. 엿치기 내기판에 아이들이 찾기도 하고 엿장사들이 내일의 장사를 위해 찾아들기도 할 것이었다. 반쯤 열린 문을 밀고 들어가자 할머니랑 아주머니가 마주 앉아 연신 엿을 잡아당겼다. 늘어지면 합치고 다시 늘이기를 되풀이하면서 검은 덩치 엿이 흰 가래엿이 되고 있었다.

아저씨가 엿가래를 종이에 싸서 동생 손에 쥐어 주었다. 우리는 입 안에 엿을 오물거리며 우리의 한심한 처지를 살맛나게 만들어 가고 있었다. 내가 "맛있지?" 하면 동생은 "응" 하고 내가 "좋지?" 하면 동생은 "으응" 하면서….

아침 일찍 엄마가 왔다. 아마 이모 집에서 새벽길을 나선 모양이었다. 방안에 들어가기도 전에 엄마는 짐 속에서 생선 말린 것들을 끌어냈다. 그것들을 일일이 들추어 상처 난 곳을 가리키면서 사촌오빠들이 바다에 들어가 창을 던져 잡은 것이라 일러주었다.

"너네 혹시 용이 소식 들었니? 용이라면 우리 개똥이를 그렇게도 잘 봐주는 아이 아니냐? 용이가 행방불명이라는데 소문 못 들었어? 세상이 어찌 되려고 이러는지, 큰일이다. 여기저기서 살인이 나고 납치사건이 일어나고 도시보다 시골이 더 흉흉하구나."

"누가 그래요. 엄마는 그런 소릴 어디서 들었냐고요?"

"그 봐, 등잔 밑이 어둡다더니 너흰 아직 모르는구나. 그 집 식구들이 사방으로 흩어져 인근 동네를 뒤지고 다닌다는데…, 빨갱이들이 낮엔 산속에 숨어 있다가 밤엔 동네로 내려온다잖아. 꼼짝하지 말아야 해."

나는 엄마 없는 사이에 땔감을 찾아 헤맨 산길이 생각나 가슴이 철렁했다.

"용이형 어떻게 해."

동생의 음성은 겁에 질려 있었다. 나는 전신의 피가 식는 느낌으로 지금의 상황을 다시 한 번 점검했다. 그러니까 산에서 내려와 나뭇단을 내 앞에 내려놓고는 간다는 뜻으로 손을 들어 자기 집이 있는 방향을 가리키던 오빠의 마지막 모습이 떠오른 것이다.

그런데 그 길에 무슨 일이 일어난 걸까. 그것도 모르고 나는 그 밤에 오지 않는다고 서운해 했던 것이다. 그리고 어제도 의심 없이 기다렸었다. 나는 입술을 깨물었다. 놀랍게도 동생의 침묵 역시 무겁고도 어두웠다. 엄마는 일찍 잠자리에 들었으나 잠이 오지 않는 나는 황망한 경우를 당한다. 오빠가 들려준 말은 토씨 하나 틀리지 않고 되살아나는데 얼굴이 떠오르지 않는 것이다. 이목구비 하나하나가 모호하다 못해 불길한 생각으로 이어진다. 이 노릇을 어떻게 해야 할까.

나는 엄마를 깨워 그 동안 있었던 일을 낱낱이 말하고 싶었다. 그렇게 하면 얼어붙은 속이 좀 풀릴 것만 같았다. 그러나 아니었다. 용오빠와 나만이 아는 세계를 보물처럼 귀히 간직할 일이었다. 가슴이 미어질 듯한 날에도 아침은 밝았다.

아무 일 없었던 것처럼 태연하게 행동하려는데 용이형을 찾아가 보자고 동생이 보챈다. 집안을 편케 하려면 따라나설 수밖에 없었다. 골목길이 끝나고 산을 향해 뻗은 길 옆자리에 돌담을 두른 용오빠네 집이 있었다. 작은 마을인데도 나는 이 곳을 와 보지 않았던 것이다. 얼핏 안마당을 들여다보았지만 사람이 없었다. 그런데 동생이 말했다.

"여기 있어봐, 용이형이 올지도 몰라."

그러더니 힘껏 소리쳐 부른다.

"형, 용이혀엉!"

동생은 이미 그 집 문 앞에 서 있었다. 눈 깜빡할 사이였다.

"용이형 없네, 정말로 없네."

돌아보는 동생의 얼굴색이 변했다. 놀라서 지켜보자니 경찰이 앞서고 오빠네 어머니가 뒤따라 나왔다. 경찰은 무심히 우리 곁을 지나가는데 오빠의 어머니가 내 동생을 알아보았다.

"너 왔니, 형 찾아 왔구나. 용이형이 없어 큰일 났다."

그 분의 눈길이 내게로 향하자 나는 가볍게 허리를 굽혔다.

"네가 애 누나냐?"

나는 그렇다는 뜻으로 고개를 숙였지만 그분은 이미 나는 안중에도 없었다.

"세상에 귀신이 곡할 노릇이지, 글쎄 다 큰 아이가 어디로 없어지니?"

용이 어머니는 말꼬리를 흘리며 집안으로 사라진 뒤였다. 나는 내가 어른들 눈에 너무 보잘것없는 존재로 비친다는 사실에 놀라 그 자리에 그만 못 박히고 말았다.

그로부터 그 어디에서도 다시는 오빠의 소식을 들을 수 없었다. 동생이 용이형을 찾는 일도 없었다. 그것이 슬퍼 그의 생각이 간절할 때면 나도 오빠 곁으로 데려가 달라고 눈물로 호소했다. 처량할 뿐이었다.

시시각각 새로운 시간이 태어나고 생명이 싹트고 사랑이 움트는 이 세상을 두고 죽어서 만나자 한들, 그것이 진정으로 사는 것일까.

하늬바람

- - - · · · · - - -

01 춘을 지나 거꾸로 겨울이 오는 것 같다고 엄살 부리는 사람들의 입
김이 마를 겨를 없이 봄빛이 쏟아졌다. 꽃이 피고 잎이 피지 않았어
도 햇살을 받으면 봄이 온 줄 알게 되는 그런 날이다.

나는 아버님더러 병원 뜰에 나가보실 것을 권했지만 아버님은 햇빛을
즐기는 생각마저 접고 계셨다.

"내 너를 위해 하는 말이다. 집에 가서 집단속 잘 해 두고 내일부터 내
곁에 있도록 해라. 나야 정신이 없을 터이니 무슨 상관이겠느냐마는 끝까
지 나와 함께 할 수 없었다고 네가 안달할까 봐 하는 말이다. 한동안 정신
이 몽롱했었는데 오늘은 영롱하구나. 정신뿐 아니라 몸도 가벼워. 이러한
때 너랑 더 많은 이야기를 하고 싶지만 그마저 힘에 부치는구나. 늙어서
는 죽기 마련이 참 잘된 일이다 할 정도로…."

말씀이 끝나자 아버님이 나더러 얼른 다녀오라는 뜻의 손짓을 하셨다.
나는 도우미 아줌마에게 긴장을 놓지 말라 당부한 뒤 집으로 돌아와 옷가
지를 챙겼다. 정신없이 잠자리에 든 것까지는 알겠는데 단숨에 날이 밝아

있었다. 남편은 이미 나 없이 사는데 길들여진 사람 같았다.

그래서 단잠을 자고 난 나는 한결 기분이 좋았다. 아버님도 그러실 것이란 믿음이 생겼다. 오늘은 더 애틋한 이야기가 있을 것이란 기대가 앞섰다. 자연히 나의 발길이 바빠졌다.

그런데 병원 복도에 들어서면서 그만 나는 부음을 듣고 말았다. 전화 통화 끝에 병실에서는 내가 병원에 올 시간을 감안해서 기다리는 중이었다. 황망 중에 아버님 곁에 무릎을 꿇고 고개 숙여 말씀드렸다.

"부디 편히 가세요. 아버님 덕에 행복했어요. 이 세상 다하도록 전 절대 아버님을 잊지 못할 거예요."

나는 결국 흰 천 아래 가려진 아버님의 맑고 온화한 마지막 모습을 보았던 것이다. 나는 뒤로 밀려나고 곧 병실이 비었으나 나는 사방을 돌아보았다. 아직도 아버님의 체취가 남아 있고 그의 혼이 깃들어 있을 것 같아 가슴 깊은 곳에서 우러나는 혼잣말을 계속했다.

"아버님의 며느리로 사는 동안 저는 처음으로 행복이 무언지를 알았습니다. 다음에 우리 다시 만날 때는 고귀한 인물로 서로를 새롭게 알아보았으면 합니다. 집안일은 저에게 맡기시고 이 세상에서 누리지 못한 온갖 복락을 누리십시오."

묵념을 끝내고 돌아서는 내 뒤에 간병인이 있었다.

"아기엄마 아직 가지 않았어요?"

놀라서 들여다본 그녀의 눈이 벌겠다.

"사모니임!"

그녀가 흐느꼈다.

"수고 많았어요. 여러 가지로 고마웠어요. 그 동안 인사 한 번 제대로 못했지만 정말 너무 각별했어요."

"할아버지가 베풀어주신 은덕에 비하면 아무것도 아니지요. 저는 태산 같은 은혜를 입었어요. 나를 친딸처럼 옆에 있게 하신 일 아마 죽어도 못 잊을 거예요. 할아버님뿐 아니에요. 이 말을 하지 않고는 도저히 돌아설 수가 없었어요."

"우리도 그래요. 아주머니가 아니고 다른 누구를 그렇게 믿고 맡길 수 있었겠어요."

"입에 담지 못할 큰 은혜도 입었어요."

"우리 아버님은 그런 분이시지요."

나는 더 알고 싶지 않았다. 수표였으리라는 짐작과 함께 그게 옳은 처신인 것 같아서였다. 영안실의 밤과 낮은 나를 딴 사람으로 만들었다. 긴장의 연속으로 인한 기계적인 느낌이 자신마저 동떨어지게 만드는 것이다. 그러면서 시간은 예정된 절차를 끝나게 했다.

화장장에서 유골을 받아든 남편의 얼굴이 붉게 물들어 있었다. 겉으로는 눈물 한 방울 보이지 않는 얼굴이 속속들이 그랬다. 남편이 화장실을 다녀오겠다면서 아버님의 유골보따리를 나에게 넘겼다. 백지장 속에서 전해 오는 따뜻한 온기가 아버님의 체온이 되어 나를 편안케 해 주었다.

'새로운 출발이라 했는데 말없는 이별은 왜 이렇게도 울고 싶은 거야!'

남편이 돌아와도 나는 그대로였다. 그 품보다 포근한 이 품에 모신다는 일념으로.

고갯길을 한없이 달리다가 고갯마루 한적한 곳에서 영원한 작별을 고하고 돌아온 집안은 절간 같았다. 나는 당장 집안일에 뛰어들었다. 어디선가 아버님이 나의 일상을 지켜보시는 것만 같아 칭찬을 받고 싶은 마음이 그랬다. 집안 구석구석까지 윤기가 나고 부끄러운 틈새마저 없어짐에 따라 내 안에 자신감 또한 서서히 자리를 굳혔다. 이렇게 흠 없이 허물벗기에 성공한 나는 비로소 내 자신을 사랑할 수가 있었다.

"하루 종일 일만 하는 거야? 멋 내기를 포기한 여자 같아, 당신 왜 그래?"

주말을 맞아 모처럼 집안을 둘러보던 남편이 보이는 반응이었다.

"성공이네, 정말 그렇게 보여요?"

피곤을 핑계 삼아 방안에서만 뒹굴 시간인데 남편은 이른 아침부터 내 뒤를 따라다녔던 것이다. '아버님 계실 때 이랬어야 하는데' 라는 생각이 내 안에 신음소리가 되고 그건 바로 눈물이 되어 가슴 속을 타고 내렸다.

'당신은 참 살 줄 모르는 사람이오.'

옹졸한 사람이 달라진들 얼마나 오래 갈까 했는데 남편은 꾸준히 일손을 보태주고 하루가 다르게 착실한 사람으로 변해 갔다. 말은 않지만 아버님 생전에 잘 못해 드린 뉘우침이 그를 기죽게 만드는 것 같았다.

나 역시 새 사람이 되고자 하는 그의 의지를 받들었으니 열심히 사는 사람만이 아는 의미와 재미가 날로 새롭게 태어났다. 우리 주변에는 살아 있어도 죽은 거나 진배없는 사람이 있는가 하면 죽었어도 영영 죽지 않는 경우가 있다. 웃음을 잃지 말라시며 당부하시던 아버님 말씀이 그것이다.

옛날 생각을 하다 말고 우연히 깨우침이 있어 놓칠세라 말을 했다.

"여보, 근래 내가 놀라운 사실을 발견했다고요. 아버님이 가출을 하게 된 동기 있잖아요. 말뚝에 묶여서 죽을 뻔했다던 그 이야기 말이에요. 외삼촌이 아버지를 발견하고 아버지께로 다가오던 순간을 되돌아봐요. 그 동안 우리가 모르고 있었던 속사정이 드러나요. 외삼촌은 할아버지가 보내신 거라고요. 아버지의 남다른 성격을 고쳐보려고 그렇게 무시무시한 벌을 내린 뒤 그만하면 혼이 났을 것이라 생각하신 할아버지가 외삼촌을 보내신 거라고요. 아버님으로부터 그 말씀을 들을 당시엔 너무 기가 막혀 멍했어요. 내 머리가 영리하게 돌아가지 못했단 말이에요. 그런데 때늦은 깨달음이 모든 정황을 바꾸어 놓았어요. 일찍 죽은 누이의 아들이고 보면 외삼촌인들 그 조카를 얼마나 측은하게 여겼겠어요. 사춘기에 접어들어 반항하는 아들의 행실을 두고 외삼촌이 당연히 할아버님의 의논 상대가 되었을 테지요. 여보, 내 짐작이 맞지요. 그렇게 생각되지 않아요?"

그러나 끝내 내가 기대하던 대답은 돌아오지 않았다. 그래도 끝장을 보고 싶어 거듭 말했다.

"진작 그런 말을 아버님께 해 드렸더라면 부자 사이에 맺힌 평생의 응어리가 풀리면서 아버님 일상에 새 세상이 열렸을지도 모르겠는데…."

반응을 살피다 보니 '다 지난 일을 가지고 무슨 뚱딴지같은 소리야, 참, 할 일도 없다'는 인상이다. 그럴수록 나는 아버님을 위해 제때 현명하게 대처하지 못한 회한이 깊다. '그 때 삼촌이 나타나지 않았으면 아마도 내가 살아남지 못했을 거야'라고 말씀하시던 아버님의 황량한 가슴에 '아니어요, 아버님. 삼촌은 할아버님이 보내신 거라고요. 그렇지 않고서야 어떻게 그 자리에 나타나실 수 있었겠어요?'라는 나의 한 마디가 있었더라면 새로운 깨우침이야말로 여생동안 불어오는 훈풍이었을 것을!

남편은 나의 아버님 생각을 무너뜨릴 요량인지 사변 이후 부산에 눌러 살 때 사귄 친구, 자기말로는 제일 친한 친구 이야기를 하고 있었다. 내가 듣기로는 재탕 삼탕인데도 말이다. 젊디젊은 나이에 간경변 진단을 받았는데 사변 이후 선진 의료기술이 들어와 병원치료만 열심히 받았어도 능히 이길 병이었는데 그 어머니가 자칭 도사를 집안에 끌어들여 한약 세례를 퍼붓는 바람에 간에 부담을 가중시켜 죽고 만 이야기였다.

나야말로 그 시절 이야기를 하지 않을 수가 없다.

휴전이 되고 식구가 한 자리에 모인 날이었다. 끼니때가 되어 나뭇가지를 꺾어 젓가락을 다듬어야 했다. 우리 집은 깡그리 도둑을 맞았기에 그랬다. 전쟁판에 무슨 도둑일까를 생각했지만 땔감을 찾아 뒷산을 헤매던 어느날 구덩이 속에 우리 가족 사진들이 흩어져 있었다. 아군인지 적군인지 알 수 없어도 그들은 우리 집을 샅샅이 뒤졌던 것이다. 비록 야산에 버려져 있어도 이 사진들이 한 때나마 죽음에 맞선 그들에게 위로를 주었을 것이라 생각하니 밉기는커녕 외려 가슴이 쓰렸다.

역사 반만년을 자랑하는 이 땅에 빨갱이는 어느 족속이고 흰둥이는 또 어느 후손이더냐. 같은 민족끼리 갈라져서 정치하는 놈들의 수작에 휘말린 백성들만 분통터질 일이다. 나는 언니 대신 아빠를 따라 집을 떠나게 되었다. 서울살이 언니와는 달리 나는 대구살이 길에 들어갈 것이었다. 언니가 그 동안 들려준 따분한 이야기와는 딴판인 나의 미래가 궁금했다. 버스정류장에서 반나절을 기다린 끝에 드디어 대구행 화물차를 탔다.

바다를 끼고 신나게 달리는 도중 갑자기 짐칸에서 사람들이 웅성거렸다. 사람들의 시선이 모이는 곳에 웅장한 배 한 척이 멈추어 있었다. 장사 앞 바다에 때 아닌 군함이 적막 속에 갇혀 있었던 것이다.

엘에스티(LST)라는 낯선 이름의 군함은 해안에서 무척 가까운 거리에 있어 오줌이 마려운 어린 아이라도 참고 달릴 만한 거리였다. 우리가 밤을 낮 삼아 피난 다닐 때 저 배는 우리의 꽃다운 젊은이들을 얼마나 싣고 와 어디로 흩어버리고 저리 텅 빈 흉물이 되었는가, 할 뿐이었다.

도시 생활은 언니 말대로 과연 따분했다. 시가지는 피난민으로 우글거려 집안에 있자니 숨이 막혔다. 골목길을 어슬렁거리다가 아기 보는 젊은 엄마들과 통하게 되었다. 아가를 업어주면 아줌마가 맛있는 음식을 대접해 주었다. 거기에 길들여진 나는 아빠가 계시지 않는 낮 시간에 아기 보는 아이가 되어갔다.

방학이 끝나고 교복 입은 학생들이 골목길을 누빈다. 나는 그들 뒤를 밟아 멀지 않은 곳에 있는 학교 정문을 기웃거린다. 그렇지만 아무리 기다려도 학교로 돌아갈 방법이 없다. 기찻길도 버스길도 열리지 않는 것이다. 상급학교도 가고 싶고 장래 걱정도 되었다.

아빠도 걱정이 이만저만이 아닌 듯이 보였다. 내가 조급해 하는 기색을 눈치 채신 아빠가 물었다. 기차를 타고 경주까지는 갈 수 있을 터인데 그 다음에 교통정리하는 군인아저씨에게 부탁해서 짐차를 얻어 타고 갈 수 있겠냐는 것이었다. 장사꾼도 학생들도 다 그렇게 다닌단다.

남들이 하면 나도 할 수 있을 것이었다. 새벽부터 기차역에 나가서 사람 속을 휘젓고 다닌 뒤 아빠가 할머니 한 분을 모셔왔다. 그로부터 우리 두 사람은 서로 의지하는 사이가 되었다. 기차는 가다가 서고 쉬었다 가기를 반복한 끝에 자정 무렵이 되어서야 경주에 내렸다.

집으로 돌아가는 사람은 손목에 푸른 색 도장을 찍어주고 역에서 밤새울 사람들은 앞 광장에 펼쳐진 가마니에서 쉬라 했다. 역무원들은 자리가 없는 사람들을 위해 연신 새 자리를 깔고 있었다. 할머니와 나는 등을 맞대고 체온을 나누어가며 차가운 밤기운을 몰아내고 있었다.

새벽길에 나타난 우리 두 사람을 보자 헌병아저씨가 웃으며 다가와 목적지를 물었다. 참 좋은 인상을 받은 나는 큰 짐을 내려놓은 기분이었다. 한참 뒤에 안 일이지만 그래도 우리의 갈 길은 멀었다. 몇 번째 트럭이 그냥 가버린 뒤 깨달은 바였다.

목적지만 고집할 것이 아니라 목적지 가까이 가는 것이다. 짧은 거리라도 좁혀가다 마지막엔 걸어갈 수도 있고 친척이 있거나 아는 마을에서 달구지에 오르는 대책이 있을지도 모를 일이었다. 내가 그런 마음을 드러내기도 전에 아저씨가 빙긋이 웃으며 다가와 내 눈높이까지 키를 낮추었다.

"배고프지?"

나는 고개를 저었다.

"거짓말!"

나는 웃었다.

"어린 것이 무슨 체면에 거짓말을 해. 아직 아침도 못 먹었으면서, 내가 뻔히 아는데."

나는 할머니가 원망스러웠다. 배고픔은 참을 수 있어도 불쌍하게 보이긴 정말 싫었다.

"학생 이리 와. 할머니도 오세요."

우리가 안내된 곳은 헌병초소 뒤편에 있는 국수집이었다. 얼굴에 불을 끼얹는 것 같은 수치심과 함께 어처구니없게도 나는 어부의 그물을 벗어나 다시 물을 만난 새끼생선의 기쁨 같은 것을 동시에 떠올렸다.

과연 장사하는 사람들이 몰고 다니는 가까운 거리 이동 수단은 더러 있었다. 이름이 귀에 익은 마을이래야 기껏 몇 가구가 옹기종기 모여 있는 산등성이 어떤 집에서 밤을 지새웠는가 하면 소 없는 외양간에서 뜬눈으로 밤을 밝힌 일도 있었다.

그 당시를 뒤돌아 볼 때마다 사람이 사는 곳뿐 아니라 사람의 흔적을 쫓는 일이 유일한 희망이었던 시절을 살아남은 우리다. 그런 우리가 너무 많이 가지게 되면서 더 가지려는 사람과 탐하는 사람들로 세상은 점점 사람이 무서운 시대에 들어선 느낌이 그지없이 슬프다.

방학은 시작이 있으면 곧 끝이 나고 월사금을 납부하지 못해도 고향을 오가는 길은 열려 있어 정기 노선버스가 다니기 전 더 몇 번을 같은 곳에서 같은 아저씨의 은혜를 입었다.

그런데 몇 년 뒤 그 헌병 아저씨를 대구 시장터에서 만났던 것이다. 내가 먼저 평복의 아저씨를 알아보았다. 오랜 세월이 지났는데 어떻게 나를 알아보았느냐면서 아저씨는 너무도 놀라워 하셨다.

"저가 아저씨를 어떻게 잊어요."

그렇게 말하는 나의 눈앞이 희뿌옇게 변했다.

"몰라보게 되었구나, 나 여기서 장사하고 있어."

아저씨가 가리킨 곳은 한복 가게였다. 얼핏 보기에 여자들 서넛이 이야기 중이었다. 나는 고마운 마음을 열어 보이지도 못하고 엉겁결에 그곳을 빠져 나왔다. 나는 정말 그런 내가 지겨웠다.

'도대체 뭣 하는 짓이야' 했지만 사태는 돌이킬 수 없는 지경이었다. '꼭 다시 찾아 와야지' 하면서 그곳을 떠나왔고, '찾아가야 할 텐데' 하면서 오늘에 이르렀지만 앞으로도 다시 찾을 일은 아마도 없을 것이었다.

나는 늘 마음만 착했지, 착한 일을 하기에는 너무나도 무디고 굼떴다. 하지만 꼭 하고 싶은 말이 있다면 이 세상 어디를 가도 그 때 아저씨가 사 주신 국수처럼 요긴한 음식을 베푸는 마음만은 잊지 않을 것이라고.

사변 후 뿔뿔이 도시로 이사를 가면서 고향 길은 절로 멀어졌다. 방학이 되어도 여비가 무서워 찾아 나설 엄두가 나지 않았던 것이다.

그런저런 세월이 가고 세상 달라졌어도. 다들 떠난 고향땅은 옛정을 되찾을 곳이 못 되었다. 개교 몇 주년 기념이라는 딱지가 붙어 옛말하는 친구들이 한 자리에 모였어도 용오빠처럼 사라진 억울한 넋을 기억하고 기리는 예가 없었다. 산다는 것이 얼마나 가치 있는 일인지를 이미 잊어버리고 코밑에만 열중한 근시안들이 힘내야 할 때 성내고, 남을 무시하는 걸로 잘난 체를 했다.

나도 별로 다르지 않아서 그때만 해도 해안상륙 작전에 투입된 군인이 정식으로 훈련받지 못한 10대들이라는 사실을 알지 못했다. 인천 상륙작전을 돕기 위해 적을 교란시킬 목적으로 투입된 함대가 목적을 달성하기도 전에 모래펄에 좌초했고 그래서 더 많은 인명피해를 냈다는 그런 정도였다. 그러나 제대로 된 사실을 안 후로 장사벌 흉물인 군함은 내게 있어 보통 군함이 아니었다.

한 때는 용오빠의 무덤이다가 이루지 못한 우리들 사랑의 전당이 되더니 내가 꼭 찾아가야 할 추억의 강철가슴이 되어갔던 것이다.

그렇게 수십 년이 흐르고 또 몇몇 해가 지났을까, 다시 찾은 고향 바다에 LST가 사라졌다. 허망하다 못해 '차라리, 차라리 잘 되었다'를 연발했다. 오르지 못할 함대를 속절없이 바라만 볼 것이 아니라 자비로운 기억 속에 오롯이 간직하는 편이 옳거늘.

결혼 초에 남편이 물었다.

"당신은 연애경험 없어?"

나는 대답했다.

"연애는 몰라도 결혼해야지 하고 결심한 사람은 있었는데 너무 어릴 때 일이라 얼굴마저 삼삼하네요."

"몇 살 때 일인데?"

"열두어 살쯤…."

"우와, 나보다 여러모로 앞섰다. 나는 열아홉 살 때 장가보내달라고 졸랐는데. 상대 남자 아이는 지금 어디에 있는데?"

"사변 통에 행방불명이 되어서…."

그러자 남편의 반응이 그렇게 무덤덤할 수가 없었다.

그야말로 실망이었다. 나라의 안위가 위태로운 지경에 어린 학생들을 마구 잡이로 최전선에 투입했다고 하지 않던가. 그러했기에 전사자 명단에도 오를 수 없는 그들이었다. 이 세상 그 무엇도 꽃다운 목숨을 나라에 바친 그들보다 고귀할 수는 없는 것이다. 그들이 있었기에 오늘날 세계만방에 이름을 떨치는 참 잘난 이 땅의 아들딸들이 있다.

내 비록 여자로 태어났지만 나라에 부르심을 받는 신분이 되어 자신을 정비하고 무장하고 그리고 강인한 가슴으로 다시 태어나고 싶어지는 것이다. 빈부도, 신분도, 개성까지도 군복에 가려지는 군 복무기간이란 얼마나 멋진 경험이겠는가. 장애가 있거나 부적격 사유가 있어 제외되는 사람들을 생각해 보라. 진정 선택된 집단일진대 그 정신이 자랑스러워야 할 군인들의 병영문화가 치사하게 병들었다 한다.

'내가 당했으니 너도 당해 봐라'는 식의 가혹행위가 만연해 있고 선임 후임 따지면서 인격을 말살하는 저질 행태가 전통처럼 이어진다니 사나이 스스로 참다운 사나이기를 포기하는 꼴이다. 이해타산으로 얼룩진 사회인이 되기 전에 적나라한 자기본연의 자세로 돌아간 기회요 두 번 다시 돌아오지 않는 자기연마의 기회다. 힘들지만 짜릿한 고비를 넘긴 뒤 군인의 겉모습에서 우러나는 인상은 그 무엇이 저들을 저토록 당당하게 만들었을까, 하는 놀라움이다.

자기 자신에서 자식에 이르도록 한 번은 거쳐 갈만한 값진 경험의 장으로 만들어 군생활을 동경하게 할 수는 없는 것일까. 그런 과정조차 가져 보지 못한 채 짓밟힌 용오빠의 청춘이 억울해서도 나는 군인만 보면 마음이 끌리는 인간인데 이 생명과 함께 숨쉬는 풋사랑의 의미를 너무나 가볍게 받아넘기는 남편은 글쎄, 고마운가 아니면 실망스러운가.

하긴 풋사과의 맛을 모르는 남편이다. 나에게는 무더위를 벗어나기도 전에 첫선을 보이는 파란 풋사과가 한 해의 보람이요, 영롱한 새 맛인데. 그 중에 잠깐 나타났다가 사라지는 '이와이'가 매력적이었다. 그러나 저 장성이 떨어져 신선하고 부드러운 그 맛을 음미할 기간이 너무 짧은 게 탈이다. 번번이 귀한 걸 놓치고 흔한 것에 매달리는 남편은 매사에 민감한 나의 성품과 엇박자로 맞아떨어진다.

결혼 후 내가 놓쳐 버린 섬세한 그와, 그가 놓쳐 버린 발랄한 나는 도대체 어디로 사라진 걸까. 남편은 나 아닌 누구를 만나도 지금보다 나은 생활이 있을지 모르겠지만 나는 아니다. 내 엄마의 수중에 들지 않은 삶이 있다는 사실만으로 충분하다.

엄마와 단짝인 언니를 보라. 아들딸이 무럭무럭 자라고 있는데도 툭하면 '이혼해 버려, 얼마든지 더 좋은 데 갈 수 있어' 라는 말을 눈 한 번 깜짝 않고 하지 않던가. 그것도 자기 위해 하는 말이라고 솔깃해서 이혼시기를 저울질하는 언니는 또 어떻고.

말썽꾸러기가 되어가는 아이들을 가리켜 언니는 걸핏하면 애먹이는 것들이라 싸잡아 말하면서 등을 돌렸다. 말썽쟁이, 트집쟁이들과도 이혼하면 법적으로 남이 된다는 자기보호 본능에만 열중했던 것이다. 꿈에라도 아이들의 장래 걱정은커녕 귀찮게 굴고 속상하는 짐들을 벗어던질 일만 기다리는 양상이었다.

그 애들을 그렇게 만든 죄인이 '나는 죄 없다 하면, 그렇고 말고' 라고 맞장구치는 모녀가 내 엄마요 언니일진대 내가 어떻게 내 자신이 무서워지지 않으랴. 객관적인 차이가 우리를 갈라놓는다 해도 근본이 문제인 것이다. 선악은 아주 서서히 가려지기에.

혀끝에 독이 있다더니 실지로 언니의 이혼은 진행형이 되고 있었다. 결말은 젖혀두고라도 여자의 됨됨이가 몰고 오는 파장이 가정을 벗어나 일파만파로 번질 미래에 연무가 짙은 것이다.

헌데 이 무슨 일인고, 먼 데 일로만 알았던 태풍이 내 집안에 몰아쳤다.

사라호 태풍에 집이 무너지기 직전이었다. 방안으로 한 쪽 벽이 무너진 것이다. 흙탕물을 헤집고 누가 먼저랄 것도 없이 우리는 방을 뛰쳐나갔다. 나와서 보니 거친 비바람 속이었다. 우리는 다시 방으로 들어갔다. 나뭇가지가 우지직 찢어지는 소리에 맞추어 '집 무너진다' 하고 아버님이 고함을 치셨다. 아버님의 손에 옷자락이 잡힌 채 내가 외쳤다

"우선 가게로 가요, 아버님. 어서요!"

그런데 아버님이 이상했다. 아직도 내 옷을 놓지 않으신 채 눈을 감고 계셨다. 빗소리에 내 목소리가 묻히지 않게 소리쳤다.

"아버님, 이까짓 비는 아무것도 아니에요. 정신 차리세요. 가게까지는

가야지 아들에게 연락을 하지요."

"나 괜찮아, 어지러워서 그래. 걱정 말고 너 먼저 가, 가서 연락해!"

"그럼, 앉으세요. 그 자리에 가만히 계세요. 아셨죠? 아버님."

나는 울부짖지 않았다. 나는 어디까지나 아버님의 보호자였다.

"이건 아무것도 아니야!"

그렇게 연발하며 빗속을 달리자니 내가 너무 가벼워 자꾸만 몸이 뒤로 밀렸다. 그 이상 나를 어쩌지 못하는 바람이었다. 하늘이 무너져도 솟아날 구멍이 있다 했거늘…. 내가 들어선 가게 안은 조용한 딴 세상이었다.

그러나 나를 맞이하는 주인아주머니의 표정이 나를 당황케 했다.

그녀의 눈에 비친 내 꼴이 짐작되는 순간이었다.

"이 태풍 속에 새댁이 무슨 일이야."

"집에 문제가 생겼어요. 아주머니 전화 좀 쓸게요."

"아이고 흠뻑 젖었네 그려, 난리가 따로 없구먼."

나는 남편의 목소리를 확인하자 대뜸 말했다.

"안방 벽이 무너졌어요."

"뭐?"

남편의 절망이 감지되는 순간 나는 '아차!' 했다. 아무런 힘도 없고 돈도 없는 그를 몰아세우는 꼴 밖에 되지 않았기 때문이다.

"집은 괜찮고?"

거듭되는 그의 물음에 위기감이 느껴졌다.

"집이 무너진 건 아니고요. 무너질까 봐 겁이 나서 뛰쳐나왔는데 아버님이 충격을 받으신 것 같아요."

"친정으로 갈래요?"

이런 낭패가 있나.

"아버님은 어떻게 하고요."

"당분간인데."

이럴 수가!

"나 얼른 가야 해요. 그냥 알고 계시라고요."

"내가 알아서 뭘 해, 주인집에나 빨리 알려야지."

"주인인들 이 태풍 속에 어쩌겠어요. 하지만 이제 알릴 거예요."

통화는 토막 났다. 구급차라도 와서 아버님을 병원으로 모셔야 한다는 당초의 생각은 비쳐보지도 못하고 말이 끊어졌다.

앞일이 막막했지만 꾹 참고 집을 향해 달려야 했다. 달리면서 처음으로 집이 어떻게 되었는지 걱정이 되었다. 울고 싶은 마음을 대신해서 빗물이 볼을 적셨다. 와! 집은 무너지지 않고 있었다, 남편에게 말할 때는 참으로 자신이 없었는데 멀쩡한 지붕이 한눈에 들어왔다.

'우리 집 그냥 있네, 우리 집 만세다.'

나도 모르게 웃음이 터져 나왔다. 씩씩하게 집안에 들어섰건만 마당에 계셔야 할 아버님이 보이지 않았다. 놀라서 어찌할 바를 모르는데 그런 와중에 어디선가 못질하는 망치소리가 들렸다. 집 모퉁이를 돌아가니 아버님이 천연스레 나를 돌아보셨다. 살펴보니 가마니 위에 못질을 하시는 것이었다. 벽이 무너진 자리에 드러난 들보에 가마니를 덧대는 작업이었다. 아! 살았다 하는 말을 속으로 꿀꺽 삼키면서 나는 말했다.

"아버님 참 좋은 생각을 하셨어요."

"그러냐? 6.25사변 통에 써먹던 솜씨야. 나는 아까 집이 무너지는 줄 알았어, 황망 중에 그리 된 거야. 정신을 차리고 보니 집이 있어, 어찌나 좋은지. 공연히 보배 걱정하게끔 전화를 했구나."

"크게 걱정하게끔 말하지 않았어요. 저도 가면서 정신을 차렸거든요."

"잘 했어. 그 참 다행이다."

나는 가마니 무게를 줄이고자 손을 보태드리고 아버님은 차례로 못자리를 늘리느라 열심이셨다. 이 세상 그 어떤 부녀가 지금의 우리보다 흡족할까. 바깥 일이 끝나자 방안의 흙을 치우고 닦아내는 일에도 아버님이 앞장서셨다.

"내가 늙었어도 거친 일에는 너보다 낫다."

나는 이불보를 펼쳐 가마니가 드러나지 않게 손을 썼다. 방안이 한결 아늑했다. 마지막으로 방바닥에 마른걸레질을 되풀이하는 나를 보시며 웃음을 머금으신 아버님이 오늘의 마침표를 찍으셨다.

"네가 여장부로다."

"아버님 오늘 많이 놀라셨죠?"

"놀라기도 했지만 급히 움직이면 현기증이 나, 나이 탓이겠지."

"저는 정말 집이 무너지는 줄 알았어요. 아버님도 그냥 쓰러지실까 두려웠고요. 다 무사해서 정말 좋아요. 더 바랄 것이 없을 정도예요."

"참, 너 보배한테 전화해서는 뭐라고 말했니?"

"막상 말을 하자니 불쌍한 생각이 들었어요. 힘든 사람을 몰아붙이는 꼴이 아닌가 하는 자각 때문에 차분히 실상을 알리는 데 그쳤어요."

"그래서 뭐라든?"

"집 주인한테 연락하라고 말했어요."

"당장 어떻게 하라는 말은 않고?"

"……."

"그걸 자식이라고 믿고 산다!"

의외로 아버님의 실망이 너무 크시다. 짐작컨대 아버님을 모시러 구급차가 온다고 하고 법석을 떨기 전에 다급하게 가게로 나를 돌려보낼 궁리 중이셨을 것 같았다.

"아버님! 저의 불찰입니다. 아버님이 어디에 어떻게 하고 계시다는 말을 하지 않았거든요. 저는 우선 아버님을 모시고 가게에 가서 대책을 세우려 했어요. 당장 비를 피할 곳이 있어야 하니까."

"가게 집이 우리와 무슨 상관이기에, 그 참 이상하구나."

"가장 가까운 사이예요. 전화가 있고 도움을 구할 수도 있고."

"급할 때 보배는 못 와도 어떻게 해서든지 병원에 있는 구급차는 보내 줄 것 아니냐."

"……."

"너, 남편을 너무 얕보는 것 같다. 명색이 병원 직원인데 저네 과장한데 부탁을 해서라도 지 애비가 위급한데 손을 못 쓰랴."

그 말씀이 맞을 수도 있었다.

"저가 태풍에 넋이 나갔나 봐요, 아버님."

내가 어쩌다 아버님께는 착한 며느리인지는 몰라도 나는 이렇게 미적 지근한 내 자신이 싫다. 속으로는 거짓되고 겉으로는 착해 보이는 내 자 신에 화가 치민다. 솔직하게 말할 용기가 없어 남편에 대한 불만도 나에 대한 분노도 내 속에 뭉근히 차오르는 연기다. 이대로는 결코 타오르는 불이 못 되어 결국 나를 질식시키고 말 것이었다.

언젠가 '성격과 운명'이란 책을 읽은 것 같은데 구체적인 내용 대신 제 목이 시사하는 막연한 느낌이 이 순간 나를 못마땅해 하는 쪽으로 쏠린 다. 성격을 고치면 운명이 달라진단 결론은 얻은 셈인데 성격이 무슨 방 정식인가. 자기 기준으로 자기를 고쳐보았자 그게 그거지.

비바람이 멎고 거짓말처럼 날이 개이자 나는 비로소 친정에 문안전화 를 했다. 밉다 곱다 하면서도 급하면 찾으니 친정이었다. 나는 아니라 해 도 남편은 그랬다. 생뚱맞게 친정을 들먹이는 남편이 어이없었지만 내 나 름의 뉘우침이 따르는 여지를 남겨 주었던 것이다.

오랜만에 전화한 나는 어색한 반면 엄마의 크고 당찬 목소리는 여전했 다. 태풍이라고 별일이 있을 집이 아닌데 나로서는 미운 털을 벗어나는 기회로 삼지 않을 수 없었다.

　나 역시 아무런 피해도 입지 않은 것처럼 말을 했다. 피차 편하고자 한 것이다. 한 번 오라든지, 사위의 안부를 묻든지, 엄마가 응당 해야 할 인사치레는 않고 갑자기 언니를 바꿔 주었다.

　"언니도 있었구나, 잘 지내고 있어?"

　"잘 지내긴, 네가 어쩐 일로 전화를 다 하냐."

　"태풍 피해는 없는지, 그 동안 소식도 못 전하고 죄송해서 전화한 거야. 오늘은 언니도 있고 잘 되었네."

　"너 진정으로 하는 소리 아니지, 나 계속 친정에 눌러 살 거야. 엄마가 나오라고 했으니 엄마가 책임지겠지."

　"영 나온 거야? 이혼했단 말이야?"

　"그럼, 나 갖출 건 다 갖추었어, 이제 남자만 있으면 돼."

　"아이들은?"

　"친권 포기한다고 선언했어. 자식이라고 원, 여간 애를 먹여야지."

　"알았어, 또 전화할게."

　엄마뿐 아니라 언니도 빈말이나마 언제 오겠느냐고 묻지 않았다.

　'아빠가 아끼고 사랑한 나야. 엄마가 미워하고 만나기 싫어하든 언니가 나를 동생으로 인정하지 않든 나는 의젓한 나야, 왜들 그래. 아빠 기일이 돌아와도 나는 가지 않으마. 영혼이라도 있다면 아빠가 그 집에 가시랴, 내 마음 속에 계시지. 기일이 오면 백지장에 내 마음을 오롯이 담아 아빠에게 눈물 젖은 이야기를 하리라. 그리고 그 밤이 가기 전에 불에 태워 하늘나라로 날려 보내야지.'

　약간 이른 시간에 남편이 돌아왔다.

　"친정에 가렸는데 왜 안 갔어?"

　"편안한 내 집을 두고 불편한 친정엘 왜 가요?"

"편안하기도 하겠다. 좋은 집 두었다 뭐하게? 이런 때 가서 푹 쉬기나 하지."

"어서 아버님한테 인사 드려요, 얼마나 고생하셨는데."

"고생 좀 하시라지."

"당신 한 사람만 바라보고 사시는 노인한테 그러기예요?"

"닥치라고, 듣기 싫은 소리만 골라하기로 아주 작정을 했구먼!"

그 밤이 다름 아닌 살얼음판이었다. 저걸 자식이라고, 하시던 아버님 말씀이 저걸 남편이라고, 하는 내 말이 되고 저런 사람에게 무엇 때문에 가족이 있는 걸까, 하는 탄식이 내 나름의 의문으로 귀결되었다.

나는 묵묵히 내 할 일만 하는 것으로 불편한 부자 사이에 끼인 완충지대 역할을 하고 있었다. 이것도 나에게 주어진 몫이요 길이었다. 불쾌한 줄도 모르고 부당한 일에 충실한 이것이 어찌 사람의 노릇이란 말인가. 돈 버는 사람 따로 쓰는 사람 따로 있다더니 복 많은 사람 따로 복 없는 사람도 따로 있는가 싶을 정도로 남편은 태연했다.

바깥에 비가 오건 바람이 불건 아늑한 잠자리에서 잠만 잘도 자는 것이었다. 새벽이 되자 남편이 출근할 준비를 했다.

"잘 다녀와요."

어제 한 말을 음정 하나 틀리지 않게 다시 말하자 표정 없이 답한다.

"친정에 가 있어, 그러지 말고."

"……."

'영 영 가버릴 수만 있다면 가고말고. 그러나 나에게는 갈 곳도 자유도 능력도 없다. 남편이란 작자는 도대체 무슨 생각을 하고 있니, 자기 사람을 어디에 떠넘기는 거니!'

복덕방 아저씨를 따라 집 주인 여자가 왔다. 집을 수리하려면 비워주어야 하겠단다. 계약 만기가 남았지만 이대로는 살 수 없지 않느냐고 되묻는다. 나는 상대의 의중을 몰라 머뭇거리는데 아버님께서 단번에 결정을 내리신다.

"나가야지요."

아들과 상의해서 알려드리겠다고 말해야 하는 것이 순서가 아닌가 하고 의아해 하는 나를 뒤돌아보시면서 집을 나서시던 아버님이 뒷말을 남기셨다.

"이대로 살든지 말든지 마음대로 하란 말인데 나가라는 말보다 더 고약하지 않아. 게딱지만도 못한 집을 세 놓아 먹었으면 미안하다고 해도 시원치 않은 판에."

순간 주인여자 얼굴에 핏기가 가셨다. 내가 얼른 사과의 말을 했다.

"죄송해요, 아주머니. 벽이 무너졌을 뿐인데 우리는 집이 무너지는 걸로 착각해서 장대비 속에 뛰쳐나가고 모두 너무 큰 충격을 받았어요. 우리 아버님의 노여움을 좀 이해해 주세요."

"내가 새댁을 봐서 참는데 그 노인 성질 참 고약하다, 누가 할 말인데 글쎄, 누구더러 고약하대? 거두절미하고 그래, 언제 비켜 줄 건대, 그걸 알아야지 우리도 인부를 구하고 수리에 들어가지."

"이사비용은 어떻게 되는 거예요, 아저씨."

나는 복덕방 아저씨에게 물어보았다.

"아, 딸딸이 차 한 대면 될 걸 얼마는 또 뭐야."

주인여자가 내 말을 받아쳤다.

"딸딸이 차는 또 뭐예요? 저는 정말 몰라서 묻는 거예요."

"순진하긴, 삼륜차 한 대 보내준다 그거요. 내가 계산을 할 터이니 댁은 짐을 싣고 내리는 일만 하면 된다 이 말이요."

그 길로 나는 집을 구하러 나서게 되었다. 우리는 세상 돌아가는 사정을 너무 몰랐던 것이다. 이 집 전세금을 빼서 다른 집 찾기란 어림도 없는 일이었다. 방이 두 개 있다고 해서 가 보았더니 안 채에 붙어있는 방은 임시 부엌이 딸려 있고 마당을 가로질러 가야 하는 사랑채 방은 툇마루 밑에 아궁이가 있어 잠만 잘 수 있게 되어 있었다.

그나마 주인 할머니가 사람 좋은 인상을 풍겼다. 그래서 아버님이 거처하실 방이 말이 아니었지만 나는 내심 도배로 새 방을 만들어 드리리라 다짐하고 계약을 했다.

"새댁이 내 마음에 꼭 들어, 우리 서로 잘 해 보자고."

"예, 잘 부탁드립니다."

그리고 함께 밖으로 나오자 내가 할머니께 물었다.

"건넌방 도배를 해야 하는데 지물 파는 가게가 어디 있는지 아세요?"

할머니는 나만 따르면서 엄지를 세우셨다. 나는 큰 힘을 얻었다. 우리는 함께 도배지도 골랐다. 고마워서 어쩔 줄 모르는 나더러 할머니가 말씀하셨다.

"이건 마땅히 주인이 해 줘야 하는 일이여."

앞서거니 뒤서거니 짐을 나누어 들고 집을 향한 우리는 이미 한 가족 같았다. 방문을 열고 짐을 부려놓은 뒤 다음날 둘이서 같이 도배를 하기로 약속했다.

집으로 돌아오는 나의 마음은 집을 떠나올 때와 딴판이었다. 은연중에 아들을 비웃으시는 아버님과 드러내놓고 아버지를 못마땅해 하는 아들 사이에서 나는 그간 벼랑 끝으로 내몰린 기분이었다. 하는 수 없어 복덕방을 찾아 집을 나섰지만 이사문제를 단번에 해결하리라고는 예상치 못했었다.

물갈이

돈을 탐하면 돈이 힘을 쓸 것이지만 나는 돈이 나를 어쩌지 못하게 몸을 낮출 것이었다. 없으면 없는 대로 맞추어 살면 될 것이니까. 그래서 일단 부닥쳐보자는 심정이었는데 암담하던 벌거숭이 마음에 보호막이 쳐졌다. 문제는 의외로 쉽게 풀렸고 나는 이미 혼자가 아닌 듯했다. 지푸라기라도 잡으려는 손을 따뜻하게 감싸주는 두 손의 온기라니.

그런데 막상 아버님 앞에서 자초지종 하루 일을 보고하자니 자신감이 싹 가시고 등에서는 진땀이 났다.

'흥! 오죽하랴' 하시던 반응이 나를 그렇게 만들었던 것이다. 남편도 거의 그 수준이었다. 다시 찾은 셋방에는 신문이 몇 겹으로 깔아져 있고 옆에는 되직한 풀 그릇이 놓여 있었다. 할머니는 물을 부어 풀을 휘젓고 나서 도배지 재단을 하시는 거였다.

"할머니, 잘라내는 부분을 안으로 들어가게 바르면 되는데 왜 힘들게 하세요."

나는 소꿉장난 수준이었던 것이다.

"이왕이면 전문가가 하는 방식을 택하는 거요. 그래야 돋보인다니까. 가게에 풀칠할 붓을 빌리러 갔더니 재단 칼이랑 판자를 빌려 주누만, 그 사람 눈에는 내가 토박이인 거여."

할머니 손놀림이 어찌나 익숙한지 나는 멍청한 구경꾼이 되고 말았다. 너무 쉽게 생각했던 자신을 뉘우치며 어찌할 바를 몰랐던 것이다. 그런 나를 보고 할머니가 놀라신 것이다.

"새댁은 이런 집에 살 사람이 아니야, 아주 귀하게 자란 것 같어."

"아니에요, 할머니. 그런 것이 아니라 저가 너무 놀라서 그래요. 할머니가 안 계시고 저가 만약 혼자였다면 이 일을 어쩔 뻔했나 하고 생각하니 정신이 없어요. 겁나는 거예요."

"그래서 무식하면 용감하단 말이 있제."

할머니는 나를 젖혀두고 혼자이다 싶게 일을 하셨다. 풀칠을 해서 금방 바르지 않고 옆에 늘어놓았다가 종이가 흠뻑 풀을 머금으면 그제야 그것들을 차례로 발라나갔다. 천정이 높지는 않지만 우리의 손이 닿기엔 어림없는 높이인데 할머니가 받침대 위에 오르시고 나는 맨바닥에 서 있으라 했다.

빗자루를 거꾸로 들고 한쪽 귀퉁이를 제 자리에 맞춘 다음, 할머니는 나더러 그것을 들고 있게 하신 후 자기가 가진 빗자루로 비질하듯 도배지를 쓸어나갔다. 나는 한가하지만 할머니는 받침대를 오르내리며 힘들게 일을 하셨다.

풀칠이 되면 벽에 바르고 바르기가 끝나면 다시 풀칠을 하는 일이 계속되었다. 한 장 넓이가 뚝딱 마무리되고 남은 자리가 성큼 줄어들면서 다음 단계가 이어지는 사이 말쑥한 신방이 꾸며졌다.

'이렇게 뿌듯할 수가!'

"할머니, 신나요. 정말 솜씨가 훌륭하세요."

"그렇게도 좋아?"

"이 세상 사람이 다 새댁 같으면 좋겠네. 이 할미가 칭송받는 날이 다 있으니. 혼자 듣기 아깝구먼, 안 그러한가?"

"할머니, 이 일은 전부 할머니가 하신 거예요. 철부지 못난 저를 살려주셨어요. 정말 감사합니다."

"그러들 마라, 내 집 일인데 내가 되레 미안하지."

용기만으로는 일을 그르치기 쉽고 지혜만으로는 실행이 어렵겠는데 나의 용기와 할머니의 지혜와 그리고 우리 두 사람의 끈기가 일을 거뜬히 해 치우고 나니 자랑스러운 용사가 따로 없었다.

할머니는 이 집에 혼자 사신다고 했다. 돌아가신 할아버지랑 할머니는 이북 출신인데 슬하에 자식이 없어 노후가 쓸쓸하지만 처자식을 북에 두고 월남한 할아버지는 늘 죗값을 치루는 거라고 말했다는 것이었다.

순간 나는 할머니와 우리 아버님이 앞으로 좋은 말동무가 되어 서로의 외로움을 달랠 수 있었으면 좋겠다는 생각이 들었다. 그러나 그러한 우스갯소리를 할 기회도 없이 우리는 새 집, 아니 셋방으로 옮겼다. 예상대로 주인 할머니는 친절했고 예상외로 우리 아버님의 기분 역시 좋아 보였다. 첫 대면 자리에서 아버님께서 말씀하셨던 것이다.

"늙은이가 셋집을 떠돌다가 이제 셋방 신세가 되었습니다. 사는 동안 잘 부탁드립니다."

"저야말로 잘 부탁드립니다."

"그런데 할아버지는 어디 출타중이십니까?"

"아니, 할아버지는 돌아가시고 할머니 혼자 사세요."

나는 얼른 두 분 사이 대화에 끼어들었다. 이렇게 어색한 분위기를 만든 책임이 내게 있었기 때문이다.

"경황 중에 저가 미리 말씀드리지 못했어요."

"그래, 그래. 태풍을 맞고 난 뒤로 우리 모두 기분이 언짢았었지. 물어보는 사람이 없으니 말을 하지 않았겠지. 할머니! 초면에 저가 그만 실례를 범했습니다."

"그럴 수도 있지요. 우선 며느님이 꾸며 놓은 방 구경이나 하세요."

할머니가 방문을 여시는 순간 환하게 웃으시는 아버님 모습이 인상적이었다. 두 분이 말씀을 나누는 동안 나는 부지런히 짐 꾸러미들을 펼쳐 놓았다. 나의 희망사항이 현실이 되는 듯한 착각 속에.

그런데 할머니께서 생선을 굽고 찌개를 끓여 놓으셨다면서 나더러 밥만 하면 될 것이라고 일러주신다. 호박이 넝쿨째 굴러들어온다더니 나야말로 반갑고 고맙고 황송한 마음이 바로 그랬다.

"할머니, 감사하단 말이 입 밖으로 잘 나오질 않아요. 말이 너무 가벼운 것 같아서 그래요."

"진짜 진짜로 예쁜이요. 나 새댁을 예쁜이라 부를 거구만."

모처럼 드물게 즐거운 저녁식사였다. 나는 곧 버스정거장으로 남편 마중을 나갔다. 처음으로 찾아오는 길 안내역을 맡은 것이다. 속으로는 은근히 칭찬 받을 일을 생각하면서.

드디어 그가 오고 나는 낯선 길에서 남편을 만나 기쁜데 남편은 궁금하지도 않은지 나를 보고도 무표정이다. 길을 걸으면서 오늘 하루 있었던 일을 다 듣고 난 남편의 반응 역시 무심하다.

늦은 저녁 밥상 앞에서 나는 주인할머니가 베풀어주신 정성을 일일이 일러 주었다.

"찌개가 참 맛있어요. 할머니 솜씨가 보통을 넘어."

"좋아하시는 할아버지나 드려."

"할아버지가 아니라 나네요. 나를 배려해 주신 거라고요."

나는 속으로 혀를 차면서도 상대가 듣기 좋게 말을 했다. 할머니는 젊은 내외와 함께 산다는 사실을 반기셨다. 더구나 홀시아버지를 모시고 산다는 자체가 감동이었던 것이다.

나를 향해 하시는 말씀이 그랬다.

노인 특유의 친밀감이 무르익어가면서 젊은이 사이에는 어림도 없는 농담이 아버님과 주인할머니 사이를 오가고 덩달아 나도 일상이 명랑해졌다.

"할아버지가 집을 봐 주시면 새댁을 데리고 시장구경 좀 하고 올 것인데 할아버지, 어떻게 하실래요."

"집 잘 보면 상 주어요?"

우리 아버님은 마치 주머니 속에 행복이 가득한 분같이 보였다. 그렇게 시작한 할머니와 나의 나들이는 머지않아 할머니와 아버님의 외출로 발전하는 계기가 찾아왔다. 할머니의 수제화 단골집 길잡이로 아버님을 모시고 가게 되면서였다.

"늙은이들이 데이트를 하는 꼴이 되었네, 주책없는 늙은이 같지 않아?"

"아버님, 이젠 그런 말 같은 것 상관없는 연세에 드셨어요. 혼자 다니시는 것보다 보기도 좋고 안심도 되고 여러모로 행운이어요."

날이 가고 달이 갈수록 두 분의 친분은 그 어떤 노부부 못지않게 애틋했다. 나는 이렇게 훈훈하고 아름다운 집안 분위기를 남편에게만은 숨기고 있었다. 그것이 집안의 평화를 위한 길이라 여겼기 때문이다. 왜냐하면 아무런 언급이 없어도 남편은 지레짐작으로 노인들의 화사한 분위기를 꼬집어 말하기 일쑤였다.

'늙어서는 기뻐할 자격도 없는가?'

나는 따져 물었고 남편은 그러한 나를 밉살스런 눈으로 흘겨보며 말했다.

"당신은 아버지만 알지 나를 낳아준 우리 엄마는 나 몰라라 하는 거야?"

"맙소사! 돌아가신 어머님이 행여나 당신 같을까? 아가, 잘했다. 그렇게 사는 거야, 그래서 삶이 값진 것이야, 하시겠지."

"……."

"사람은 늙을수록 행복해야 해요. 그 복된 마음이 어디로 가겠어요. 자손에게 복을 내리는 복주머니. 돌아가신 뒤에 제사가 무슨 소용이에요. 살아계실 때 잘 해야지. 당신 마음 잘 써야 해요."

그랬는데 황혼의 아름다움은 그리 길지 않았다. 우리가 병원에서 제공하는 직원사택에 들어가게 된 것이다. 과장님이 재단 측에 긴급보고 사항으로 태풍에 집을 잃은 부하구출에 나선 결과였다. 그럼 그렇지. 집에서는 그토록 냉엄했지만 직장에서는 심히 흔들렸던 모양이었다.

갑자기 닥친 행운에 모두들 얼떨떨한 밤이 지나고 전혀 새로운 아침이 밝았다. 정말로 믿어도 되는 거냐고 아버님이 나에게 물으셨던 것이다.

"이미 집수리에 들어갔대요. 병원에서 버스로 몇 정거장만 가면 되는 거리인데 직접 가 보지는 않았지만 담당직원들이 한 달이면 끝난다고 말했대요. 확실해요, 아버님."

아버님은 이 소식을 제일 먼저 할머께 전했다.

"정들자 이별이라더니, 그 참 잘 된 일인데 섭섭해서 어쩌나."

"자주 만나면 되지 무슨 걱정이랍니까?"

그랬었는데 눈에서 멀어지면 마음에서도 멀어진단 말이 빈말이 아니었다. 전세금이 손에 들어오자 아버님께서는 날마다 변두리에 싼 땅을 보러 다니셨다.

그 일이 일단락되자 텃밭을 가꾸는 일에 재미가 나서 이전 생활은 아주 잊고 사시다시피 했다. 전화가 없고 교통이 불편하던 시절에 멀리 떨어진 친구 사귐이란 그렇게 이어지기 힘들었던 것이다.

집은 아담하고 작은 텃밭까지 갖추고 있어 우리의 기쁨이 두 배였다.

우리처럼 가난한 사람들이 감히 꿈도 꾸지 못할 집에 공짜로 살게 되다니, 사람이 살다가 이런 행운도 잡는구나! 하고 속으로 감탄할 뿐이었다.

집은 큰 길에서 멀지도 않았다. 주변 환경도 깨끗하고 골목입구에는 미장원도 있고 반대편에는 반듯한 가게도 있었다. 그로부터 남편은 아침밥만 병원에서 해결하는 것이 아니라 저녁밥도 집에서 먹지 않게 되었다.

이유인즉 자매병원에서 사람을 구하지 못해 이중 근무를 하게 된 것이다. 몸이 바빠지면서 하는 일의 가치도 높아졌다. 병원에서 전화를 가설해 주었고 우리는 그 귀한 TV를 사들였다.

동네 아이들이 그 사실을 먼저 알았다. 대문 앞에 줄을 서서 구경 좀 시켜달라고 아이들이 졸랐다. 아버님께서 흔쾌히 그들을 맞아들였다. 세상이 우리 안방에 펼쳐지고 안방은 아이들 차지였다.

다음날도 그 다음날도 아이들은 몰려들었고 나중에는 우리가 그들의 눈치를 보기에 이르렀다. 채널을 돌리면 한숨소리가 진동했기 때문이다.

'이제 뉴스 좀 보자' 하고 그들의 허락을 얻은 후 채널을 돌려야 했던 것이다.

월급이 부쩍 오르고 땅값도 들먹였다. 팔지 않겠냐는 전화문의가 우리가 모르고 있는 부동산의 실정을 알려 주었다. 땅이 팔리면 아버님은 더 멀리 더 넓은 땅을 사셨다. 버스 노선이 새로 생기는 대로 따라가다 보니 그렇게 된다고 일러 주셨다.

'집이나 땅이나 교통이 편리해야 제 값을 해요.'

아버님이 높임말을 쓰실 때는 기분이 최고라는 암시가 숨어 있었다.

그런데 오래지 않아 그 땅은 팔기 싫어도 팔아야 하는 날이 찾아왔다. 큰 회사에서 값을 자꾸 올려주겠다고 하다가 나중에는 자기들이 가진 가게와 바꾸자고 했던 것이다. 가게는 큰 빌딩 모서리에 있었다. 거기서 장사를 하든지 세를 받아도 땅을 가진 것보다 나을 것이었다.

아버님은 그렇게 하기로 용단을 내리셨다.

그런데 그것이 부자가 되는 계기였다. 중국요리집이 세 들어오면서였다. 돈 모으는 재미가 곧 사는 재미였다. 아버님은 지방 나들이까지 하시게 되고 아들의 직장생활 역시 갈수록 바빠졌다. 내 곁에 좀스럽고 옹졸한 사람은 어디로 가고 부지런한 사람들만 남아 있었다.

그뿐 아니라 내 주머니가 불러오기 시작하면서 나의 은행 발걸음도 잦아졌다. 아버님도 용돈을 넉넉히 주시고 남편도 월급 이외 수입이 생기는 대로 내게 맡겼다.

내가 편하고 시간이 남아도니까 친정 생각이 절로 났다. 처음엔 자랑하나 할까 봐 생각을 거두었는데 날이 갈수록 그것이 아니었다. 이렇게 마음이 너그러워지는 걸 보면 궁핍했던 지난날의 나는 내게 닥친 서러움에 내가 지고 만 것인지도 몰랐다. 더는 주저할 일이 아니었다.

"엄마!"

나는 대뜸 목이 메고 말았다.

"왜, 너 왜 그래. 너 지금 우는 거야? 참말로 자식이 아니라 원수 덩어리들이다."

"……."

"무슨 일이야, 말을 해야 알지. 네가 좋아서 한 결혼이니 네가 책임져. 나는 언니 하나만으로도 지금 골머리가 터질 지경이야."

'오! 맙소사. 엄마는 꿈에도 내가 잘 살 수 있다는 생각은 못하는구나. 이렇게도 철저히 무시당하는 마음이 통쾌하기까지 하다니, 이 무슨 조화인고!'

그나마 허리 펴고 살게 된 돈의 힘인가 보다. 참으로 돈 세상이다. 지폐를 뜻하는 돈과 함께 돈에 돌아버린 돈 세상에 내가 살고 있는 것이다.

"엄마, 잘 있우."

나는 수화기를 놓았다. 엄마도 마음이 아파보라는 나쁜 심사가 그렇게 작용했다. 그러나 돌아서기도 전에 엄마는 나 때문에 마음 아플 분이 아니라는 못된 생각이 선웃음이 되어 내 입가를 맴돌았다.

'손 여사, 너 정말 착한 거냐?'

나는 내 자신에게 묻고 있었다.

'왜 아니니. 터무니없는 대우를 받아봐, 손 여사도 얼굴 두꺼워.'

나는 언제까지 그 자리에 주저앉아 자문자답 형식의 말장난을 했다.

그런 뉘우침이 있었기에 더는 과거를 치통처럼 품고 사는 나는 이제 없을 것이었다. 그런데 놀랍게도 속물근성에 물들지 않으려는 나의 의지 맞은편에 체념을 모르는 우리 엄마, 지고는 못 사는 엄마가 있었다. 실연당한 나를 행여 가만히 두고 볼 엄마이던가, 어림없는 일이었다. 그런 엄마였기에 그때만은 언니 몰래 나를 위한 복수의 탈을 썼던 것이다.

엄마의 치마폭에 싸이듯 번화가를 따라다니며 엄마의 계획대로 이혼하고 돌아오는 첫 사랑을 다시 만난 일에서부터 통쾌한 결말을 얻기까지 험난한 고비를 지켜주었던 엄마. 엄마마저 없었더라면 오늘의 쓰라림도 이 순간의 감격도 없었으리라. 열심히 사는 사람만이 아는 의미가 있는가 하면 거기서 돋아나는 재미도 있는 것이다.

이 모든 일들이 우여곡절 끝에 그냥 굴러온 것이 아니었다. 기댈 곳이나 손잡이 없이 내가 잘 나서 일어선 것은 결코 아니란 뜻이다. 보이지 않는 여러 가능성 중에 가신 아빠의 정신적 도움이 제일 크고 다음으로 행동하는 엄마다. 어떤 악역을 맡았어도 엄마는 나를 있게 한 내 엄마인 것이다.

도대체 나는 어떤 경로로 그토록 못마땅한 엄마에게서 태어났을까. 아빠가 좋아서 아빠를 따르다가 그렇게 되었을까. 그럴 수도 있겠지만 무엇이 잘못 되어 친엄마와 이토록 불편한 행로인가. 사람의 한 세상엔 필연이 있을 뿐 절대로 우연은 없다고 하는 말이 나를 고민에 빠뜨린다. 전생이 있다고 해도 금생의 나와는 상당히 이질적인 것 같은데 누가 다녀왔다고 저승을 말하고 누가 보았다고 신을 받드는가. 인간보다 요상한 생명체는 다시 없을 것인즉 두려워하고 또 두려워 할 일이다.

지금까지는 나 아닌 다른 힘에 이끌려 살아 왔지만 이제부터는 내 안에 심지를 북돋우며 살 일이다. 출가외인이 되면서 나는 나를 아끼고 사랑하는 시댁에 의해 거듭났고 그들로 말미암아 이와 같은 자신감을 얻었다.

이제 나답게 살기 위해 내가 아니면 아니 되는 일에 전념하리라. 똑 같은 일을 해도 남달리 하려고 애쓰고 똑 같은 경우에 처했어도 나답게 해야 할 바를 찾으리라. 내가 나를 귀히 알지 않고 내가 가꾸지 않는데 그 누가 나를 아름답다 할 것인가.

여인의 길에 자신감을 불어넣는 결심이 서자 나는 제일 먼저 남편에게 제안했다.

"우리 아기 갖기로 해요. 이만하면 부모노릇 할 만하지 않아요?"

대답 대신 그가 웃었다. 내 말을 너무 가볍게 넘기는 듯해서 의아한 내 등 뒤로 손을 두르며 그가 말했다.

"벌써 조치했네요. 곧 소식이 있으리다."

정말이었다. 산부인과 정기검진이 시작되면서 아버님이 서둘러 이사준비를 하셨다.

"그 동안 병원에서 마련해 준 공짜 집에 사는 재미도 좋았지만 이제부터는 우리 모두 심혈을 기울여 진짜 우리 집을 짓는 거야. 새로 태어나는 아기를 맞이할 준비 중에 그보다 더 크고 뜻있는 일이 어디 있겠니?"

그러시면서 아버님은 직접 설계사무소를 찾으시고 집이 지어지는 과정을 살피는 일에 정성을 쏟으셨다. 몹시 피곤해 보이시는데도 말씀은 활기차셨다.

"내가 살다가 이런 날이 오리라고 예측이나 했겠니? 사람은 오래 살고
볼 일이야. 그러게 어떤 상황에서도 절대로 미래를 속단하면 안 돼."

새집으로 이사를 가기 전에 아니 임신 사실을 알리기 위해 나는 작심하
고 친정에 전화를 했다. 많은 고심 끝에 내린 결정이건만 어디서부터 어
떻게 풀어나가야 할지 시작부터 자신이 없었다.

"엄마, 둘째예요. 어떻게 지내세요."

"응, 아주 끊고 살려나 보다 했는데 어쩐 일이냐?"

"그냥 궁금해서요."

"나는 지금 저 머스마(남동생을 가리킴) 때문에 죽지 못해 산다. 너는
어떠냐?"

"그냥 그렇게 지내요. 그런데 착한 아이가 갑자기 왜 그래요?"

"대학 가더니 배우는 것도 없는데 등록금이 아깝단다. 휴학계를 내고
나서 밤을 낮 삼아 잠만 자는 거야. 네 언니는 게임 중독이라고 하더라만
내 생각에는 군대 가기 싫어서 그러나 보다 했지. 그런데 밥도 잘 안 먹고
해서 병원엘 갔더니 우울증이라지 뭐야."

"언니는 어때요?"

"말 마라. 무자식이 상팔자라더니 그 말이 딱 내 말이야."

"우울증이 참 무섭다던데 그 애는 지금 무얼 하고 있어요."

"밤새 게임하고 낮새 자고."

"꼴이 말이 아니겠네, 친구도 안 만나요?"

"휴학 중에 무슨 친구, 그래도 멋 부릴 것 다 부리고 거울만 보더라."

"그럼, 우울증 아니네 뭐. 우울증 뒤에 숨어서 공부도 군대도 피해 보자
는 꼼수지."

"여기 또 도사 하나 났네. 너는 신들린 사람처럼 남의 속을 꿰뚫어 보
냐?"

"대개 그 또래가 그렇더란 말을 들은 게지."

"야, 때리는 시어머니보다 말리는 시누가 더 밉단다. 내 속에 열불 나니 그만 해라, 응!"

"엄마 아들이 내 동생 아니우? 내가 그렇게 잘못한 거유? 말을 하다 보니 잘못 되었우. 생각지도 않은 말이 왜 이렇게 꼬였지, 우리 이사 간다는 말을 하려는데."

"왜, 주인이 비켜 달래?"

"아니, 새 집 지어서 나가려고 지금 공사중이예요."

"무슨 돈으로, … 빚냈냐?"

"그 동안 모은 것도 좀 있고 빚도 좀 얻고."

"아이구야! 쥐구멍에도 볕들 날 있다더니 너 한 번 신나게 생겼다 야."

'엄마라고 말하는 것 좀 봐. 너라니, 왜 나 혼자야. 나도 엄마처럼 신나는 걸 말로 떠버려 그 속을 확 뒤집어 줄까 보다.'

성질나는 대로 쏘아붙이지도 못하고 이 말을 혼자 꿀꺽 삼키느라 나는 심호흡을 하지 않을 수가 없었다. 그런 내 마음을 알 리 없는 엄마는 너하고 더 긴 말하고 싶지 않다는 투다. 나는 그만 나의 임신 사실을 알리지 못하고 말았다.

멋쩍고 서운한 마음을 풀 길 없는 나는 꼭 집어 말 못하는 나의 맹꽁이 버릇을 탓하기 바빴다. 그러나 나에게는 혹시 좋은 소식 없느냐고 임신사실을 점잖게 물어줄 그런 엄마가 간절히 필요했다. 실은 은근히 기다리다가 이렇게 되고 말았는지도 모를 일이었다. 사돈댁으로부터 축하의 말 한 마디를 의미 있게 기다리실 아버님께도 죄스럽고 태중에 아기에게도 한 없이 미안했다.

잘 해 보고 싶은데 말은 왜 빗나가고 마음은 왜 이다지냐. 달라진 데가 없는 우리엄마가 달라진 나를 인정할 까닭이 없는데 무엇이 흡족하기를 바란 것이더냐. 한심한 나 자신을 책망하다 말고 태교가 생각나서 그만두었다. 그래도 불편한 마음은 아기를 향한 독백이었다.

'나는 결코 내 엄마 같은 엄마는 되지 않을 거야. 이런 말 자체가 나쁘다는 것을 아니까, 각자 자기가 맡은 일만 잘 하면 돼. 나는 천성적으로 타고난 외톨이라 치자. 그러나 태어날 아기마저 외롭게 되는 일은 없어야 하는데 시작부터 삐걱거려서 미안하구나. 서툰 엄마를 이해해 줘!'

그 마음은 온종일 곰삭은 끝에 말로 다시 태어났다.

"나 때문에 당신도 사위대접을 못 받는 것 같아 미안해요."

"왜 무슨 일 있었어요?"

"오, 오랜만에 마음먹고 친정에 전화했다가 한참동안 씁쓸했거든."

"일전에 처남이 다녀갔는데 그 때문인가?"

"당신, 왜 제때 말하지 않았어요."

"내가 뭐 동생이 있나, 처남도 하난데 좀 뜯기면 어때."

"돈 뜯어 갔다는 말인데, 얼마 주었어요."

"남자들 세계에서 흔한 일이야."

그는 더 말하지 않았다. 외출에서 돌아오면 동전 한 닢까지 챙기는 째째한 인물치고 참으로 희한한 일이었다. 그즈음 술이 거나한 음성으로 아버님께서도 말씀하셨던 것이다.

"우리 새 집으로 이사 가거들랑 제일 먼저 사돈댁 식구들을 초대하자. 우리가 잘 사는 모습을 제일로 반기실 분들이니까."

그러나 막상 이사를 하고 마지못해 우리의 초대에 응한 사람은 엄마 한 사람뿐이었다. 엄마는 내가 몸이 무거운데도 상주하는 아줌마를 두고 있다는 사실을 의아해 했다. 수고 아줌마에게 직접 출퇴근 여부를 묻고 확인을 거듭했던 것이다. 그리고 엄마는 새 집을 구석구석 샅샅이 둘러 본 느낌을 말했다.

"집은 번듯하다만 속이 비었구나."

변변한 가재도구가 없단 말도 되고 '빚이 있다면서?' 하고 비아냥거리는 말로도 들렸다. 엄마는 몰라도 멀리서 우리의 동태를 보고 계시는 아버님께서는 모녀 사이에 불편한 낌새를 잘 알아보신 듯했다. 엄마와의 작별 인사말 중에 진심을 담아 감사의 인사를 하시는 것이었다.

"딸을 잘 키워주셔서 이 늙은이가 전에 없던 호강을 합니다. 사부인께 진정으로 감사드리는 바입니다."

의례적인 인사말이겠거니 하지 않고 엄마가 전에 없이 정중하게 고개를 숙였다. 그러나 들쭉날쭉한 성품이다 보니 언제 또 시큰둥해져서 내 속에 재를 뿌릴지 모를 일이었다. 난 대비했다. 다시 한 번 그 딴 말을 했다만 봐라. 그 말이 식기도 전에 대꾸할 터이다.

'속이 비었으니 열심히 채워야 하지 않겠우, 힘 좀 보태주시구려. 아님 듣기 좋은 말을 하든지.'

그럼 엄마가 맞받아칠 것이고.

'속 빈 걸 비었다 했지 내가 뭐 나쁜 말했냐.'

그럼 또 말하는 거다.

'실은 속이 비지 않았어, 미안해 엄마.'

그러나 바르지 못한 생각은 말이 되기도 전에 후회로 변했을 뿐 아니라, 나는 금방 벌을 받는 심정이었다. 엄마는 더 이상 비아냥거리기는커녕 끝내 나를 똑바로 바라보지도 못했다. 말 한 마디에 천금이 오간다더니 나는 아버님 전에 한평생 다 갚지 못할 은혜를 입었던 것이다.

그로 말미암아 그 어느 때보다 편한 마음으로 친정아버지의 기일을 맞이하게 되었다. 나는 그 동안 못 다한 효도를 하고 싶어 이런저런 궁리가 많았지만 막바지에 가서는 다 그만두기로 작정을 했다. 내 집을 다녀간 엄마에게서 그간 많이 달라진 내 형편을 전해들은 바 있을 터인즉 잔뜩 기대할지도 모를 어설픈 마음들을 지긋이 눌러주는 조치가 필요했다. 눈에는 눈, 이에는 이가 아니라, 눈에도 이에도 무심한 내 본성을 그대로 드러내 보이는 것만이 나다운 길이라 여겼기 때문이다.

나는 당일 수수하게 차려입고 한껏 겸손한 자세로 허허롭게 나타났다. 그런데 나를 맞이하는 친정 분위기가 유달리 온화했다. 고모도 고상한 자태를 드러낸 것이다. 두 팔 크게 벌려 나를 반기시는 그 품안에 들자 눈물이 핑 도는 걸 참느라고 억지웃음을 지어 보여야 했다. 인사말이 끝나기 무섭게 동생이 나를 구석지로 몰았다.

"누나, 내가 매형 찾아간 것 말하지 마. 청춘사업에 지장 있어. 내가 군대만 면해 봐. 사업해서 두 배로 갚을 테니 그 때까지만 참아, 알았지."

"너, 남자가 군대를 안 가면 어떤 불이익을 당하는지 몰라서 그래? 정말 너무 실망시킨다."

그가 나를 빠져 나갔다.

"야, 말하는 중에 어딜 가."

나는 달아나는 그를 앞질러 면전에서 할 말 다했다.

"너 남자 맞아? 나는 여자라도 결혼 전에 군인이 되고 싶은 충동을 느꼈어, 참으로 특별한 경험 아니니? 밥 주고 옷 주고 거기에 정신 무장까지 시켜주는 단체생활. 그런 이색적인 경험을 군대 아닌 어디에서 맛보니? 나는 징집당한 젊은이의 각오가 너무 멋지다고 생각해. 남자로 태어난 보람을 찾는 길이야. 해병대를 갔다 오면 진짜 사나이가 된다는 말도 못 들었어? 제발 부끄럽게 굴지 마라."

"누나는 몰라서 그래, 잘못하면 죽는 수도 있어."

"집에서도 길에서도 산이나 바다에서도 죽는 수를 말하자면 끝이 없지. 그걸 말이라고 해? 남달리 훤칠하고 멋있게 생겨가지고."

"나는 못 먹는 음식도 많고 유달리 잠도 많고 군대에서 행하는 규제가 나한텐 안 통한단 말이야. 강의시간을 지킬 수가 없어, 그래서 대학생활도 포기했단 말이야."

"그럼 사람노릇 못하겠네. 번듯하게 생겨가지고 네 발로 뻘뻘 기어도 모자랄 추태를 부려? 나는 널 안 볼 터이니 그리 알아라. 한 번뿐인 기회인데 어찌 그럴 수가!"

"나는 못해. 힘들어, 겁난다 말이야."

"다른 사람은 힘들어도 되고 또 죽어도 되고? 넌 자존심도 없냐? 사내자식이 사내답게 사는 길을 피해 쥐구멍을 찾다니 널 다시 봐야겠다. 여러 비겁한 방법이 있다더라마는 결국 망신살이 뻗어 인생을 통째 망치고 말더라. 미친 짓하면서 살아남느니 고이 죽어 이 새끼야. 그 어두운 세월을 빠져 나오는 동안 너 자신은 얼마나 상하고 가족은 또 얼마나 고통스럽겠냐? 집안에 망쪼가 드는 거야, 체면이고 가정경제고 통째 흔들린다고."

동생을 너무 힘껏 몰아세우느라고 내가 진흙 속을 허우적거린 느낌이었다. 그래도 돌아서는 동생의 뒤 꼴을 향해 소리쳤다.

"저 아이가 어쩌다 저 꼴이 되었어."

필요한 시기에 엄한 부모 밑에서 올바른 가르침이 빠져 있었기 때문이다. 잘 먹고 잘 입고 편한 것만 알도록 가르친 죄 많은 인간들은 따로 있는데 죄 없는 것이 벌을 받는 차례라 여기니 측은하기까지 했다. 비닐봉지에 담긴 뜨거운 국물이 연상되는 안쓰러움이었다.

부엌에서 음식 냄새가 코를 자극하고 내가 정신을 차릴 차례였다. 내할 바가 따로 있었던 것이다.

"있는데 덧붙이기로 사게 될까 봐 작은 봉투를 마련해 왔어요."

내가 엄마에게 말했다

"그래, 그래 잘했다."

엄마는 전에 알던 내 엄마가 아니었다. 동생을 나무란 나에게 눈을 흘길 줄 알았는데 나를 바라보는 눈길이 그게 아니었다. 송두리째 달라진 분위기가 낯설어 내가 평정을 되찾는 데 시간이 걸렸다.

"큰 집으로 이사 갔다면서?"

고모님이셨다.

"아니에요, 아직은 썰렁하고 보잘것없는 걸요."

"오냐, 오냐. 그렇게 시작해서 차차 속이 차는 거야. 전에는 몰랐는데 갈수록 넌 어쩜 목소리까지 네 아빠니?"

"아빠라니요, 전 아직 여러모로 한심해요."

"그런 말 마라라. 아빠는 울컥하는 성격이 있었지만 넌 차분해, 그래서 더 예쁜 거야."

언니가 보이지 않았다. 기다리다 못해 엄마에게 슬쩍 물어 보았다.

"데이트가 있어. 고모님 들으실라 아무 말 마."

둘러보니 고모님이 안 계셨다.

"고모님이 물으시면?"

"출가외인이니 못 올 수도 있겠다 싶으시겠지. 고모는 언니가 이혼한 사실도 모르고 있단 말이야. 너만 입 다물고 있으면 돼, 아주 좋은 재혼 자리야."

"조카들을 어쩌려고 벌써 재혼 생각이야? 아직 형부도 혼자 있는데."

"형부라니! 넌 지금 생각이 있는 거야 없는 거야. 하여튼 지질이 욕먹어 마땅한 인간이야."

"그래도 할 말은 해야겠네. 엄마도 언니도 참말 그러는 것 아니요. 어떻게 제 코밑만 알아. 후환이 두렵지도 않나?"

엄마가 내 옷소매를 당겼다. 그리고는 턱을 내밀며 말했다.

"무슨 몹쓸 소릴! 후환이 다 뭐야, 이혼한 마당에."

"그래도 남자가 재혼하기 전에 그러는 것 아니란 말이요. 재결합할 여지가 남아있는 한 자식을 봐서라도 그러는 것 아니지."

"궁상떨지 마라. 이것아, 인물 좋고 학벌 좋고 재산까지 두둑한데 마음대로 상대를 골라잡을 일이지. 네 언니가 무엇이 모자라 혼자 저러고 사니?"

"엄마는 세상 무서운 줄을 몰라. 이 다음에 버리고 온 아이들이 커 봐. 저네들 장래를 망쳐 놓았다고 원수 취급할 터인데."

"부부가 갈라서면 그만이지. 누가 누굴 망친다, 그래. 다 저네 팔자지, 당치 않는 소릴 하고 있어."

"언니가 차지한 부동산이랑 분에 넘치는 패물이 다 자식에게 갈 것을 가로챈 것 아니요. 양심을 속인 죄는 저승까지 따라간다는데, 엄마는 어떻게 그걸 모를까. 죄의식이 없다니 모두들 연구대상이야."

"너 주둥이질 한 번만 더하면 몽둥이 맞는다."

엄마는 이를 악물고 나의 면상에 주먹을 들어보였다. 나는 코웃음을 쳤다. 나야말로 간이 배밖에 나온 거다. 나 스스로 놀라고 있는 중에 등 뒤에서 고모님 목소리가 또 들렸다.

"모녀간에 무슨 사연이 있는 것 같은데? 이 고모가 좀 알면 안 돼?"

"고모는 빠지세요."

날이 선 엄마 목소리에 나까지 간담이 서늘해지는 순간이었다.

"어머나, 올케 무서워 살겠나. 나는 무심코 좋게 한 말인데."

"눈치 없이 끼어드니 그러지요."

"이거야 원, 살벌해서 이 집에서 나가라는 소리보다 더 심하지 않아."

고모가 부엌을 나가셨다. 내가 재빨리 그 뒤를 따랐다.

"고모님, 아빠 제삿날이잖아요. 참으세요. 무엇이 더 중요한 거예요."

고모가 나를 돌아보는 눈에 핏발이 선 듯했다.

"맞다. 아무려면 내 오빠 집에 내가 왔는데 누가 감히 가라 마라 해? 내가 뭐 옥난인가."

옥난은 엄마에게 약혼자(우리아빠)를 빼앗긴 이모의 이름이다. 고모는 이모와 한 동네에서 어린 시절을 보낸 동창 사이다.

"고모님, 고마워요. 아빠도 분명 좋아하실 거예요. 시간이 될 때까지 편히 쉬고 계세요. 저는 부엌에 나가 볼게요."

"근데 왜 그래? 네 엄마가 너를 때릴 시늉이던데 무슨 일이냐고?"

"고모, 나중에 다 말할게요. 오늘은 돌아가신 아빠의 날이니까."

"그래, 네 말이 일일이 옳다. 아무리 엄마라도 너같이 사리 밝은 인간을 두고 함부로 하면 내가라도 관두지 않아."

나는 고모의 어깨를 감싸는 걸로 나의 사랑과 존경의 마음을 알렸다.

닮은 꼴

고모는 아빠의 여러 형제분들 중 세속적인 표현으로 제일 잘 나가는 분이다. 외모에서 교양에 이르기까지 고루 갖추었을 뿐 아니라 두 아들이 다 사업에 성공하여 온통 주위의 부러움을 받고 계시다.

그래서 그런지는 몰라도 건방진 꼴을 못 보는 곧은 성품이 흠이 될 때도 있다. 상대방의 상처를 정확하게 꼬집기 때문이다.

분위기를 생각해서 나는 고모와 더 이상 가까이 있지도 않았다. 제사상을 물리고 음복을 하는 둥 마는 둥 고모와 나는 다시 둘이 되었다.

"고모부도 건강하시지요. 찾아뵈어야 하는데 저가 사람노릇을 못하고 있어요."

"그런 걱정 마라라. 네가 잘 살아주면 그보다 더 큰 보시가 없다. 고모부가 널 아끼는 것 알지? 어려서도 칭송이 자자했지만 그런 너를 글쎄, 니 엄마가 망쳤지. 고모부는 니가 어떤 풍파를 겪은지도 모르셔. 실은 나도 근래 알았지만, 그래 오늘이 있기까지 마음고생이 오죽했냐. 고모부는 아직도 널 여자 중에 알짜 여자라고 하신다. 어떤 사람을 만나도 잘 살 것이라고, 어른의 말이 문서라더니, 그래 너 아주 잘 산다면서, 얼마나 흐뭇하던지 몰라."

"고모부는 딸이 없어서 절 더 사랑하신 걸로 알아요. '네 아빠는 좋겠다. 이렇게 예쁜 딸이 있어서' 하시던 말씀을 결코 잊지 않았는데 생활이 무언지 글쎄, 한 번 찾아뵐 여유가 없어요."

"딸이 없어 서운해 했지. 그 뿐이냐, 아들 둘이 다 외국에서 사니 그 외로움이 오죽하랴. 지금은 친구도 없어. 평균 수명이 길어졌다고들 하지만 80이 되니 찾아갈 곳도 오라는 사람도 없어. 한동안은 일본 나들이 길에 사다 둔 노래방 기기를 붙들고 살았는데 귀가 어두워지니 그것마저 시들해."

"고모님이 흥을 돋우는 짝꿍노릇 좀 해 드리지 그러셔요."

"눈물이 나서 글렀어. 젊은 날의 신명은 어디로 가고 반주에 맞추려고 목소리는 죽이고 귀만 쫑긋해서 애쓰는 꼴을 보면 설움이 왈칵 치밀어 나도 모르게 눈물이 나."

"고모는 젊어서도 그렇게 고모부를 사랑하셨어요?"

"아니었어, 정말 마음에 들지 않았어. 그저 그 덕에 산다는 일념으로 받들었을 뿐 매사에 자기만 옳고 세상만사 부정적인 그 성격을 참기 힘들었어. 내게 혼자 먹고 살 힘만 있었어도 정말 살지 않았을 거야. 그걸 알고 그렇게도 나한테 인색했는지 몰라. 여자는 돈이 있으면 허튼 생각하게 되어 있다면서 평생 내 것이 없게 만들었어. 그렇게 지독한 인간이지만 한평생 살다 보니 그 그늘이 아니면 의지할 곳이 없게 된 거야. 너무 도도했기 때문에 늙은 몰골에 귀마저 먹으니 불쌍해서 못 봐. 다른 사람들은 늙으면 기죽는다고들 하드구만 이 분은 더 고약했어. 행여 소홀하게 대하지 않나 해서 감시하고 잔소리하고 나를 종 부리듯 하려 했지."

"왜 당하고만 사셨어요. 친구랑 여행도 하면서 아내 없이 혼자 사는 불편을 당해 보도록 했으면 조금씩은 달라졌을 텐데."

"해 봤지. 남자가 여자를 애 먹이자고 들면 사사건건 너무 치사해서 결국은 손을 들고 말아. 이런저런 시도 끝에 한 번을 참으면 열흘이 편한 걸 내가 먼저 알게 되었지. 그러다 보니 주위에 착하고 팔자 좋은 남자들이 먼저 죽고 치매에 걸리더라고. 오! 저 성질, 저 잔소리 덕에 건강하구나, 하고 느끼게 되면서 천사표 아내가 따로 없게 되었지. 결국은 서글픈 외톨이가 될 신세들 아니니, 함께 사는 동안만이라도 사람답게 살겠다는 결심이 굳어지면서 눈을 내리깔고 지나는 게야. 별 수 없이 자기도 아내의 소중함을 알게 되었는지 잘 해 보려고 노력하더군."

"고모님! 저는 고모님의 흉내도 잘 낼 수 없을 것 같아서 미래가 걱정이어요."

"너는 아빠에게서 참는 힘을 그대로 물려받았어. 네 아빠는 자제력이 지나쳐서 속병을 만들었지만 넌 차분한 여자니까 지금처럼 처신하는 한 앞으로 사는 데 큰 어려움 없을 거야."

고모님과 나는 나란히 친정집을 나왔다. 그런데 아무리 사양을 해도 막무가내이신 고모님을 따라 자가용차에 올랐다.

"우리 좀 자주 만나면 안 돼? 말을 할 상대가 없으니 생각마저 없어져."

"고모님, 정말 죄송해요. 자주 문안전화 드릴게요."

"아무리 바빠도 내 이 말은 해야겠다. 네 엄마가 바로 딸을 팔아먹을 여자야. 돈 많은 재혼 자리에 보내면 전처 자식 떠맡고 제 자식 버리는 꼴인데, 양가 자식들의 쌍방 공격을 당할 노년이 무섭지도 않은가. 천벌 받을 일이지, 두고 보아라."

그 자리에서 내 속에 든 말을 하지 않았건만 고모님 말씀과 일치했다.

우리는 합심이나 한 듯이 귀가 어두우신 고모부를 위해 즐거운 시간을 가졌다.

　노래방 기기는 화면 가득 절경을 펼치며 신나는 반주로 시작되었다.

　고모부가 노래를 부르시도록 일본 엔카를 틀어놓고 고모가 먼저 흥얼흥얼 분위기를 이끌었다. 나도 열심히 가사를 들여다보며 그것에 빠져드는 모습을 보였다. 그 작전이 맞아떨어졌던지 고모부가 목청껏 노래를 부르고 계셨다. 마치 세상 시름 다 잊고 싶은 듯한 그 모습에 가슴이 쓰려도 나는 고모부를 따라 어깨를 들썩이었다. 그래야 고모부 마음이 편하실 테니까.

　고모가 내 마음을 모를 리 없었다. 목소리도 차랑차랑하게 간주를 넣고 모두의 흥을 부추기는 허리춤을 추었다. 잘은 몰라도 나는 고모의 노래가락 속에서 돌아가신 아버지의 음성을 가려냈다.

　얼마나 행복했던지, 나도 자리에서 일어나 마음먹고 어린 시절 아빠 앞에서 보였던 끼를 부렸다.

　그런데 분위기가 무르익는 판에 고모부님이 우셨다. 우리 아빠 생각이 난다고 하시면서 울음 섞인 목소리로 옛날 일을 회상하시는 것이었다. 그만 나도 고모도 울고 말았다.

　울면서 웃으면서 그래도 노래는 계속되었다.

　"너 좀 자주 와. 고모부가 저렇게 감상에 젖는 일은 아주 드물어. 눈물 속에 너털웃음을 나는 처음 보았네. 네가 어깨를 흔들흔들 다리를 움찔움찔할 때마다 고모부 상반신이 흔들리던 걸. 너는 흥을 알아. 어디에서도 보지 못한 움직임인데, 멋있다고 해야 하나, 낯설다고 해야 하나. 하여튼 너 오늘 복 지은 줄이나 알아. 밤낮 가치 없는 인생이 왜 이리 긴가? 하고 짜증부리던 노인을 웃겼으니 이 얼마나 좋은 일이냐. 우리 집안에 그런 사람 없는데 넌 누굴 닮았냐?"

　"엄마는 제가 고모를 닮았다고 했어요."

"네 엄마도 나를 좋게 보는 면이 있다는 말인데 글쎄다. 내가 너 같은 딸을 낳았다 해도 너처럼 곱게 잘 키울 수 있었겠니. 좋아서 우쭐거리다 말고 십중팔구 예쁜 딸을 망쳤겠지. 너는 엄마와 언니의 그릇된 행동을 비판하면서 절로 인간이 되었어. 네 아빠의 불행을 보면서 부덕을 갖추었고. 착실하던 오빠가 여자 때문에 동네 손가락질 대상이 되고 문중을 떠나는 꼴이 되었으니 그 미움이 어디로 가겠어. 다 네 엄마에게 쏟아졌지. 네 아빠는 피붙이라고 해야 나 하나 건진 거야. 누가 뭐라 해도 오빠의 진정을 아는 사람은 나였거든. 나는 남의 이목을 상관하지 않고 오빠를 따랐어. 네 엄마가 함부로 날뛰지 못하게 하는 감시자의 역할도 있었었지. 비록 네가 어렸어도 나의 관심을 끌었어. 왠지 아니? 먹고 말하고 움직이는 행동거지가 조신해서 덜렁이 모녀하고 한 묶음으로 몰아붙일 수가 없었던 거야. 그런 내 생각에 네 아빠도 공감했어. 파렴치하고 뻔뻔한 네 엄마 같은 것이 너 같은 딸을 얻었으니 인간사는 참으로 오리무중이야, 선악을 가리는 완전한 구분은 없다는 결론이지. 무엇에나 명암이 있고 앞뒤가 있어. 받아들이는 사람의 됨됨이에 따라 장단점을 살리고 못 살리고가 판가름 나니까, 좋은 사람은 쉬운 길로 가고 악한 사람은 험한 길로 가더라. 바쁘게 사는 동안은 알지 못해도 죽을 때가 되면 그 차이가 보여. 그러하니 어찌 되었건 착하게 살아야 돼. 손해 보며 살 줄 알아야 해. 고모부는 내가 제일의 미덕으로 치는 검약정신을 혹독하게 나무라거든. 왠지 알아? 많이 쓰고 많이 벌어야 경제가 돌아간다는 거야."

"고모님한테 인색하게 군다고 하시는 말씀을 들었는데."

"유독 나한테만 그래. 생각은 거인 못지않지. 밤낮 정치는 자기 혼자 다 하는 것 같고. 다 같이 보고 듣고 읽은 사태에 대해서도 재탕, 삼탕 잔소리지. 말 마라, 또 내 속에 도사린 미움이 요동칠라고 한다."

내가 웃자 고모의 말이 이어졌다.

"조카에게 할 소리가 아니다만, 나는 다음 생이 있다면 남자로 태어날 거야. 그래야 사람답게 살아보지. 내가 이 나이에도 여자로 충실하게 사는 건 후생에 이 껍질을 벗기 위함이야."

"고모님같이 다 갖추신 분이 그런 말씀을 하시니, 저는 앞날이 아득해요. 어쩌죠?"

"호강에 겨워 그런다, 그럴 수도 있어. 하루 벌어 하루 사는 팔자가 되었어 봐, 조카딸 앞에서 푸념할 사이가 어디 있겠어."

"원수가 부부로 만난다는 말이 있어요."

"원수가 자식이 된다는 말도 있지. 얼마나 부모 속을 썩이고 살았으면 그런 말이 나왔을꼬. 오죽이나 한이 되었으면 남편을 죽이고 싶은 원수에 비했을까. 아무래도 여자는 당하고 사는 쪽이지."

"지금은 여자가 더 큰소리치고 더 누리면서 산다고 해요. 아들 가진 엄마는 며느리에게 잘 보이랴, 아들 챙기랴, 손자 돌보랴, 여생에 영일이 없다는데요."

"사람 나름이고 환경 나름이고 각자 입장이나 성격 차이 아니겠어. 날로 복잡해지고, 그래서 착잡한 현실 문제를 들여다보노라면 일찍 태어나서 늙기를 잘 했다 싶다가도 돌아서면 날로 발전하는 이 좋은 세상을 어떻게 하직하나 싶은 생각 또한 만만치가 않아. 참으로 요상한 것이 인간의 마음이지. 삶의 애착은 살아갈수록 늘어나게 되어 있다더니 정말 그런 것 같아. 일찍이 꿈도 못 꾸던 일이 현실로 다가오고 꿈 위에 꿈이 있는 과학의 발전상을 고루 누리게 되는 양상이니 살아있는 감회가 오죽하겠어."

"재미있어요. 살아있는 숨결 자체가 꿈결인 시대에 우리가 놓여 있어요. 간접 체험을 통해서이지만 몇 백 년을 산다 해도 알지 못할 지구촌의 신비를 집안에서 화면 가득 훑고 있으니 말입니다. 속으로 언제나 감사하고 있어요. 그 많은 숨은 노력들에 대해 미안하기도 하고요. 얼마간이나마 어려운 사람들에게 베풀고 가야 한다는 생각은 확고한데 생기면 쓰기 바쁜 제 형편에 과연 그럴 수 있으려는지."

"세상 빚 이야기냐. 너는 마치 꿈을 먹고 사는 사람 같구나. 아름다운 노릇이지."

"자기 분수를 알고 행동하는 것이 그렇게도 어려운 일인가 봐요. 사업가의 아내는 돈을 잘 써야 제 구실을 하고 전업주부는 알뜰살뜰 살아야 부자 된다 했거든요. 남편이 잘 벌 때 보석이나 명화 같은 부의 상징물을 사 모으는 것이 당장은 축재의 수단이 되면서 만약에 대비한 사업자금도 된다 하네요. 그러나 월급쟁이 아내는 별 수 없어요. 아끼고 또 아껴서 저축해야지. 안 그랬다가는 살림 동나지요."

"너랑 이야기하고 있으니 신선 도끼자루 썩는 줄 모르겠구나. 부디 가깝게 지내자. 고모는 너 같은 이쁜이가 정말 필요해!"

나 역시 고모로부터 많은 위안을 얻었다. 고모가 정말 좋았던 것이다.

그 밤에 고모님 댁에서의 이야기를 듣다 말고 남편이 비아냥거렸다.

"앞으로 훌륭한 여사님 모시고 살기 참, 그렇겠네! 고모님 댁에 다니면서 눈높이가 천정부지로 뛸 터이니 당신을 누가 당하겠어."

나는 잘라 말했다.

"가지 말란 말로 알아듣겠어요."

나 없는 동안의 집안 분위기를 알 만한 쪽으로 생각이 미쳤다.

다음날 아버님이 자상하게 물으셨다.

"부친 제사에 친척이 많이 모였었나 보구나."

"고모 한 분이 꼭 참석을 하세요. 친정 엄마가 교회를 다니니까 제사상 차리지 않을까 봐, 감시 감독차 오시는 거래요. 아빠를 꼭 닮은 분인데 엄마는 저가 고모를 빼닮았다고 말했어요. 그래서인지 고모와 저 사이는 각별해요. 어제도 말씀 드렸지만 댁까지 기어코 저를 데리고 가서서 저의 귀가시간이 좀 늦었어요. 저 없는 동안에 아버님은 여러 가지로 불편하셨지요?"

"얘, 너 없이는 단 며칠도 못 살겠더라. 집안이 온통 냉골이더라. 무슨 소린지 아냐?"

"알아요, 아버님. 저한테도 얼음장같이 대했어요."

"사람이 왜 그렇다더냐?"

"속마음은 그렇지 않은데 어깃장부리는 것이지요. 우리 말고 그가 이 세상에 따로 기댈 곳이 어디 있어요. 식구가 많다 보면 말도 많게 되고 정도 따라 붙을 터인데 그럴 기회가 없어 표현이 안 되는 거예요. 나이 먹는 대로 차차 세련되리라 믿어요. 아버님도 그렇게 믿어주세요."

"저 말하는 것 좀 보게나. 나 혼자 듣기 아깝구나. 누가 너를 아녀자라더냐. 큰 그릇이야, 아주 크고도 너그러운 인물이란 뜻이야. 내가 너희들과 살 날은 멀지 않다마는 나는 장담한다. 언제고 너는 남을 선도하는 사람이 될 거야. 그리고 너는 언제 어디에 있어도 행복할 거야. 너 자신은 물론 주변 사람들까지도. 너는 남이 넘보지 못하는 낙원을 품고 사는 사람이란 뜻이야."

"아버님이 계시지 않는 이 집안에서 과연 저가 이 같은 평안을 누릴 수 있을까요. 상대가 조잔하게 굴면 따라서 좀스럽게 되기 쉽거든요. 마음씀씀이란 상대에 따라 들쭉날쭉하더라고요. 아버님은 저에게 태산 같은 믿음을 주시니 저는 태평하게 믿고 따르기만 하면 되지만 도무지 안심이 되지 않는 그것이 문제예요."

"그것까지 알고 있으면 다 된 거야. 여의치 않을 때는 이 아버지가 한 말을 명심해라. '내가 왜 저 철딱서니와 하나로 맞서나, 하늘에서 아버지가 보실 텐데' 하면서 마음을 추스르다 보면 문제가 풀릴 것이야."

"꼭 그렇게 할게요, 아버님."

그런데 딸이 태어나고 아버님의 사랑이 손녀에게로 옮겨가는가 싶은 순간도 잠시, 어떤 부녀 사이 부럽지 않던 아버님과 나 사이가 멀어지기 시작했다. 우리가 잠을 깨기도 전에 아버님은 어디론가 가시고 보이지 않았다. 밤늦게 돌아오신 어른을 잡고 이유를 물을 수도 없었다.

몇 달이 그렇게 지나면서 우리생활 전반에 변화가 일어났다. 아버님이 아기를 미워하시는 거였다. 나는 손자가 아닌 손녀라서 그런가 보다 하고 막연히 생각할 뿐이었다. 지금 같았으면 얼른 유모를 보내고 내가 아기를 키우고 알뜰살뜰 살림을 해서 그 마음을 돌릴 수 있었을 터인데 그 땐 그런 엄두가 나지 않았다. 생활이 흡족하니 생각이 겉돌았던 모양이다.

나는 나대로 유모에게 아기를 맡긴 채 요리학원이랑 친구들을 찾는 일로 외출이 잦았다. 딸아이의 행동반경이 넓어지면서 할아버지가 달라지셨다. 아기의 재롱은 못 보시고 저지레만 눈에 띄는 듯 노골적으로 손녀를 못마땅해 하시는 것이었다. 서랍을 뒤진다고 역정을 내신 뒤로 눈속임을 당했다고 호통이셨다.

그 때 아기가 천방지축인 나이인데 할아버지가 너무 앞서 가시는 것 같아 마음이 쓰렸다. 내가 아버님과의 대화를 시도하려고 애쓰면 애쓸수록 아버님의 불평은 늘어만 갔다.

"집안이 불편하려고 저런 것이 태어났어. 딸아이가 엄마를 닮지 않고 어찌 애비를 닮는단 말이냐."

'아버님, 그런 말씀하시기에 아직 너무 어리잖아요' 하고 꼭 말을 해야 하는데 나는 침을 꿀꺽 삼키고 말았다. 엄마노릇도 못하고 며느리노릇도 못하는 꼴이었다. 어쩌면 그 당장 아이를 혼내야 하는데 그러지 않는 나의 태도가 아버님에 대한 불손으로 비쳤던지 우리 사이는 믿기지 않을 정도로 소원하게 되어갔다. 때를 맞추어 아버님이 매달 주시던 생활비를 끊으셨다.

"내가 손해를 많이 봤어. 이제 애비 월급으로 살아야 하겠다. 알겠냐?"

이 말씀을 남편에게 알렸더니 며칠 뒤에 그가 말했다.

"경마장 출입을 하신 거야. 아니면 매일 그 꼭두새벽에 어딜 가셔."

남편은 점차 일에 쫓기느라고 집에서 잠 잘 시간도 거의 없었다. 의료기사 모임에 강의를 맡게 되면서 준비과정에 많은 시간이 필요했다. 뿐만 아니라 실습용 쥐를 돌보는 일도 아랫사람에게 맡기지 못하는 경우가 있었다. 잘은 몰라도 실험용 개에게 모종의 약을 투여해서 그 장기에 변화가 생기면 그 결과를 주사약 형태로 오리한테 투여하고 오리의 결과물을 또다시 쥐에 옮겨 의료인이 원하는 변화를 기다리는 과정은 그렇게도 중요한 보살핌이었다.

해서 부부 사이는 메마른 한편 무난하고 무료한 생활의 연속이었다. 나의 일생을 통해 그 때처럼 자유롭고 평화로웠던 시절도 없었지만 또 그처럼 자유와 평화의 가치를 모르던 때도 없었다. 허영에 들뜬 적은 없었으나 돈의 씀씀이가 헤프고 쓸데없는 쓰임새 또한 많아지는 것이 사실이었다.

고모와 만나는 횟수가 늘어나고 선물을 받는 일이 잦아지면서 남편의 질투 대상이 되고 있었건만 나의 그런 사실을 알 리 없는 고모는 나를 데리고 먼 길 떠날 의향이었다. 나의 할아버님, 그러니 우리 아버지의 아버지 산소를 화장으로 모시는 길에 장손인 동생과 함께 나도 같이 가자고 하시는 것이었다.

"너도 알다시피 손자가 자리를 잡지 못하고 빈둥거리는데 내가 없으면 누가 아버지 산소에 풀을 거둘 것이냐. 내가 이 일을 서둘러 윤달이 가기 전에 끝을 보아야 하겠다. 내 너와 동행을 하면 오가는 시골길이 한층 운치 있을 것이야, 네 생각은 어때?"

"저도 꼭 따라가고 싶어요. 사실은 우리 아빠가 하셔야 할 일을 고모가 대신 하시는 일이지요. 그 막중한 일에 고모님을 따라 간다는데 긍지가 느껴져요."

나는 무리인 줄 알면서도 결심했던 것이다.

아빠의 빈자리를 채우기에 부족한 동생과 한 묶음이 되어 작으나마 고모에게 힘이 되어드린다는 차원에서도 그렇고, 경험도 하고 싶고 변화도 갖고 싶은 마음 또한 그랬다.

새벽길이 우중충했으나 산길을 벗어나자 곧 신선한 바람이 불어왔다. 동해바다가 보이고 여행길에서나 있음직한 즐거움이 차 한 잔의 향기로 감돌아들었다. 간단한 식사 후 약속 장소에 이르자 인부들이 연장을 들고 뒤차에 올랐다. 산행은 예상보다 힘들었다.

"이봐. 이렇게 힘든 길을 누구에게 맡기고 내가 죽을 때 편히 눈을 감겠어. 조상님께 불경을 저지르는지는 몰라도 세상 따라 살아야지. 내가 해마다 온다마는 산소를 찾는 길이 쉽지 않아. 사방에 풀이 우거지면 어디가 어딘지 낯설기만 하단 말이야. 아버님이 편히 계시는 산소자리를 파헤치는 일이 마음 쓰이는 일임에는 틀림이 없으나 그렇다고 그대로 두고 떠나는 것도 자식 된 도리가 아닌 성 싶은 거야. 자손이 살 땅도 없는데 무덤은 늘고 돌볼 손은 드물고 어쩌겠어."

조촐한 제사상 차림 앞에 우리 모두 정중하게 예를 갖추었다. 돌아서기 바쁘게 음식이 치워지고 일꾼들이 서둘러 일은 시작되었다.

동생에게 곡괭이가 주어지고 "파묘요"를 알린 다음 분묘를 파헤치는 일이 삼면을 돌아가며 진행되었다.

그 후 우리들은 모두 현장에서 멀리 물러나 있어야 했다.

그런데 이제나 저제나 하고 기다려도 진행은 더디기만 했다. 반세기를 넘는 세월이 흘렀으니 유골인들 남아 있겠는가, 하고 의심이 들 뿐이었다. 경험 많은 인부들이라고 그만 둘까 말까를 결정할 수는 없을 것이었다. 고모의 눈치를 보자니 팔뚝만한 아카시아 나무뿌리가 인부의 손에 들려 나올 때마다 고통스러워하는 빛이 역력했다. 나 역시 말을 하지는 않았지만 괴롭기는 마찬가지였다.

'도대체 무슨 뿌리가 저렇게도 많을까. 상당히 깊이 들어갔건만 끝없이 나오는구나. 저 뿌리가 해를 끼치지나 않았을까. 저 자리가 편할 리 없었을 터인즉, 좀 더 일찍 이 일을 서둘렀더라면' 하는 아쉬움마저 늘어났다.

내가 초조한 빛을 보이자 고모가 조그만 소리로 말했다.

"아무 흔적도 없을 수 있어. 토질에 따라 아무리 세월이 흘러도 고스란히 남아 있을 수도 있고."

나는 고개를 끄덕일 뿐인데 고모가 현장을 향했다. 나도 따라갔다. 멀리서 지켜 볼 때와는 달리 구덩이는 사람의 키에 해당하는 깊이였다. 그런데 전체적으로 너무 좁았다. 고모가 그걸 지적하고 아래쪽으로 넓혀 들어가자 두개골이 나왔다. 우리가 흔히 말하는 해골이었다. 우리가 익히 알고 있는 인골은 흰빛이었는데 전혀 다른 느낌을 주었다.

황금빛과 황토빛 사이에서 태어난 아주 연한 황갈색이면서 단단하고 맑고 단아한 자태였다. 내 입 속을 맴도는 첫 말이 '멋지셔요. 고모도 저도 할아버지를 많이 닮았어요' 였다. 그러나 모두가 침묵하고 있을 뿐이었다. 연이어 유골들이 가지런히 나타나고 크기와는 상관없이 성성하다는 표현이 어울릴 만큼 정교한 모습 그대로였다. 일꾼 중에 대표격인 사람이 말했다.

"황골장대란 말을 들었는데 정말 황골은 세월을 아랑곳하지 않고 뚜렷이 있네, 발가락 마디까지 그대로구면."

두골을 유심히 바라보던 고모가 눈물 대신 웃음으로 말을 했다.

"내 미간이 아빠를 닮았다고들 말했는데 애, 할아버지 두상 좀 봐. 나랑 꼭 같아. 우리 아빠, 정말 훌륭하시다."

나도 공감하지 않을 수 없어 한 마디 했다.

"정말 저렇게 반듯하고 뚜렷한 골격을 만날 줄은 상상도 못했어요. 그 긴 세월도 끄떡 없으셨다니, 감히 꿈도 못 꾼 일이예요."

"너무 기뻐, 정말 자랑스러워. 이제라도 내 아버지의 저런 기상을 알게 되었다니, 행운이야. 나는 나를 다시 알게 되었어. 부모님의 강인한 인자가 무엇이든지 이겨낼 수 있는 내 안의 자신감이었어."

참으로 놀라운 일이었다. 보통 이러한 자리에 임한 딸자식들은 감상에 젖는 게 일반적이다. 눈물을 보이기는커녕 기쁨에 젖어 있는 고모님은 분명 보통분이 아니시다. 잘은 모르지만 '황골장대' 라고 일컫는 유골상태는 아주 드문 경우에 속하는 모양이었다.

내가 듣기로도 어떤 집에서는 머리카락만 일부 나왔다느니, 아니면 흔적조차 찾을 수가 없어 그 자리 흙을 긁어모은 뒤, 새끼 한 뭉치 위에 올려놓고 태웠다는 말을 들은 바 있었다. 그런 경험담 탓인지 나도 고모님 말씀에 고무되어 자부심마저 느끼는 형편이었다. 더 가까이 더 자세히 보는 데 그치지 않고 오히려 온갖 사랑의 마음으로 유골을 감상하는 편이 되었다.

두상이 어쩜 저리 반듯하고 준수할까 하고 감탄하지 않을 수 없었던 것이다. 고모님이 자기가 부친을 닮았다고 말하니까 나는 나도 모르게 뒷전에 웅크린 동생의 얼굴을 찬찬히 뜯어보았다. 그 때까지 아무런 내색을 않던 동생도 어쩐 일인지 아주 침통한 표정이었다. 그래서 모종의 동질감을 느끼는가 하고 생각했다.

나도 몇 번인가 가까이서 해골을 본 적 있는데 이렇게도 말끔하고 단단하고 매끈한 인골은 처음이다. 말로 표현할 수는 없지만 흡사 플라스틱 같다는 생각이 들 정도다. 작은 발가락 마디까지 그렇게 보였다. 유골수습이 끝나갈 무렵이었다. 가지런하게 놓인 유골이 한지에 덮이자 동생이 통곡을 하며 털썩 주저앉았다.

"할아버지이!"

어찌나 우렁찬 목소리였던지, 그 소리는 골짜기를 메아리쳤다.

모두가 숙연해서 고개를 들지 못하는 가운데 그가 다시 말했다.

"할아버지는 어디 계세요. 고스란히 뼈만 남겨두고 어디로 가셨냐고요. 사람이 뭐 이래, 뭐 이런 거냐고. 말도 안 돼."

"할아버지 얼굴도 모르는 손자인데 핏줄이 정말 무섭구나."

그 말에는 뿌듯한 심지마저 엿보였다. 고모가 나서서 동생을 달래고 일손을 멈추었던 인부들이 움직이면서 우리의 갈 길이 바빠졌다. 산을 내려오면서 주변 경관을 두리번거리는 고모를 쳐다보니 두 눈에 눈물이 가득이었다.

"왜 이렇게 끝을 맺어야 하니? 손자가 아니라 나야말로 진정 목 놓아 울고 싶어. 나 이제야 하는 말이다마는 해골인 채로 모셔오고 싶었어. 그대로 보존하고 싶었단 말이야. 차마 그럴 수는 없다 해도 나는 자꾸 후회가 돼. 그냥 그 자리에 계셨으면 더 좋을 뻔했다는 생각 때문이야. 사람은 흙에서 나서 흙으로 돌아간다고 했는데 우리들 편하자고 아버지에게 크나큰 불경을 저질렀어. 이 못난 것이 그렇게 훌륭히 계신 줄 상상이나 했게."

내가 위로의 말을 찾지 못해 전전긍긍하는 중에 고모가 다시 말했다.

"한없이 죄스러워. 내가 너무나 잘못한 거야."

"고모, 반대로 생각해 보세요. 할아버님은 어두운 땅 속에서 남다른 내

공의 힘으로 지내시다가 이제 때가 되어 밝은 세상 유람을 나오신 거예요. 자손에게 엄청난 긍지를 느끼게 하시면서."

"네 말도 틀린 건 아니다마는 훌륭하신 어른의 최후를 평범한 속인의 방식으로 모신 죄가 클 것이야. 나 이제 어떻게 사함을 받는다니, 괴로워. 내 여생이 줄곧 괴로울까 두려워."

"잘못 생각하고 계세요. 그렇게 옹졸한 마음일랑 얼른 떨치세요. 할아버님은요 '큰 일 했다. 고맙다' 그러실 거라고요. 고모님이 기뻐하고 자랑스러워 하신 첫 대면의 느낌을 길이 간직하시라고요. 자식들 다 떠나고 결국에는 자손들마저 떠나고 없어질 이 땅이 아닙니까. 무슨 낙으로 그 자리를 영원토록 지키시라고 이제 와서 다른 생각을 하시는 거예요."

고모가 내 눈을 들여다보며 나의 진심을 헤아리는 동안 나는 줄곧 내 말을 강조하느라 머리를 저어 보였다.

"네 말이 보약이다. 아니 보약보다 더 큰 효험이 있다. 아주 기진맥진 했었는데 네 말발이 강해서 내가 살아나겠구나. 넌 어디에서 그런 말을 배웠냐."

역시 우리 고모님이셨다. 그 후 고모님과 나 사이는 그 어떤 모녀 못지 않게 되었다. 내 엄마가 알지 못하는 나의 생활 곳곳에 그 손길이 닿고 내 마음 서글픈 자리에 가르침이나 뉘우침으로 온화하게 계셔 주었다. 그러던 어느 날 고모님은 내게 말씀하셨다.

"내가 제일 좋아하는 이런 것들은 네가 가져라. 며느리를 주어보았자 새것만 좋아하는 요사이 젊은 것들 귀히 여기지 않아. 나를 닮은 너에게 남겨주어야 끝내 잘 간수하지. 그리고 너는 물려 줄 딸도 있잖아."

그러시면서 패물까지 건네주셨던 것이다. 엄마와 멀어지는 이상으로 고모와 나 사이가 밀접해지니 걸핏하면 엄마의 신혼시절 이야기가 도마에 올랐다. 그 중에 압권은 만우절 이야기였다. 세상에 부러울 것이 없게 된 엄마는 집안에 친구들을 끌어들였고 그 중엔 호감을 가진 사람보다 반감을 가진 쪽이 더 많은데 엄마만 그 사실을 모르고 있었단다.

4월 1일이 돌아오고 먼동이 트기도 전에 한 친구가 전화를 해서 해맞이 모임을 갖기로 했으니 수원지 앞으로 빨리 나오라 했더란다. 부부는 서둘러 그곳에 닿았고 기다리다 못해 이곳저곳으로 전화를 했지만 미리 약속이 된 친구들은 하나같이 전화를 받을 리 없었다. 새벽 추위에 실컷 떨고 나서야 속은 줄 알았더란다.

"거짓말을 작당한 사람들이 얼마나 좋아들 했겠어. 네 엄마는 본래 눈치도 염치도 없는 인물이지만 아빠는 그 사건에 다분히 미움이 서려 있음을 간파했을 거야. 그러니 해가 갈수록 야위고 말수가 줄어들었지. 그리고 또 있어. 네 엄마에게 약혼자를 빼앗긴 이모가 얼굴도 더 예쁘고 행동도 훨씬 더 얌전한데 어째서 동생한테 당했느냐는 거야. 그럼 사내들이 말했어. 돼지 얼굴 보고 잡나? 하고 말이야. 겉으로는 웃었지만 나 역시 간접수모를 겪었다고 봐야지. 어쩌다 찾아가도 막무가내로 소리치고 거칠게 굴어 나조차 가까이 접근하기 어려웠지만 여자 때문에 황폐해진 그 속을 알 만했었어."

그래도 자식이 태어나고 돌잔치가 벌어져 축하하러 갔을 때마저 아빠의 얼굴에서 웃음을 찾아볼 수 없을 뿐 아니라 걸핏하면 화풀이용 소리를 질러 사람들을 질리게 했다는 것이다. 따라서 고모도 멀어지고 아빠는 혈육의 정을 잊고 사는 사람이 되었더란다. 부부의 나이 차이가 십수 년이 되다 보니 갈수록 여자는 번지르르하고 남자는 시들고 시무룩하여 그 속을 알 수 없는 갈등의 세월이 흘렀단다.

어려서부터 오빠의 도움으로 공부하고 그 영향을 듬뿍 받고 자란 고모는 오빠의 은혜를 잊어서는 안 된다는 마음가짐 속에 살았지만 여의치 않았단다. 어쩌다 들른 고모를 붙잡고 엄마가 꿈 이야기를 했는데 그 내용이 신기했다면서 고모는 처음으로 인상을 폈다.

"고모, 내 꿈 해몽 좀 해 봐요. 도통 꿈이 꿈같지를 않아."

엄마에게서 한 번도 볼 수 없었던 긴장의 순간이었노라고 고모는 기억했다.

"네 엄마에게 어울리지 않게 차분히 기억을 더듬는 모습이 섣불리 말하기 어려운 사정이 있어 보였어."

"고모 절에 가면 산신 옆에 동자가 있는 그림 있지요. 바로 그 동자가 실지로 내 앞에 와서 넙죽 절을 했단 말이요."

"그런데?"

"둘 사이가 상당히 멀었는데 이심전심 통했어요. 내가 왜 갑자기 늙었던지. '할머니, 중국 역사 속에 이런 인물을 아십니까?' 하면서 수천 년 전 인물의 이름을 묻는 거였죠. 나는 안다 모른다 하는 대신 그 인물을 모르는 사람이 있느냐고 반문하게 되었어요. 그랬더니 그 귀공자 왈, '내가 바로 그 인물' 이라고 하겠지요. 어찌나 황공한지 내가 공경하는 태도를 보이니까. 그가 말했어요. '나 너무 오래 떠돌았더니 정말 힘들다. 이제 할머니 집에 들어와 살도록 해 달라' 는 요지의 요청이었는데…."

"그래서 뭐랬는데?"

"얼른 결정 내릴 일이 아니어서 즉답을 않고 망설이자 동자가 꾸짖는 거였어요. '나한데 그러면 안 되지.' 꼭 그렇게 말을 한 것은 아닌데 그런 표정이었고 나도 그렇게 알아차렸지요. 그래서 말하지 않을 수 없었지요, '그러시지요' 라고."

자기 의지와는 상관없이 허락이 떨어지고 말았다는 이야기였다.

"그런데 무슨 꿈이 이렇게 이상해. 생시같이 내 마음 속에 꼭 박혀 있어 기분 참 이상하단 말이요?"

그리고 한참 뒤에 다시 말을 했단다.

"나는 깍듯이 존대를 썼는데 그 아이는 아니었던 것 같아. 왜일까, 고모 나는 그 귀공자와 어떤 관계인가, 왜 하필이면 난가. 이상한 의심이 생기 면서 영 찜찜해요."

"혹시 아들 낳을 태몽 아니야?"

"그렇지 않을 텐데, 하나 다 키워놓고 나서 동생 보기로 했는데 그건 말이 안 되지?"

"그게 마음대로 된대? 그러고 말았는데 다 잊어버리고 나서 과연 아들이 태어난 거야. 어쩌다가 내가 서로 간에 있었던 꿈 이야기를 했더니 까맣게 잊고 있어. 덜랭이가 그럼 그렇지, 하고 지나쳤지만 이따금 예사롭지 않은 꿈이라는 생각이 들어. 그 아이가 어릴 때는 공부도 곧잘 하드구만, 말썽이나 안 부리는지 모르지."

"그이한테 자꾸만 돈을 뜯어가나 봐요. 그렇게 여유 있는 사람도 아닌데."

"두고 보아라. 그 아이가 나중에 크게 될 거야. 자기의 운명을 내다보고 미리 대처하다니 영적으로 특출한 인물임에 틀림이 없어. 엄마는 후지게 얻었지만 제 일생이야 오죽이나 선택을 잘 했을라."

"고모는 거기까지 생각하세요? 정말 놀라워요."

"저다지도 되어먹지 못한 엄마 배를 택할 수밖에 없는 형편이 따로 있지 않았을까? 말이야 바른 말이지, 여자치고는 말종이거든. 역사적인 인물이 그걸 모를 리 없겠으니 하는 말이야."

"당장 보기에 덩치가 큰 것이 늠름한 기상마저 엿보여요. 그러니까 우리 집 짠돌이가 용돈을 다 주지요. 내가 혼을 내 줘야겠다고 하면 오히려 나를 나무라요. 내가 동생이 없어 서운하던 차에 손아래 처남이 있어 좋건만 뭘 그래, 하는 걸 보면 가히 밉지가 않은가 봐요."

"엄마랑 아들 사이는 어때?"

"아직은 모르죠. 그저 평범해요. 다 살아봐야지 설마 우리가 왈가왈부하게 되는 우리 생애의 소관일까요."

"네 말이 맞다. 하지만 결코 바람직한 사이는 아닐 것이기에다."

"왜 그런 예상을 하시게요?"

"큰 인물은 용틀임을 한다 했어. 그냥 수수하게 자라주지 않는단 뜻이지."

"동생이 엄마하고는 언쟁이 잦아요. 못마땅하게 여길 때는 목청을 돋우고 심술을 부리지요. 그맘때 아이들이 다 그러는가 했는데 돌이켜보면 당할 수 없는 경우가 더러 있었어요. 무서울 정도였지요. 엄마도 주춤하고 물러서서 꼼짝 못할 정도로요. 참, 언니하고도 걸핏하면 싸워요. 그런데 동생이 저랑은 그런 적이 없었어요."

"네 엄마 그 아들 때문에 고생할 징조로구나."

"한데 그래도 성격 면으로는 아빠보다 엄마와 많이 닮았어요. 약고 이기적이고 약간은 비겁하고."

"그나저나 큰일이다. 네 언니가 이혼을 한 것까지는 내가 관여할 바 아니다만 남자도 아직 혼자 있는데 여자가 먼저 재혼을 하다니, 자식들 앞에 막가는 길이지. 하기야 그런 인간들이 나중 일을 생각하나."

"고모, 정말이지 형부에 앞서가는 언니의 재혼만은 결사반대예요. 언니가 자기 편한 대로 키운 아이들인데 그것들을 책임져야지요. 상식을 벗어난 양육 방식으로 아이들을 망쳐놓고 커서 좀 애먹인다고 어디로 도망을 가겠다는 거예요? 또 어떤 집안을 망치려고."

"얘, 남의 집 걱정할 일이 아니다. 네 아빠가 지하에서나마 편히 잠들 수 있겠니? 미우나 고우나 자기 자식 일인데."

"고모가 어떻게 해 보세요. 아빠 대신 호통을 치시라고요. 아무리 엄마가 자기 멋대로 사는 사람일지라도 아빠가 제일 아끼던 고모에 맞서 싸우겠어요. 더는 집안을 우습게 만들지 못하도록 고모가 힘 좀 써주세요, 예?"

나는 고모의 소매라도 잡고 싶은 기분이었다.

"너는 순진하기도 하다. 네 엄마가 사람을 제대로 알아보기나 해? 저만 제일 잘 났는데."

"고모는 다른 사람과 달라요. 어디로 보나 집안에서 제일 막강하시다고요. 엄마도 그것만은 인정하고 들어요. 친구끼리 모였을 때도 고모 이야기가 나오면 존경일색이던 걸요. 남편은 물론 아들 둘을 다 크게 성공시킨 분이라 했어요. 저 친구 중에는 고모처럼 될 수만 있다면 당장 그만큼 늙는다고 해도 불만 없겠다고 말할 정도였어요."

"남 보기에 그럴 듯할지는 몰라도 당사자들은 예나 지금이나 살기 힘들어 한다고. 옆에서 지켜보는 부모도 마찬가지이고. 처음부터 부귀영화를 떠나 사는 사람들이 정직하게 일구어가는 걸 보면 어떻게 살아야 잘 사는 건지 정답이 없다는 생각이 들어. 아빠나 아들들이나 목표를 향해 정말 열심히 살았거든, 그런데 늘 쪼들린다. 왠지 알아? 젊은 것들이란 있을 때는 막 쓰고 없을 때는 부모에게 티를 내는 거야, 도와주지 않나? 하는 간접 압박이지. 자식을 위해 평생을 살았건만 여생을 통해 더 주도록 바라는 것들이 자식인가 해. 우리도 부모님께 잘 한 것이 없다 하고 섭섭한 마음을 억누르지만 갈수록 참 쓸쓸하고 야속하단다. 형편이 나아지면 욕망도 늘어나고 누리면서 살자니 일이 복잡해지지. 따라서 신경 쓸 일도 많고 그렇지 않겠어? 조촐하고 단순한 생활 속에 인간미가 있어. 자기가 살아보지도 않은 남의 사정을 두고 무얼 부럽네 마네 야단들인지 원."

"겉보기에 그럴싸한 경우도 아무나 흉내 낼 수 있는 경지는 아니지요. 그 과정이 얼마나 길고 자랑스러웠는지 당사자는 잘 느끼지 못하게 되어 있어요."

그런 나의 지적에도 고모는 마냥 씁쓸한 표정을 지은 채였다. 나는 고모가 엄마를 찾아가서 언니의 재혼문제를 막을 것이라는 확답을 받고서야 내 집으로 향했다. 그런데 그것이 화근일 줄이야.

나는 현장에 없었지만 대충 듣고 짐작한 바에 의하면 엄마가 고모를 막다른 지경에 몰아넣은 모양이었다.

"지금 내가 몇 살인데, 아니, 지금이 어떤 시대인데 아직도 대단한 시누이 행세를 하겠다고? 어림도 없다."

"네가 내 동생을 그 지경으로 만들어 놓고…."

그러시면서 고모가 풀썩 주저앉았는데 의자에 앉아 고개를 숙인 모습이 흡사 울고 계시는 것 같았단다. 엄마는 얼른 자리를 피해 부엌에 가서 서로의 흥분이 가라앉기만을 기다렸다고 했다. 그러나 그것이 끝이었다. 엄마는 말했다.

"고모가 나를 골탕 먹이려고 작정했구나, 하면서도 마지못해 빌었어. 고모! 모든 게 내 잘못이요, 내 이렇게 빌게, 자 무릎 꿇었어. 고모 눈 떠요. 눈 좀 떠 봐요. 고모, 정말 이러기요? 고모!"

그런데 옆으로 기우뚱 한 쪽으로 기울어 고개를 돌리는 시늉이었단다.

"절대로 죽은 것 같지는 않았어."

엄마는 통곡을 했지만 아무도 그 이상 듣고 있지 않았다. 나는 이를 갈았다.

'아빠도 고모도 은밀하게 말해서 엄마가 죽인 거야. 늦었지만 제대로 된 사람노릇을 하기 위해 이 한 마디는 언제고 꼭 해야겠어.'

늦은 시간에 나타난 남편이 함께 귀가하기를 바랐지만 나는 거절했다.

"고모의 딸 노릇을 할 마지막 기회니 제발 이해해 줘요. 아버님께 별도로 말씀드릴게요. 정말 미안해요."

그는 싸느랗게 대답했다.

"미안한 짓을 왜 해. 그런다고 가신 분이 돌아오나? 쓸데없이."

그를 보내고 그 길로 나는 전화기 있는 곳으로 달려갔다.

"아버님, 고모가 딸이 없어 저를 딸 삼아 지나셨거든요. 그 보답을 해야하겠는데 저 아버님의 허락이 있어야 하겠어요. 아버님이 불편하시다면 그냥 달려갈게요."

"아니다. 장례 다 치르고 오도록 해라. 간병인이 옆에 있는데 무슨 걱정이냐."

밤새 뜬눈인 건 나나 고모부나 마찬가지였다. 고모가 쓰시던 물건 일체를 고모부가 나에게 넘기셨다.

"며느리들은 버리고 말겠지만 너는 아낄 것이니 무엇이든지 네가 챙겨라."

그것이 망자의 뜻일 거라고 말씀하셨다. 얼마나 진귀하고 사랑스런 것들이 많은지, 살아가면서 그것들이 풍기는 고모 생각이 나를 뿌듯하게 채울 것이었다.

처음에는 손에 닿는 것마다 마음이 아팠으나 그마저 감사하게 되면서 나는 집에 있다고 아무거나 입지 않았다. 내가 밝고 고우니까 집안이 화사한 느낌이었다. 하물며 아버님 병실에 날마다 나타나는 나를 바라보는 사람들이 어찌 즐겁지 않으랴. 고모 돌아가시고 사실상 나에게 남은 친정 쪽 끄나풀은 없었다. 인연의 끈이 모조리 떨어져 나간 느낌이었다. 타고난 외톨이가 아니어서 얽히고설킨 감정이 고이 사라져 주질 않았다.

이래저래 힘든 가운데 자신에게 이렇게 살아도 되는가를 되묻게 되고 그러다 보면 인연의 끈을 떨친 건 나 자신이 되어 뜻밖의 갈등을 겪는 것이다. 나는 한 번도 누구를 용서하고 말고 할 위치에 서 본 적이 없었기에 그것이 슬프고 괴로웠다. 나도 나답게 살아야지, 하면서 간신히 허리를 펼 즈음이었다.

수화기를 통해 엄마가 말했다.

"너 당분간 동생 좀 맡아라. 언니 체면 좀 살려줘야 하지 않겠어? 너 새 형부 보기도 그렇고."

"뭐 언니가 재혼을 한 거야? 식 올렸어?"

"늦게 알려서 미안하다만 상중에 있는데 말할 수도 없잖아. 양가 식구만 모여 형식만 갖추었지 뭐. 결혼식이랄 것 있어? 부탁이다. 지금은 이것저것 따질 때가 아니야. 알았지?"

"내가 혼자 사는 것도 아니고 남편 눈치 보인단 말이야."

"새벽에 나가고 밤중에 오는 사람 눈치 볼 것 뭐 있어. 네가 말하기 나름이지, 당분간이다."

엄마의 목소리는 결의에 차 있었다. 굳게 결심하고 밀어붙이는 수작이었다.

'흥! 필요하면 딸이고 아니면 남이고, 나쁜 일엔 끼워 넣고 좋은 일엔 빼고….'

나는 '흥! 흥!' 콧방귀를 끼며 분을 삭이고 있었다.

내가 어떤 대우를 받고 지금 어떤 처신을 해야 하는가 따져 볼 경황조차 없이 일방적으로 당해야 하는 입장이 그랬다.

나는 어쩌다가 이 많은 사람 속에 하소연할 만한 사람이 없단 말인가. 동생도 나도 담담한 만남에 이어 언제나 같이 살던 사람처럼 제 자리 정돈에만 신경을 썼다. 그러나 나의 예상보다 빨리 동생이 내 집을 떠나는 것이었다. 처음부터 어디엔가 심히 정신이 팔린 아이였다.

'너 여자 생긴 거로구나.'

하고 표정을 살피자 자신만만하게 고개를 끄덕였던 것이다. 외출에 힘쓰느라고 내 집에서는 끼니도 별로 챙기지 않고 잠도 제대로 자지 않더니 결국 며칠 만에 제 자리로 돌아가고 말았다.

나는 이때다 하고 신이 나서 집안을 쓸고 닦고 치장하느라 시간 가는 줄 모를 판이었다. 언니의 신혼? 재미가 한창이려니 해도 나는 연락하지 않았다. 그저 버리고 온 조카들 안부가 궁금하고 이따금 가엾은 생각이 들었지만 그 역시 내가 챙길 범주 밖이었다.

나도 이렇게 허송세월 말고 봉사활동이나 해야지 하면, 집이 비어서 안 되고, 집을 정리하자고 들면 그 동안 정든 것들이 발목을 잡았다. 어떻게 해야 옳은가, 어찌해야 잘 사는 건가. 망설임이 길어지는 이유 역시 지금 이대로가 좋아서였다.

꽃 손질에 푸성귀 키우기, 이웃간에 나누어 먹기에 열심이다 보면 혼자 호젓하게 산책할 틈도 없었지만 마냥 좋았다. 그러나 매사에 끝이 있는 법을 내 어이 모르랴. 엄마가 전화를 했다. 목소리는 심히 병들어 있었다. 문득 언니의 재혼이 잘못 되었는가 싶었다. 그러나 몸이 아프다는 평계뿐이었다. 답답해서 내가 물었다.

"언니는 어때요?"

"골치 아픈 모양이야, 양쪽 자식들이 돌아가며 속 썩이나 본데 뭐."

"생모가 키운다고 했잖아요."

"조기 유학을 보낸 처지라니 살림이 엉망이지 뭐. 살기 힘드나 봐."

"엄마가 전화한 목적이 따로 있는 것 같은데, 우리 엄마도 나한테 말 못 할 사연이 다 있나?"

"미안해서 그런다. 그러니 어쩌니, 네 동생 말이다."

"그 애가 왜? 여자랑 살림하고 있는 줄 아는데."

"말도 말아, 신파가 따로 없어, 여자를 후더러 팬 거야. 폭행죄로 고소를 당했다고. 여자의 복잡한 과거가 문제인데 이것이 글쎄 제 집에서 맨 몸으로 쫓겨난 꼴이야. 내가 마지막 피난처로 장만해 준 집인데 어째 이런 일이! 어디를 얼마나 다쳤는지 내가 알게 뭐야? 감옥 가지 않으려면 그 수밖에 없다는데, 네 동생도 한동안 정신과 치료를 받았어. 경찰 조사 과정에서 그렇게 판가름이 난 거야. 멀쩡한 사람 병신 만든 거지. 그리고 그 여자와 떼어놓으려면 하는 수 없어. 네가 힘 좀 써라. 어려운 때는 형제 이상 없다. 너네 집도 크고 얘가 워낙이 너희 부부를 좋아하기도 하고."

동생은 수척한 모습이었으나 아주 홀가분한 빈손이었다. 그냥 스쳐 지나가는 사람처럼 보였던 것이다. 우선 말이 없었다. 그래도 반가운 마음이 앞서서 눈길을 맞추어 보려 해도 그마저 어려웠다. 어찌나 음울한 인상인지 내가 가까이 가는 것조차 꺼리는 분위기였다. 웃는 얼굴이 매력적이었던 어렸을 적 내 동생은 말하는 틈틈이 아버지를 느끼게 했다.

닮은꼴이 아니면서 틈틈이 꼬집히는 인상이 신기했었는데 그 때의 기억이 그리워 자주 눈앞이 암울해짐을 어찌할 수 없었다. 만사 접어두고 어떻게든지 그에게 도움이 되고 싶었다. 며칠 뒤에 짐 보따리가 우송되어 왔다.

그제야 동생이 말했다.

"나 얼마 동안 있게 될지 몰라."

그것이 전부였다. 동생은 밤에 깨어 있고 낮에 잠들어 있었다. 처음부터 깨워도 소용없는 일이었다. 먹지 않고 사람 속을 태워도 일방적으로 당하는 수밖에 없었다. 참으로 참기 어려운 신경전 끝에 결국 내가 손을 들고 말았다. 그나마 편케 해 줘야 하겠다는 배려에서다. 한 달이 속수무책으로 지나가자 정말로 죽을까 봐 나 역시 겁이 났다.

그의 눈치를 보는 것이 일상이 되어가고 있었다. 나는 열심히 음식을 만들어 그가 데워먹기 좋게 힘쓰는 것이 고작이었다. 따라서 내 입에서는 '미안해요. 죄송해요' 라는 말이 남편을 향한 인사요, 사죄요, 꼴불견 변명이었다.

반년이 그렇게 지난 어느 날 나는 동생에게 길들여지고 있는 나 자신이 가소롭다는 사실을 발견했다. 그는 자살이란 비겁한 수단을 동원해서 엄마를 길들이고 얻어낸 무관심을 똑같이 내게 적용하는 것이었다. 자기만의 안녕을 누리기 위해서다. 다른 사람의 무관심이란 곧 그가 바라는 은신처니까.

나는 그가 편하도록 버려두지 않는 나만의 방식으로 그의 양심을 자극하려 들었다. 인내와 사랑과 울화가 뒤범벅이 된 나의생활은 내 가정의 평화를 간신히 지켜주고 있었다. 남편에 대해서 고맙고 나 자신에 대해 폭발할 것 같지만 겉보기에 흠 없는 세월이 지나가는가 했는데 남편의 인내심이 바닥을 드러내고 말았다.

"처남! 이대로는 안 돼. 나는 동생도 없고 해서 처남을 내 친동생 이상으로 소중하게 생각했어. 그 동안 참고 기다렸는데 밤과 낮이 뒤바뀐 사람을 보는 것이 이렇게 피곤할 수가 없어. 처남은 사람이 살아가는 최소한의 기본도 지키지 않고 있어. 외출도 못하고 집에만 갇혀 사는 누이가 불쌍하지도 않아? 누구 때문에 왜 저렇게 되었어? 그걸 몰라? 오늘은 담판을 지어야 하겠어. 내 집에서 나가, 당장 나가. 죽어도 나가서 죽어."

동생은 무릎을 꿇었다. 누가 시키지 않아도 그랬다.

"아무데도 갈 곳이 없어요. 저도 어떻게 해야 할지 몰라서 그래요. 자형, 일자리를 찾을 때까지만 봐 주세요. 정말 죄송해요."

"일어서, 이러지 마, 처남. 우리 이러지 말고 정신 차려 잘 살아보자. 처남이 그렇게 말하니 내 마음이 다 풀렸어. 내 생각이 짧았어. 우리 잘해 보자."

나는 울었다. 한없이 소리 내어 울고 말았다. 남편도 울고 동생도 따라 울어 눈물로 서로의 허물을 씻었다.

그 후 하루 이틀은 아침 일찍 일어나고 밤에 자는지, 그 방에 불이 꺼져 있어 우리 두 사람은 그걸 위안 삼았다. 그러나 속임수라는 것이 드러나는데 그리 오랜 시간이 걸리지 않았다. 숨어서 술을 먹고 그것이 과음으로 이어지고 남편이 없는 시간대에 구토가 계속 되었다.

'그래 네가 가면 어디까지 가. 너도 지치고 부끄러울 때가 오겠지, 나이가 가르치고 세상이 가르치고 남의 눈이 용납하지 않을 터이니.'

그렇게 생각하며 나는 자주 심호흡을 했다. 말할 틈이 주어지는 날에는 진심을 다해 그를 다독이며 고민을 들어주고자 했다.

그러나 도리질뿐이었다. 마치 우울증 약에 취해 일상생활이 불가능한 인상을 풍기는 것이었다.

나의 고통이 엄마에게 전해지면서 그 동안 숨어있던 사실이 드러났다. 동생은 누구의 간섭도 받지 않고 백수건달 생활을 확고히 하기 위해 자살을 협박수단으로 엄마를 제압했던 것이다. 칼을 휘둘러 의자 집기를 망가뜨리는 행패를 부리는가 하면 약을 먹고 병원에 실려 가는 일을 거리낌 없이 이어나갔던 모양이다.

그 동안 쉬쉬하던 엄마가 이제 와서 털어놓는 말을 분석컨대 그는 멀쩡한 정신이란 생각을 떨칠 수가 없었다. 사람을 다치게 하는 것이 아니라 어디까지나 겁을 주기 위한 수단이었으니 말이다.

나는 그 따위 술수가 통하던 시절은 끝났다는 사실을 분명히 하기 위해 초기에는 태산 같은 믿음을 그에게 주었다. 오로지 누구의 의지가 더 강하냐에 성패가 달려 있는 전략이었다.

여자를 끌어들이면 엄마는 얼씨구나! 하고 살림을 차려주면서 제발 죽는다는 말만 않고 살아주었으면 했던 것이다. 엄마의 어리석은 판단이 오늘의 동생을 있게 했다는 확신이 들면서 나는 점점 단호한 성격으로 무장했다.

제발 사람 되라고 숨을 죽이고 사는 엄마가 멀리 떨어져 있어도 동생은 술로 담배로 제풀에 망가지는 꼴이었다. 한 마디로 엄마 죄였다. 아주 어렸을 적부터 걸핏하면 한다는 소리가 '아들 하난데 이 재산만 해도 제 한평생이야 편히 살겠지' 했던 것이다. 재산이 통째로 굴러 떨어지기를 기다리는 마음이 답답하고 화가 날 법도 하다.

'아니 돈이 있으면 얼마나 있다고 저럴까. 아주 자식을 망치려고 작정을 했어, 아들 보고 아예 사회의 기생충이 되라는 거야?'

그러나 나는 내 속에서 부글거리는 말들을 감히 뱉지는 못했다. 말을 해 봤자 먹혀들지도 않고 나만 곪게 생겼던 것이다. 자살소동으로 병원에 실려 갔다 온 이후 동생은 비겁한 자들 위에 군림하는 존재가 되었던 모양이다. 그래도 수치스런 줄은 알았던지 혼자 그 속을 다 끓이고 있었던 듯 아들이 휘두르는 말장난에 줄곧 까무러치는 형상이었다고 한다.

그것도 버릇이 되니 가해자는 쾌감 같은 걸 느끼는지, 언니가 '너 왜 그러니' 하고 나무라면 동생이 대답했다지 않는가.

'엄마는 좀 당해야 돼.'

이제 엄마가 자랑하던 그 재산은 다 어디로 갔는지, 휴학을 하고 빈둥거린 3년여 세월 말미에 남편에게 들락거리며 용돈을 노린다던 동생은 어느새 내 집에 똬리를 틀고 만 것이다. 딱해서 도와주고 불쌍해서 봐 주고 하다가 발목을 잡혔다고나 할까.

같은 혈육으로 태어난 것이 이렇게도 큰 형벌이라니!

알쏭달쏭

아갈 날이 줄어드는 줄도 모르고 우리는 세월이 가기만을 기다린다. 힘든 시기를 벗어나기 위해서도 그렇고 애타는 시간을 줄이기 위해서도 그렇다. 동생의 나태한 생활태도가 이대로 굳혀지면 아니 된다는 생각이 나를 압박하는 이 즈음 역시 그랬다.

"동네를 한 바퀴 돌아봐라, 산책하는 습관을 길러라."

아무리 일러도 소용이 없자 나는 용돈으로 그의 나들이를 부추겼다. 분위기 좋은 곳을 찾아 차도 마시고 그러다 보면 사귈 사람도 눈에 보인다고. 그 결과 밤낮을 가리지 않는 외출에 용돈타령이 꼬리를 물었다. 급기야 아무도 없는 집안에 여자를 끌어들이는 일이 벌어졌다. 물론 우리 몰래 하는 짓거리였다. 집이 넓어 그런 짓이 가능했던 것이다.

처음엔 긴가민가했지만 나중엔 확증이 잡혀도 모르는 척 속아주는 수밖에 달리 방법이 없었다. 알면 용인하는 꼴이 되고 그렇게 되면 손위 사람의 체면이 말이 아니었다. 자존심이 상해서 죽을 것만 같아도 끽소리 한 마디 할 수 없는 내 입장을 알 턱이 없건만 남편이 말했다.

"우리가 왜 이렇게 살아야 해? 우리가 지금 누구 눈치를 보는 거야?"

나는 남편의 얼굴을 바로 보지도 못하고 고개를 떨어뜨렸다.

여자의 집안 잠입문제를 모르면서도 남편은 출근길에 가시 돋친 한 마디를 남기고 자리를 뜨는 것이었다.

"세상 거꾸로 돌아가는군."

그가 사라져간 골목길을 오랫동안 바라보고 서 있노라니 나도 어디론가 가고 싶었다. 이 집을 벗어나 사방으로 열린 세상맛을 맛보고 싶었다. 누더기 같은 이 마음을 벗어던지고 내 소중한 꿈을 되찾는 길은 오직 그 길뿐이기 때문에서다.

'그래, 내가 없어지는 거다. 마음 변하기 전에…'

이렇게 다짐하는 순간 내 등 뒤에 동생이 서 있다.

"어쩐 일로 이렇게 일찍 일어났어?"

"몸이 안 좋아, 밤새 아팠어."

"어디가 어떻게."

"몰라!"

나는 엄마가 와서 아들의 속사정을 알아보도록 부탁했다.

"내가 사위 볼 면목이 없어 이러고 있었구나. 퇴근시간 전에 냉큼 다녀오마. 뭘 사가랴?"

"속 편한 소리 하고 있구려. 빨리 오기나 해요."

그런데 그건 나의 오산이었다. 엄마와 동생은 상극이란 말을 들었어도 그렇게까지 악화된 상태인지를 몰랐던 것이다. 모자간에 그동안 쌓인 이야기도 많으리라 짐작하고 자리를 비켜주었는데 대뜸 큰소리가 오가고 분위기가 험악해졌다.

"모르다니, 너 시방 이 어미 속에 불 지르는 거야? 잘 먹는다는데 왜 몸이 나빠져, 나하고 얼른 가까운 동네 병원에나 가보자. 정신과 약이 몸에 해가 되는지 그것도 알아보고."

"귀찮게 좀 하지 마. 제발 부탁이다."

"아이고, 원수덩어리야. 먼 길을 달려 일부러 여기까지 왔는데 고집부릴 일이 따로 있지. 혼자 끙끙거리지 말고 어서 이것 입기나 해. 어머, 어머 이놈이 어미를 밀쳐, 아이고! 나 죽겠네."

"그래, 내가 죽어 줄게, 그럼 될 것 아냐."

그가 쏜살같이 부엌으로 들어왔다. 내가 정신을 차릴 틈 없이 그는 식칼을 뽑아들었다. 칼날을 자기 목에 겨눈 채 엄마를 돌아보자 엄마가 자지러졌다. 나는 두려움을 억누르며 다가갔다.

사생결단이란 말이 나를 냉정하게 만드는 순간 무슨 일로 동생이 마룻바닥에 칼을 던졌다. 그리고 제방으로 들어가면서 주먹으로 방문을 쳤다. 판자가 부서지지 않으니 자존심이 상했는지 의자를 번쩍 들어 방바닥에 내리쳤다. 집기가 마구 부서지는 소리가 났다. 나는 얼른 내 방으로 들어가 수화기를 들었다.

범죄신고 번호를 누르자 즉각 대답이 왔다.

"동생이 난동을 부려요, 빨리 좀 와주세요."

유리가 박살이 나는 소리에 맞추어 내가 대문을 열어두었다. 아무도 보이지 않으니 동생이 무슨 기미를 알아차렸는지 문밖으로 나왔다.

때마침 들어서는 경찰관과 마주치자 딴사람이 된 동생이 거기 있었다.

경찰관이 방안을 둘러보면서 말했다.

"보호자의 신변을 보호하는 차원에서 일단 연행합니다. 조사과정에서 시시비비는 밝혀질 것이니 그때 충분히 이야기하십시오."

그가 순순히 따르자 엄마도 그 뒤를 따랐다.

"이렇게 되려고 우리 그렇게 애쓰며 살았던 거야?"

나는 그들의 뒤에 침을 뱉듯이 한 마디 하고는 깊게 허리를 숙여 경찰

관 두 분에게 감사의 마음을 전했다.

집안은 폐허 같았다. 지옥과 천국이 한나절 사이에 뒤웅박질쳤다.

'경찰 없이 어떻게 가정을 지키고, 군인 없이 어떻게 나라를 지키랴. 세금 잘 내어야 돼.'

나는 진심으로 나와 동떨어진 사회전반을 향해 속으로 부르짖었다. 그 메아리는 뜨거운 눈물로 쏟아지는 것이었다.

부서진 의자, 박살이 난 유리창, 발 디딜 틈 없는 방을 치우며 나는 생각했다.

'폭탄이여 내 위에 떨어져라. 흔적도 없이 사라지고 싶다. 으으응, 응.'

소리 내어 울었더니 말 못할 아픔이 씻어졌는지 죄지었다는 뉘우침이 뒤를 따랐다.

'폭탄이 떨어지라 하다니, 폭탄이 어디 나 하나만 골라주나. 남 못할 짓 거리지….'

입을 함부로 놀린 것이다.

'입으로 지은 죄, 마음으로 지은 죄, 모르고 지은 죄를 통틀어 조상님들 이시여 저를 용서해 주소서.'

오늘의 이 마음을 담아 연말에는 우리 지역 담당 파출소를 찾으리라. 작은 선물이나마 골고루 돌리고 그분들의 노고를 치하하리라. 그렇게 결심을 하고 나자 일손이 바빠졌다.

엄마와 동생이 나란히 돌아왔다. 응접실에 들어서자 동생이 내 앞에 무릎을 꿇었다. 그를 내려다보며 내가 말했다.

"우울증 약 때문에 계속 눌러놓았던 감정이 폭발한 거야. 기름을 끼얹은 어른의 잘못이 커. 우리 서로 너무 괴로워말고 일상으로 돌아가자."

동생이 울기 시작했다. 그는 자기 가슴을 치며 목 놓아 울었다.

"엄마가 가세요. 이 모든 걸 엄마 잘못으로 돌리기 위해서도 어서 가세요. 미안하지만 엄마가 가셔야지, 저 아이가 안정되겠어. 나랑은 한 번도 이런 일이 없었거든."

나는 엄마에게 눈을 껌뻑여 좋은 게 좋다는 식의 신호를 보냈다.

엄마를 떠나보내고 한참 만에 돌아와 보니 의외로 차분해진 동생이 나를 기다리고 있었다. 서로를 바라보는 눈빛에 눈물이 한 가득이었다.

"아무리 화가 나고 절망적인 처지에 놓였다 해도 제대로 된 집에서 자란 사람은 흉기를 손에 들지 않아. 내 말 잘 들어. 식칼을 들고 난동을 부리는 남자보다 더 저질 흉물은 없단다. 설마 내 집에서 이런 일이 있을 줄이야. 아빠 없이 자란 티가 나는 것이야. 정상적인 가정에서 자란 사람은 죽어도 고이 죽지, 그러지 않아."

"내가 정상적인 집에서 자랐다고 생각해? 엄마가 정상적인 사고를 하는 사람이냐고. 누나는 걱정하지 마. 나 말이야, 나중에 누나한테 잘할 거야. 나 같은 것 살아서 뭐하나 하고 몇 번인가 자살을 결심했지만. 어느 날 밤에 점보는 집 앞을 지나게 되었어. 한참 가다 말고 돌아섰지. 그 집에 들어간 거야. 나 지금은 캄캄한 터널 속을 지나고 있지만 나중에 잘 된대. 아주 크게 되거든 다시 찾아오랬어. 그 날 이후 결심했지. '누나한테 신세 좀 지고 나중에 배로 갚자. 이 힘든 시기를 넘기려면 그 길 밖에 없다.' 그래도 염치가 있어 직접 말은 못했어. 시기를 기다리는 이 속이 말이 아닌데 그럴수록 시간이 더딘 거야. 안절부절 못하는 판에 엄마가 여길 왜 와. 엄마가 나를 망쳐놓고 무슨 낯으로 이러쿵저러쿵 잔소리를 하느냐 말이야. 내 인생에 끼어들지 말라고 그렇게 여러 번 경고를 했는데 왜 사람 말을 우습게 들어. 큰 코 다치려고. 내가 왜 칼을 휘둘렀는데, 하도 말이 통하지 않으니까. 그렇게라도 겁을 주어야 내 앞에서 꺼진다고. 주제파악을 못하고 그래도 엄마라고 할 말 다하지. 그만하면 말이 통할 놈이 아니란 걸 알 만도 한데."

"그래, 그 어두운 터널은 언제나 빠져 나온대?"

"앞으로 2,3년은 더 고생을 해야 하지만 운은 벌써 열렸대. 올 연말이 되면 달라질 거랬어."

"그런데 왜 밤과 낮을 바꾸어 사는 거야. 남들 잘 때 같이 잠자고 일어날 때 같이 일어나야지. 그것이 생활의 기본 아니니? 기본이 되어 있어야 운이 열려. 부디 그것부터 지켜보자."

"자형보기도 부끄럽고 누나한테 미안하고 그래서 서로 편하자고 택한 노릇이 버릇이 되었어."

"생각을 바꾸어 봐. 다 커서 우리처럼 한 집에 사는 오누이가 어디 흔해? 이것도 드문 기회이니 불행을 디딤돌로 여기고 우리의 나날을 건강하게 만들어 보자. 나중에 우리 서로 헤어져 각각 정상궤도에 오른 뒤 이 생활이 은혜로운 추억이 되게."

그러나 실천은 하루를 다 채울 수 없었다. 아침이 밝으면 저녁이 어둡고 밤사이 안녕조차 종잡을 수 없었다. 약기운 때문이었다. 약효를 따라 자고 깨기를 반복하는데 그 양이 일정하지 않으니 상태는 점점 더 나빠지는 것 같았다.

그러지 말라고 일러 보지만 한 봉을 먹어도 잠이 오지 않는데 어떻게 하느냔다. 상식이 통하지 않는 복용양상이 동생을 더 망가지게 하는 줄 알면서도 얼굴을 마주치는 기회가 오면 나는 아주 밝은 모습을 보여 그 맘속에 움츠린 어둠을 밀어내려고 애썼다.

그러나 남편이 노골적으로 적의를 드러내면 그만 내가 망가졌다. 세상 살기 싫어지는 것이다. 이런 꼴 저런 꼴 다 보지 않고 편히 눈 감고 싶다는 극단적인 생각으로 내몰리는 것이다. 몇 끼를 굶고 나서 피를 토하는 심정으로 동생에게 말했다.

"나는 이러고 살지 않을래. 대책 없이 당장 어떻게 하자는 것 아니야.

서로 준비 기간이 필요하단 말을 하고 싶은 거야. 하지만 어느 날 내가 갑자기 없어지면 다시 돌아오지 않는다는 걸 분명히 해서 더 이상 서로의 시간 낭비가 없기를 바라. 너를 위해서도, 한 번뿐인 내 인생을 위해서도, 절대로 이대로는 안 돼. 너와 나 둘만이 사는 집이 아니잖아. 자형이 좀 옹졸하긴 하지만 하나도 틀린 말은 아니거든, 내 마음이 너무 조급해. 우리 머리를 맞대고 같이 고민해 보자."

"나는 아무 생각도 없는데 나더러 어떻게 하라고. 누나가 원하는 대로 할게. 누나 입으로 말해 봐. 내가 어찌 하면 좋을지."

"주위에서 너를 정신과 병동에 입원시키라고들 말하는데 너는 어떻게 생각해? 최악의 길 같지만 지름길이 될 수도 있는 선택이야. 무슨 말인지 모르겠어? 제발 명심해라. 너는 혼자가 아니야. 나랑 같이 앞길을 찾아보자."

그는 고개를 끄덕였다. 그의 눈을 들여다볼 수는 없었지만 그래도 심각하게 받아들이는 듯이 보였다. 이만하면 결말이 나지 않을까 하고 조바심하는 중에 다시 그가 흔들리는 조짐을 보이자 이번에는 나까지 온전치 못한 생각을 하게 되었다.

마지막 카드를 던져보고 그도 아니면 내가 떠나는 것이다. 그리고 비장의 카드를 끌어내는 심정으로 편지를 썼다.

이 하늘 아래 하나뿐인 동생에게

우리 다시 만나 한 지붕 아래 산 지도 오래 되었구나. 이제 오누이 관계를 정리하여 각자의 길을 모색할 때라 여겨 이 글을 쓴다.

말로 하면 감정이 개입되어 결말에 이르기 힘드니까 피차 생각하는 여유를 갖기 위해 글로써 우리의 처지를 말하고 다음날을 대비하고자 하는 것이다.

너는 지금까지 잘해 주면 더 나빠지는 경향을 보여 왔다. 그래서 하는 말인데 군대 가거라. 결정은 빠르면 빠를수록 좋다. 나태한 정신세계에 빠져들어 사람노릇을 못하는 네가 사람의 규범에 들자면 군대 기강으로 거듭나는 수밖에 달리 방법이 없어.

남들은 나라와 가족들을 지키기 위해 국방의무를 다한다지만 너는 말이야, 기생충을 닮아가는 너 자신을 구하고자 신성한 훈련대열에 참여하는 것이야. 사지가 멀쩡한 사람에게만 주어진 기회이니 하늘에 감사할 일이 아니더냐. 인생의 4계절 가운데 봄이 한창인 나이다. 결심만 굳히면 싹이 움트고 빛을 머금을 것이니 제발 네 자신의 엄숙한 주인이 되어라.

생각이 바뀌면 세상이 다 네 편이다. 넌들 괴로움이 오죽하겠냐마는 오늘의 고통이 훗날의 밑거름이 될 터인즉 몸조심, 마음 조심하는 결에 내 말을 잘 음미해 주기 바란다.

누이 씀

마지못해 입대한 동생 생각에 나는 눈물 마를 날이 없게 되었다. 행여 잘못되기라도 하면 나도 살 수 없을 것 같아서였다. 동생을 사지로 몰아넣고 살 수는 없을 것이기에.

그런데 골칫덩어리가 사라져서 살맛나는 남편과 사이가 좋을 수는 없었다. 겉으로 평화로운 것 같아도 속으로 야속하고 서로에게 민망한 나머지 걸핏하면 부부 사이가 살얼음판이었다.

한 쪽은 살겠다고 달라붙는 동생의 손을 뿌리친 것 같은 죄책감이 있어 그랬고, 다른 쪽은 혹을 제거한 홀가분함이 당연한 권리로 자리 잡지 못한 데 대한 불만 때문에 그랬다. 그 동안 잘 먹이고 재워준 공이 있는데 남편에게 이건 도리가 아니다 하면서도 어쩔 수 없는 상황은 계속되고 있었다.

시간이 흐르기만 맥없이 기다리는데 엉뚱하게도 동생이 입대한 사실을 누구보다 반기는 사람은 미국에 있는 우리 딸이었다. 오랜만에 통화를 하건만 말을 가려 하는 인물이 아니어서 듣기 민망한 소리가 거듭되고 있었다.

"앓던 이 빠졌네. 도대체 엄마 나이가 몇인데 아직도 친정동생을 싸고 돌아? 한참 모자라는 짓이지."

'이런 고약한 것이 있나?'

그 순간 수화기를 놓아야 마땅한데 나는 그러지 못했다.

"모자라다니, 뭉뚱그려 말하지 말고 경우를 분명히 해 봐. 동생을 돌본 나를 일러 하는 소리야? 아니면 누나 집에 얹혀 산 외삼촌을 두고 하는 말이야."

"둘 다, 왜 내 말이 틀렸우?"

"아무렴 너, 너무 건방지게 군다. 삼촌은 부모 계열인데 어디 감히 모자라고 넘치고 따위 인격적인 모독을 하는 거야. 너야말로 되지 못하게."

"관둡시다. 아예 상대가 아닌 걸 뭐."

통화는 끝이 나도 화를 참을 길이 없었다. 이 세상에 하나뿐인 딸이 이렇게도 껄끄러운 인간은 아마도 나 하나뿐일 거야. '내가 늙고 병들어도 내 너 신세는 안 질 테다' 하고 이를 악무는데 갑자기 가슴이 쿵 하고 내려앉는 듯한 생각이 충격으로 다가왔다.

그래, 그거야. 모유를 꼭 먹이고 싶은 가족의 기대에 부응하고 또 아기의 면역성을 높인다는 말에 나는 그만 유모 손에 딸을 넘겼던 것이다. 젊은 유모 품에 안긴 아기는 무럭무럭 잘도 자랐다. 퇴근한 남편이 식사하는 앞에서 수유하는 여자에게서는 안주인 티가 나고 남편의 밥 심부름하는 나는 흡사 이 집 식모 같은 때가 있었던 것이다.

식사를 마친 남편에게 직접 아기를 건네고 아기를 지켜보는 남편과 함께 있는 유모가 한 장면이 되는 모습은 부부라 해도 손색이 없는 순간을 경험한 친정엄마가 노발대발 나를 나무란 적이 있다.

"나는 기분이 나빠 죽겠는데 너는 질투심도 없냐. 유모 말이야, 꼭 지 서방 대하듯 하고 있잖아. 서방 빼앗기는 줄도 모르는 멍청한 꼴이라니, 속이 뒤틀려 더는 못 봐 주겠네."

그 말을 듣는 나도 기분이 좋을 건 없었지만 '그럴 수야!' 했다. 그리고 수유기간이 끝나고 그 여자는 챙길 것 챙겨서 떠났다는 사실 이외 별다른 변화 없이 한 시절이 끝났었다. 하여, 친정엄마는 예외 없이 내게 저질스런 인상을 굳혔던 것이다. 그 때는 그뿐이었다.

그러나 문제의 불씨는 전혀 다른 곳에 숨어 있었다. 나와 딸 사이에 사랑부재 원인이 그 옛날에 뿌리를 두고 있는 성 싶다. 좀 더 거슬러 올라가도 마찬가지다. 남들은 임신하면 입덧으로 고생을 한다지만 나는 전혀 그런 기미가 없었다. 출산일을 보름이나 앞당겨서 태어난 때문인지, 대중목욕탕에서 긴 휴식을 취한 뒤 뒤가 찜찜해서 집으로 오자마자 아기가 태어났다. 산부인과를 찾을 겨를조차 없었던 것이다.

이웃아주머니의 도움을 받을 수 있어 다행이긴 했지만 남편이 병원에 근무하는 사람치고 별난 일이었다. 어떻게 생각하면 딸은 아예 나와 인연이 없는 인물인 듯하다. 외모도 성격도 취향마저도.

어릴 때는 무난했는데 장성하면서 드러난 딸의 성미는 냉랭하다 못해 말끝마다 정이 떨어지는 형편이었다.

딸은 공부에 시달리고 나는 변하는 환경에 적응하느라 언제 한 세월이 다 갔는지 남편의 정년이 앞당겨졌다. 그동안 내가 보관 관리하던 통장이며 인감을 다 달라고 했다. 그렇게 하는 것이 당연한 줄 알았다. 그로써 나는 세심한 신경 쓰지 않고 남편의 관리감독 영역을 벗어나려니 했던 것이다.

처음 얼마동안은 무난하고 따사로운 기류가 흘렀다. 남편은 전에 없던 자신감마저 생기는 듯했다. 외출이 잦아지자 나도 편했다. 끼니걱정이 없는 것도 좋았다. 주부는 없고 오직 일하는 여자로만 살던 내게도 한시름 놓을 시간이 주어진 것이다.

그런데 되는 대로 먹고 자고 팔자가 퍼지는가 싶은 나를 남편이 먼저 알아보았다. 완전히 가치 없는 인간취급을 하면서 다른 여자들을 들먹였다.

"장사하는 여자인지, 놀아나는 여자인지 알 수는 없지만 기분 나쁘게 내 앞에서 다른 여자 이야기를 왜 해? 다시 한 번만 그래 봐라."

"그럼 어쩔 건대?"

어안이 벙벙했다. 정말 어쩔 도리가 없는 나였다. 이미 생활비 한 푼까지 그의 수중에 있었던 것이다. 내가 나를, 나의 앞날을 점칠 겨를도 주지 않고 남편은 기고만장한 주정뱅이 행태로 일관했다.

누구에게 하는 말인지 알 수는 없어도 '만원짜리 주는 척하고 천원짜리를 집어주었으니 택시 내릴 때 돈이 없어 톡톡히 봉변당했겠지? 하하하하 어허허' 라는 해괴한 소리도 기분 좋게 했다.

그 밤에 나는 그 말 한 마디를 이렇게 비추어보고 또 저렇게 견주어보면서 남이 해를 당하는 일이 있을진대 '아버님, 저 인간을 거두어 주세요' 하고 돌아가신 아버님 영전에 부탁했던 것이다.

그는 술에 정신을 잃었어도 유행가를 흥얼거리며 잠이 들고 나는 여기서 도망을 가면 어떻게 살아가나 그 하나만을 고심 중인 밤이 거듭되었다. 행여 법적인 내 몫이 있다는 사실을 알기나 했을까. 내가 나를 드러내는 길은 남편을 뭐 묻은 개 취급하는 데 있었다. 일이 이렇게 돌아가자 남자가 피폐해지는 건 순식간이었다. 술 핑계로 소리치고 기물을 부수고 공포감을 조성하는 것으로 그는 나를 완전히 제압했다.

시간은 남아나고 할 일은 없고 부질없는 생각을 뒷걸음치노라면 오늘의 나를 만든 부녀의 속셈들이 속속 드러나는 말들이 기억난다.

'여자에게 돈이 있으면 딴 생각을 하게 된다. 너는 절대로 그럼 안 돼.'

그리고 딸과는 모종의 이기심이 통했나 보다.

"엄마는 돈을 몰라, 엄마한테 돈 맡기면 너 낭패 보는 줄 알아."

남편은 나 들으란 듯이 딸에게 말을 했던 것이다.

나는 아버님이 그렇게도 원하셨을 아들을 얻지 못했다. 첫딸을 낳고 나서 남편이 위로하듯 말했다. 자기 닮은 아들을 원치 않는다고.

말은 그렇게 했지만 정작 정관수술을 자청한 이유는 은근히 고삐를 죄는 젊은 날의 가난 때문이었다. 딸아이는 아들과 달리 저만 잘 나면 남이 애써 성공시킨 아들도 내 자식으로 데리고 온다는 논리였다.

정말이었다. 딸은 입양아 출신을 만났는데 그 행실이 바르고 곧아서 지켜볼수록 믿음이 가는 청년이었다. 아무리 외국인 양부모가 훌륭하다 해도 성장과정에서 빚어지는 자기만의 가슴앓이가 어찌 없었을까. 싱글벙글 웃으면서 언어연수를 핑계로 색싯감을 찾아왔다고 실토할 때는 꼭 철부지 장난꾸러기 같았지만 힘든 고비를 잘 이겨내고 고국에 돌아온 그를 보면 나는 좋은 일도 좋게만 받아들이지 못하고 늘 가슴 아픈 여운을 품게 되었다.

결혼 후 남편을 따라 미국으로 건너간 딸로 말하자면 아빠의 일부 기대는 충족시켰으나 사위를 아들삼아 살리라던 그의 욕심은 무너뜨린 셈이다. 딸은 어려서 남달리 총명하더니 자라면서 예민하다 못해 점점 신경질적으로 변해 갔다.

원래 제 아빠의 치졸한 성격을 못 견뎌 했는데 나중엔 아예 좁쌀아빠라고 공공연히 비난했다. 그리고 남자를 바라보는 안목이 생기면서 아빠에 대한 불만을 엄마 공격용으로 쓰기 시작했다.

"아내도 딸도 자기 호주머니에 넣어야지 속이 편할 테지만 엄마는 몰라도 나는 어림없어."

남편 역시 이러한 딸이 달갑지 않기는 마찬가지였다. 그 불똥이 어디로 튈까. 나는 화상 입지 않으려다가 번번이 큰 불을 만나는 양쪽의 분풀이 대상이었다.

"음식이 없는 것도 아닌데 엄마는 왜 남이 남긴 걸 먹어. 더럽게시리."

"네가 남이야? 자식이 먹다 남긴 음식이 더러워? 제발 나잇값 좀 해라. 남의 나라에 가서 처신을 잘못하면 그 흉이 두 배야."

"오마니 걱정이나 하슈. 이 딸은 남편과 당당히 맞서도 손색없는 인물로 힘 쓰니까 말이요."

나는 갈수록 딸에게서 돌아가신 아버님의 유전인자를 발견한다.

나에게만은 한없이 인자한 어른이었어도 자기 아들조차 믿지 못해 줄곧 불편하게 사셨으니까.

― 그분은 오로지 자기중심이었다. 손녀인 내 딸도 그 못지않아. 한 번 생각이 빗나가면 차갑다 못해 비정하기까지 하다. 다시 안 볼 것처럼 말해 놓고 또다시 아무 일 없었던 것처럼 얼굴 두껍게 대하는 강심장이다. 아버님은 그 성격 때문에 일생 자책하며 사셨건만 타고난 성격은 어쩔 수 없는 것같이 보였다. 그래도 남자여서 웬만한 허물은 덮어졌는데 딸은 한 술 더 떠서 걸핏하면 상대를 비꼬고 비웃는다.

딸의 말대로 제 아버지는 할아버지의 권위의식을 갖지 않아 다행이긴 한데, 그래서 훨씬 더 말이 많고 좀스럽다는 평이다. 간섭이 질색인 딸은 결혼 전후 집안에 독불장군이었다. 따라서 부녀 사이는 최악의 상태였다. 아빠가 딸에게 너무 많은 것을 묻고 따지다가 그리 되고 말았다.

사윗감이 언젠가는 딸을 데리고 갈 줄 알았지만 그래도 당분간 국내에

살며 함께 지내다가 정든 뒤에 떠나려니 했었는데 결혼 후 곧바로 출국날짜가 잡혔다. 그런 사실을 미리 툭 털어 놓았더라면 어떤 이유에서든지 시간을 벌 수 있었는데 아빠는 그 점이 괘씸하고 딸은 그 점을 일찍 계산에 넣고 있었던 차이가 상황을 그렇게 급진전시켰다.

떠나기 전에 딸은 지가 쓰던 컴퓨터를 내게 주었다. 매일 e메일을 주고받으면 옆에 있는 거나 같다면서 그때만은 친절하게 자초지종을 가르쳐 주었다.

우리는 지금 글을 통해 거의 매일 서로의 일상을 들여다본다.

딸과 나는 휴일이면 무조건 밤 열시에 메일을 열기로 되어 있다. 미국의 딸이 잠들기 전 한가한 시간대를 고른 것이다. 우리는 모니터 화면을 통해 음성 대신 글로 이야기를 한다. 오늘은 아빠 이야기를 하다 말고 나를 공박하는 글이 올라왔다.

아빠가 치사하게 굴면 그걸 시정하려고 노력했어야지, 엄마 편하자고 아빠의 나쁜 점을 조장했다는 것이다. 부부는 좀 더 나은 내일을 위해 싸우고 화해하면서 발전해야 한다고도 했다. 엄마에 대한 딸의 편견은 태평양을 가운데 두고 마주해도 달라질 기미가 없다. 언제나 진정이 통하려는지. 그것이 나의 고통이요 고독이요 한결같은 아쉬움이다.

그래서 말했다.

'아내를 자기의 부속품쯤으로 여기는 인물을 당할 재주는 없거늘 네가 어찌 나를 알겠느냐. 한평생 자기만을 위해 살아오신 부모 밑에서 보고 익힌 것이 자기 위주의 생활이어서 잘못을 고쳐보려고 들면 어디에 숨어 있던 성질인지 목청을 높이니까 이웃이 부끄러워 말문을 닫고 말지.'

그러니까 딸이 답했다.

'얕보였으니 그렇지. 아빠는 엄마를 종 부리듯 하는데 성공한 사람이야. 엄마는 아직도 자신이 현모양처인 줄로 알지만 그 피해는 고스란히

남은 가족이 받는다는 사실을 알아주었으면 좋겠어.'

'네 말이 절대로 틀린 것은 아니다만 듣고 있는 엄마의 입장은 안중에도 없구나. 고인의 잘못을 들추어내서 네 기분이 좋겠느냐, 내 기분이 좋겠냐. 너 혹시 엄마 기죽이려는 속셈이었어? 만약 그렇다면 크게 성공했어. 아주 뼛속까지 아리고 쓸쓸하니 말이다.'

'그러니까. 제발 누구 앞에서나 비굴하게 굴고 뒤에 가서는 이러쿵저러쿵 말란 말이야. 이제부터라도 좀 당당하게 살라고.'

이것이 친정 식구들한테 휘둘리며 살고 있는 나의 현실을 그렇게 둘러대는 모양인데 나도 밀리지 않았다.

'행여라도 내가 다른 사람에 대해서 너한테 흉을 보는 일이 있었어?'

'차라리 흉을 보는 게 났지, 자기가 무슨 희생양이라고 당하고만 있어.'

'당한다는 건 네 생각이지, 내 생각은 달라. 모든 것이 타고난 내 몫인 거야. 나를 위해 참고 나의 내일을 위해 최선을 다해야 한다는 마음가짐이지. 다음 생의 운명을 최상의 것으로 바꾸어보자는 소망에서.'

'웃긴다. 다음 생이 뭐야. 누가 준댔어. 제발 꿈 깨서 보살님, 오마니.'

'너도 생각을 뒤집어보는 습관을 가져야 해. 다음 생이 없더라도 있다고 믿는 쪽은 함부로 살지 않게 되어 있으니까.'

'또 자가당착에 빠져 있다. 나는 그런 말 들을 기분 아닌데. 사실은 말이유, 나 공부 좀 하고 싶어. 엄마가 와서 우리 살림 좀 살아주면 안 돼? 남들은 큰 비용 들여 유학도 오는데 나는 엄마 말대로 남편 덕에 꿈을 좀 펼쳐보면 어떨까 해서야. 오로지 엄마에게 달려있어. 말 좀 해 봐. 잘 좀 생각해 보란 말이유.'

'뭐 박사학위라도 따겠다는 거야?'

'무슨 박사씩이나, 나이를 먹어가니 나잇값 좀 하고 싶어 심리학 같은

걸 전공해 놓으면 장래 쓸모가 많을 것이다, 이거지.'

'심리학은 또 뭐야, 연구 개발 분야라면 또 몰라도.'

'설마 나더러 선진국에 날고 뛰는 사람들과 어깨를 겨루어 보라고? 농담도 잘 하셔.'

'꼭 그런 것도 아니더라 뭐. 순전히 아이디어의 문제지. 친환경차가 줄줄이 나오고 철사보다 강한 섬유가 나온다는 걸 봐도 알지. 어느 땐가 사람이 생각하는 것만으로도 그대로 현실이 되는 시대가 온다고들 해. 반지 속에 기적이 있어 허공에 손으로 액자를 그리면 그것이 곧 화면이 된다든지, 목걸이를 조작하면 공중부양이 가능해서 높게 또는 멀리 갈 수도 있다고 생각해 봐. 그런 획기적인 분야에 뛰어들어 내 딸이 전문가를 찾아 동분서주하겠다면 몰라도, 남들 뒤꽁무니나 좇는 일을 왜 하겠다니, 살림이나 잘 살지.'

'참 지지리도 할 일이 없으시구면, 기껏 한다는 소리가 빗자루 타고 하늘을 날던 동화나 모방하기요?'

'그렇게 된 거야? 나는 괜찮은 말이 된 걸로 아는데?'

딸은 '안녀어엉~' 하고 모니터 앞을 떠나 버렸다.

서로 문자를 주고받았을 뿐인데 나는 딸의 매정한 목소리까지 곁들여 듣는 것이었다. 농담 반, 진담 반, 그렇게 어물쩍 넘어가는 모정의 흐름은 어디 없는가?

태평양을 가운데 두고 마주 앉았건만 나는 오랫동안 딸의 영향을 벗어나지 못하고 그 자리에 머물렀다.

떨떠름한 분위기가 가시지도 않았는데 다음 주말이 찾아왔다. 면박을 당할세라 말조심해야지, 하는 나의 마음가짐을 비웃기라도 하듯 딸이 얼렁뚱땅 말했다.

'엄마, 나는 가능한 한 누리며 살기로 했어. 누구 좋으라고 엄마처럼 평

생을 곤곤하게 살아?'

염장지르기로 작정한 딸의 말에 나는 그만 발끈하고 말았다.

'너 정말 놀랍다. 도대체 넌 누구 딸이냐, 어쩜 그렇게 이기적이냐고. 자식의 장래를 위해, 자신의 노후를 위해, 아끼고 조심해도 잘 될까 말까 한 세상인데 염치없이 그 무슨 해괴한 소리더냐.'

글자를 새기는 나의 타자소리가 끝나기 무섭게 딸이 받아쳤다.

'해괴하기로 치면 엄마가 단연 고수지. 아직도 음식 남길까 봐 이 핑계 저 핑계하며 뒤처져서 먹고 상할까 봐 또 먹고 그러겠지.'

'그래, 네 말대로야. 내 밥값도 할 수가 없으니 이 세상에 대해 빚지지 않으려고 그런다 왜.'

'엄마의 지지리 궁상을 누가 당해. 남들은 맛있는 것 골라 먹느라고 희희낙락인데.'

'골라 먹다니, 만인이 고루 먹어야 할 생명의 양식에 대해 고약한 노릇이지. 살기 위해 먹지 않고 먹기 위해 사는 건 똥 만드는 기계야.'

'방금 똥 만드는 기계라 했우? 아이고, 우리 엄마 또 한 번 히트 쳤네. 전번에 내가 유리창 닦기 힘들다 했더니 신문지에 식초 묻혀서 닦으라 했지요. 냄새 때문에 걱정하니까. 냄새가 문 열라 하냐, 틈으로 빠져 나가라 말했지요. 하여튼 노인네가 웃기게 톡톡 튄다니깐. 그리고 너무 역정 내지 마시구려. 내 엄마니까 나 한 번 큰 소리쳐 봤어요. 이 딸도 말이유, 헌 물건 버리지 않고 쌓아둔다고 혀를 끌끌 차는 남편과 살아요. 그럴 때 엄마가 하던 말을 내가 한다니까. 목소리도 똑 같이 해요. 헌 것이 있어야 새 것이 있지, 라고.'

한동안 딸아이와 노닥거리고 났더니 신기하게도 울화가 풀리는 동시에 남편에 대한 연민의 정이 싹을 틔웠다. 자기 닮은 아들 하나 두지 못하고,

유일한 짝꿍마저 자기편을 만들지 못한 남편이 가엾고도 딱했다.

　마지막 그날까지 우리의 생활은 각박했어도 함께 늙어가는 연민의 정이 컸던 모양이다. 남편이 심장마비로 갑작스레 내 곁을 떠나 버린 뒤 오랜 기간 나는 자기혐오감에 빠져 있었다.

　남편은 채소밭에 물을 주다 말고 쓰러져 그 길로 영영 내 곁을 떠나고 말았던 것이다. 정성들여 병수발 한 번 못해 준 것이 못내 아쉽고도 미안했다. 좀 더 너그럽고 애틋한 부부 사이에나 그런 최후의 미덕이 꽃피는 모양이었다.

　엎친 데 덮친 격으로 딸은 산후 조리중이었고 사위는 외국 출장중이었다. 얼결에 치른 장례지만 평소 자기가 원하던 대로 조용하고 조촐한 최후였다.

　그 다음으로 술이 좋아 술에 뒹굴던 그를 못 견뎌 했던 나를 참을 수가 없었다. 좋아하고 싫어하고가 그를 그이게 하고 나를 나이게 했던 것을 나는 왜 알지 못했을까. 집안 구석구석에 그가 감추어 둔 현금이며 통장이 나를 벌하는 나만의 세계가 도무지 고맙지 않다. 사람답게 한 번 살아 보지도 못하고 나를 울리면서까지 그가 그렇게도 좋아하던 돈이 아닌가. 그런 그의 돈이 몽땅 내 것이 되어도 나 혼자서는 쓸 줄도 모른다. 그렇다고 그 누구를 위해서도 쓸 이유마저 없는 것이다. 자칫하면 돈이 그르칠 요소가 사방에 도사리고 있는 것이다.

　그런데 그런 낌새를 딸이 먼저 알아차린다. 집을 팔란다. 그 소리가 꼭 아빠가 남긴 재산 챙기겠다는 말로 들린다. 홀홀 털고 자기에게로 오란다. 나는 젊어서 남편의 예속물이더니 이젠 딸이 내 여생을 장악하려는 모양이다. 다음으로 하는 말이 걸작이다. 자기 옆에 와서 돈 좀 써보고 죽으란다.

　그럴 인물이 못 된다는 사실을 너무 잘 알면서도 그런다. 돈 두고 빨리 죽었으면, 한다던 어떤 이의 자식이야기도 덩달아 생각난다. 참을성 없는 딸은 즉답을 피하는 나를 윽박지르지만 나는 무조건 고개를 저어 다음 공격을 피한다. 아빠의 무덤이 없어도 그렇지 자식이 되어 부모의 추억이 잠들어 있는 조국을 등지라는 말을 어찌 그리 쉽게 하는가. 나는 절대로 나의 노후를 너에게 맡기러 가지 않을 것이다.

그런 와중에 군복차림이 멋스런 동생이 휴가 나왔다. 얼핏 보기에 동생은 늠름한 군인으로 다시 태어난 듯했다. 자세가 틀리고 말의 억양이 틀리고 표정이 살아있다. 나는 눈을 마주치고 싶지 않아 그의 등 뒤를 돌고 돌았다. 그러나 귀를 막을 수는 없었다. 그런데 희한한 일이다. 그의 말소리가 점점 가슴을 파고들었다.

— 군에 입대하면서 처음으로 사람 사는 맛을 알았어. 무엇을 먹어도 맛을 몰랐는데 처음으로 군대 밥을 받아들인 기쁨은 아직도 혀끝에 남아 있어. 첫날밤에 꿀 같던 단잠도 그래. 눈에 보이는 모두가 나랑 꼭 같아. 보이는 모양이 그러하니 안 보이는 마음도 같으려니 하는 거야. 낯선 환경이 주는 긴장감을 고삐삼아 우리들을 통솔하는 선임병은 겁을 주지 않아도 무서워. 그런 분위기가 신병들을 정돈되게 하는 거지. 곁눈질은 해도 자기점검을 위해서지 결코 경쟁하지 않아. 똑 같이 고생하고 똑 같이 입고 먹고 그리고 잠에 곯아떨어지는 판에 누가 누굴 향해 무엇을 바라고 실망하고 그리고 화풀이하겠어. 스스로 망가질 일이 없는 것이지. 술도 담배도 여자도 없는 세상에서 다시 태어난 자신이 상쾌한 느낌만 있는 거라고.

오랜만에 친정식구가 한 자리에 모였건만 동생 말고는 즐거운 사람이 없다. 각기 생각이 다른 억지 환대란 느낌을 떨칠 수가 없는 것이다.

그런 줄도 모르고 가족 품에 돌아온 기분에 들뜬 동생이 가엾어서 진심 어린 눈길을 보내곤 했다. 마지못해 헛소리하고 헛웃음 흘리고 그러다가 모두가 돌아가고 동생은 남았다. 남은 사람도 남겨놓고 가는 사람들도 아주 당연한 모습들이었다. 결국 제대한 동생 담당도 나라는 사실이 확실해졌다.

얼마나 변했는지 몰라도 자기방 청소 한 번 할 줄 모르는 그를 받들고 살아야 하는 내 입장이 난감했다. 왜 착한 사람이 당하는 편에 놓이는 것도 당연하고 약은 사람이 유리한 쪽을 차지하는 것 또한 당연한가. 약은 인간들이 이익을 독차지하고 나면 이건 아닌데 하면서도 번번이 나는 궁지에 몰려 있다. 이제 내가 마음 놓고 발붙일 자리는 없는 것이다.

이왕 이렇게 된 것 받아들이자 하건만 군대생활 기간에 익힌 긴장은 어디로 가고 날이 갈수록 동생의 태도가 너무 염치없는 쪽으로 기운다. 누나라고 믿고 저러는가, 하지만 내 남은 인생을 실수 없이 마름질해야 할 내 처지가 말이 아니다.

그래서 정말 집을 팔 생각을 해 본다. 아버님의 손길이 닿고 남편의 손때가 묻어 절대로 떠나기 싫은 이 집을.

매끈한 세월

·····•••••·····

나는 호젓한 날을 골라 부동산 소개소에 들러보았다. 손님이 많아 돌아 나오려는데 주인마님이 인정스레 다가왔다.

"옆방에서 차나 한 잔 하고 계시면 이 상담이 곧 끝날 것이어요. 들어가보세요."

안에서 다른 목소리가 들려왔다.

'여기 좋은 친구들이 있어요. 우리 전부 한동네 사람들입니다.'

여럿 앞에 나타난 나는 허리를 굽혀 인사했다. 낯선 사람들 앞에서도 늠름한 걸 보면 나도 이미 늙을 만큼 늙었나 보다.

"사모님 얼굴이 낯익은데요."

화장기가 돋보이는 초로의 할머니 말에 나도 기꺼이 화답했다.

"저에게도 여러분이 낯설지 않아요."

그런데 우리의 대화를 따고 드는 말소리가 또 있었다.

"대환영입니다."

돌아보니 기분파처럼 보이는 중년의 남성이었다.

"주라고 합니다."

목례로 답하는 내게로 남은 사람들의 관심이 쏟아졌다. 어색한 기분을 달래려고 이사 운운하는 내 말에는 모두가 한결같이 반대의견을 내놓았다. 그 중 평양 사투리가 두드러진 이의 말투가 적극적이었다.

"이사를 가긴 어디로 가요. 이 나이에 살던 곳을 떠나 정붙이기도 쉽지 않아요. 오늘 이렇게 많은 친구도 생겼잖아요. 우리 같이 재미있게 살아 봅시다."

"같이 살자 하니, 그 말 좀 요상하다."

"좌우당간 평양댁은 못 말려!"

"에고, 내 기분에 꼭 맞는 여사를 만났구마, 내 오늘 냉면 사갔시오. 다들 일어나시라요."

점심식사가 끝났어도 농담은 계속되고 웃음은 쉬이 끊이질 않았다.

그중 압권은 역시 평양댁이었다. 늙고 젊고를 가리지 않고 남자 이야기만 나오면 그녀는 '딱!' 아니면 '꼭!' 이란 접두어를 붙여가며 자기와 맞아 떨어지는 상대라고 하여 좌중을 웃겼다.

자기는 선천성 남친족인데 조물주가 보호하사, 남자들이 자기를 따르지 못하게 요로콤 만드셨다고 손가락으로 자기 턱을 가리키지만 그녀는 절대로 밉게 생긴 얼굴이 아닐 뿐더러 야한 말을 해도 어디 한 곳 천한 구석이 없는 인물이었다.

"내친김에 우리 집에 가서 차나 한잔 하십시다."

그녀가 이렇게 말하자 나는 '이 때로구나!' 싶어 그 제안을 넘겨받았다.

"저희 집에 가시지요. 명차는 없어도 녹차나 커피 정도는 있으니까요."

평양댁이 나의 제안을 순순히 받아들이지 않았다.

"내가 오늘 강적을 만났어. 영감차지라면 내래 끝까지 해 볼 것이지만, 갑시다, 집구경도 하고. 어찌 되었건 고맙소."

"평양댁은 입에만 약이 올라가지고 짝꿍타령은 하루도 빠지지 않지."

"갑장, 그러지 마우다. 내래 짝꿍타령 끝나는 날엔 산에 있을 것이요. 우스갯소리를 굿거리장단 삼아 이 얼마나 좋소. 더 늙어지면 뇌세포가 줄어들어 우스갯소리마저 없을 것이오."

그러나 다음 한 주일이 다 가기 전에 일이 벌어졌다. 배씨 댁에서 얻어 왔다는 꽃모종이 평양댁 손에 들려 있었다.

"댁에 심으시지 왜 절 찾아오셨어요."

나는 언짢은 마음을 감추지 않았다.

"꽃은 아무나 피우는 줄 아시오? 나는 뭐든지 돌보는 것 귀찮아."

"그럼 왜 얻어오셨어요?"

"솔직히 말하리다. 댁을 방문할 빌미를 찾은 게요. 배씨가 입 부지런한 나를 불렀소. 홀애비 신세를 들여다보기 쉽지 않았는데 며칠을 생각한 끝에 이렇게 찾아왔소."

귀를 막고 싶어도 이야기는 줄금줄금 나왔다. 상처 후에 자식 집에 들어갔는데 아들부부는 일하러 나가고 수고 아줌마가 곧잘 모시는데도 불편해서 다시 독립했다는 것이다.

"절대로 섣불리 생각하지 마오. 같이 늙어가며 누가 누굴 가볍게 보고 함부로 말하겠어요."

그로부터 가정을 방문하든지 아니면 식당으로 초대하는 사람의 순서가 순번 없이 잘도 지켜지고 있었다. 나로서는 이런 재미를 모르고 살아온 세월이 원망스러울 따름이었다.

배씨의 생일이 다가오자 모두가 꼭 참석하기로 하자는 결의를 했다. 나는 어색한 자리임에도 불구하고 여러 사람의 한결같은 권유를 뿌리치기 힘들었다. 그래서 찜찜하게 생각하던 바를 물어보았다.

"연세도 있으신데 왜 배씨라고 성씨를 불러요?"

"아, 그 말 잘 했우다. 사장이니 회장이니 하는 가짜호칭을 그분은 싫어해요. 좋은 이름을 두고 사적인 자리에서조차 직함을 쓰는 곳은 세계에서 우리나라뿐이래요. 바지사장, 얼굴마담 같은 풍토가 연상되어 불쾌하다는데, 맞는 말이지요. 그 분이 안 계시는 자리에선 우리 편한 대로 배씨지만 앞에서는 깍듯이 배호일 씨 성함을 불러요."

막상 그 댁에 가서 보니 듣던 대로 그의 주변이 적막했다. 그는 나에게 관심을 보이면서도 별도의 이야기가 없었다. 상대의 자존심을 살릴 만큼만 예를 갖춘다는 인상이었다.

"3년이 지나야 해. 죽고는 못 산다는 사이도 3년이 지나면 살 길이 보여."

"남편을 여읜 지 얼마나 되었어요?"

주 사장 마님의 물음이었다.

"3년이 못 되었네요."

1년이 되었을 뿐인데 나는 시큰둥해서 그리 말했다.

'날랑 그만 뒷전에 편히 있도록 하지' 하는 마음에서 그렇지 못한 데 대한 불만이었다.

그럭저럭 그 집을 물러나온 이후 내 느낌인즉 '남자 중에 사려 깊은 사람 한 번 만나 보았다' 하는 정도였다.

그런데 곧장 내 집을 찾아온 평양댁이 수상했다. 배씨에 대한 나의 의향을 묻는 것이었다.

"상처한 남자의 상처가 아물지 않은 인상, 당신 한자 알지요?"

"한자는 몰라도 그 말하는 당신 심보는 알아보겠구먼, 사람이 꼭 그렇게 삐딱해야 하나?"

혼자 되고 나서 언짢은 경우가 더러 있었다. 거들떠 볼 인물이 아닌데 넘보는 인사가 있는가 하면, 견줄 자리가 아닌데 견주어보는 뚜쟁이가 있어 나의 자존심이 거의 결벽증 수준에 이른 것이다. 그런 나의 내면을 간파하는 이 또한 평양댁이었다.

"나를 봐요. 관심을 끌려고 별별 수작을 해도 어데 개가 짖나, 하지들 않우. 다 당신이 인기가 있어 그렇다우. 난 부럽구먼."

"당신은 작은 일 따위로 잠 못 이루는 그런 일 없지요?"

"그렇게 말을 하니 말이오마는 나 실은 주 사장 내외하고 달갑지 않은 사이였어요. 제 3자의 몰이해 때문에 빚어진 일인데, 참 당신하고는 상관도 없는 이야기가 다 나오는구려. 주 사장 처제가 나를 크게 오해하는 일이 있었구려. 내가 얼마나 괴로웠으면 수년이 지난 지금 당신한테 이 말이 술술 나오겠우. 무슨 일인가 하면 말이오. 내 조카가 말을 배우기 전인데 난데없이 '못됐다' 라고 분명히 발음을 하는 날이었어요. 깜짝 놀라는 나를 보고 아기가 큰일이나 한 것처럼 우쭐해 하는데 사연인즉, 유치원에 갓 들어간 오빠가 숙제를 하는데 옆에서 귀찮게 할 때마다 '못됐다' 를 되풀이했던가 봐요. 엄마라는 말 밖에 할 줄 모르던 아기가 갑자기 황당한 말을 뱉은 거예요. 그것이 집안에 사건이 된 날이었지요. 집 앞에서 그 처제를 만나자 반가운 마음에 그 소식을 전하고 같이 즐기자는 것이 그만 어처구니없이 빗나갔구려. 못됐다는 말이 앞서 나가고 뒷말이 이어질 틈을 안 주고 그녀가 등을 돌려버린 거예요. 내 얼굴에도 내 마음 속에도 활짝 웃던 웃음기가 여전히 가시지 않았는데, 당신 그렇게 민망하고 가증스러운 자신의 처지와 직면해 본 적 있어요? 자기와의 갈등, 상대에 대한 원망과 죄스러움이 복합적으로 문제를 일으키는 거예요. 오죽이나 괴로웠으면 편지를 세 번이나 썼겠어요. 기회가 없어 미루어지다가 찢어지고 내 마음 속의 분란 때문에 찢어지고 고이 잊혀지자, 하고 버틴 끝에 반대로 이 번에는 내가 당하는 기회가 닥쳤어요. 연말 모임이었는데 술이 거나한 주 사장이 나한테 모욕적인 언사를 쓰는 것이었어요. 꼬집어 말할 수는 없어도 빈정거리고 비웃는 태도 있지요. 남들은 못 느껴도 당사자는 민감해지는 분위기였는데, 나는 알아차렸지요. 처제랑 아내랑 세 사람이 분개한 나머지 오늘이 바로 나의 맹랑한 언행에 대한 복수의 자리로구나! 하고. 그래서 웃는 낯으로 감수하고 있는데 시간이 흘러도 그치질 않아요. 나도 과감히 그 자리를 빠져 나와 버렸지요. 나는 나대로 그만하면 되지 않았느냐, 하는 반발에서였죠. 그러나 끝내 속 시원한 사람은 없는 상태지만 암암리에 주거니 받거니 지난날의 잘못을 청산하는 셈이 되었지요. 그 때를 교훈삼아 말이 무서운 무형의 흉기인 줄 알게 되었어요. 늘 혼자가 아닐 바엔 한시라도 말없이 누굴 사귀어요. 말이 주는 기쁨이 흔한 반면 그렇지 못한 이면도 그 못지않게 있다는 겁니다. 난 절대로 당신이 부러워 할 인간이 못되는 증거이지요. 아! 앓던 이 빠진 것 같아."

"당신만 그런 것 아니유. 나는 말뿐 아니라 사는 게 온통 실수투성이이지만 스스로 면역이 되어 있다오."

"어찌 되었건 댁은 나보다 원만한 사람이어요. 그러니까 옛말에 망신살이 뻗으면 안방에서도 코가 깨진다고 했나 봐요."

"그나저나 다 큰 남동생을 왜 데리고 있우, 남 볼썽사납게."

"갈 곳이 없는데 어떡허우. 나도 죽겠어, 밤낮을 가리지 않는 담배연기 때문에 목이 아프고 숨쉬기가 어려워도 그 말을 못해요. 나가라는 소리 같아서."

"당신도 그렇다. 공기 좋은 곳에서 살자고 불편을 무릅쓰고 변두리 지역을 골라가며 사는데 무슨 죄로 그런 벌을 당하고 있어. 간접흡연이 더 나쁘다는데."

"싸움을 해 봤자 거꾸로 내가 당해요. 잠 안 자고 자기를 감시하고 엿듣기나 하는 사람으로 몰아세우고 화난 목소리를 높이면 내 속만 무너져요. 이중 삼중으로 당하기 싫어서 아예 말을 않죠. 동생 덕에 죽은 남편을 보는 눈금이 달라졌어요. 속으로 많이 미안해 하고 늘 잘못을 빌 정도지요. 알뜰하고 깔끔하고 자상한 걸 나는 늘 좀스럽다고 나쁘게만 보았어요. 그 벌로 지금 이 꼴을 당하는지도 모른다는 생각이 들어요. 말이 났으니 말이지만 우리 남편 살아생전에는 나에게 뿐 아니라 자기 자신에게도 몹시 인색했어요. 그걸 못 참아서 속속들이 비웃었는데 결국 이 정도로 내가 현재 누리고 사는 것이 다 그분 덕이 아니겠어요. 잘잘못을 떠나 이젠 나이도 있고 그 무엇보다 심신이 지쳤어요. 그래서 집을 팔고 작은 평수로 갈까 한단 말이에요."

"작은 집으로 간다고 떠나나? 당신을 보아하니 어딜 가도 갈 곳 없다는 동생을 떨칠 사람 못 되구만. 동생이 사람을 먼저 알아보고 있는데 뭐, 아예 포기하슈. 내 말은 이사 갈 생각 말고 그냥 살란 말이외다."

"정말 그럴까요. 거기까지 생각은 못했는데."

"남의 집 내막은 묻지 않겠우다마는 동생이 달리 밉상은 아닌가 보네."

"왜 아니겠어요. 엄마가 처음부터 최고로 받들고 키워서, 염치를 알고 남의 사정을 헤아리는 그런 인물은 아니지만 크게 미운 짓거리는 하지 않아요. 단지 자기밖에 모르는 허물이 있지요. 돈 걱정은 하지도 않고, 먹고 싶은 것 골라먹고, 하고 싶은 건 다 하는 걸 보면 잘못 키운 죄가 크다는 말 밖에 나오지 않아요. 핏줄이 무언지 우물쭈물 돈 없는 행색을 보이면 측은한 마음이 앞서서 지갑부터 열어요. 내 자신이 아무리 쪼들려도 그래요. 언제부터인가 거짓말을 참말보다 더 참말같이 해요. 어떤 때는 흡사 너 죽고 나 살자 식으로 비치기도 하고."

"그래 언제까지 그러고 산단 말이우."

"무얼 해서라도 돈을 벌어야 결혼을 할 텐데, 그 전에는 방법이 없어요. 그저 잘 되라고 비는 수밖에. 잘 되어야 짝도 만나고 그렇게만 되면 자연스럽게 제 갈길 갈 테니까요."

"당신 정말 착한 사람이오. 어떻게 마음이 그리 돌아갈까, 나 첨 봤네."

"정말로 착하지 않아요. 저는 악이 나면 속으로 막말을 마구 해요. 죽어 버리라고요. 그런 순간이 지나면 혀를 깨물고 싶지만 또 닥치면 또 그래요. 이러다가 내가 진짜 악인이 되겠구나 하면서 한탄하지만 몹쓸 인간이 지속적으로 사람을 망쳐요. 이런 지경에 착하단 말을 들으니 나 참 얼굴을 들 수가 없네요. 좋을 때 안 좋은 사람이 어디 있겠어요. 나쁠 때를 잘 참아야 진짜 좋은 사람이지."

"다들 성나면 팩한다고요. 그러지 않으면 사람 아니게."

그 후 며칠이 지나지 않아 평양댁의 입김이 작용한 듯한 일이 벌어졌다. 배호일 씨가 기름집에서 얻어온 깻묵을 삭힌 비료라고 나한테 가져온 것이었다. 한사코 집안에 들어오지도 않고 갔지만 나는 곧장 평양댁을 찾아가 말했다.

"말썽 날 일을 왜 하는 거예요. 그럴 때 동생이 있어 다행이란 생각마저 들었어요. 하도 남 말하기 좋아하는 세상이라서."

"당신 정말 너무 나잇값을 못한다. 순진하다고 해야 하나, 바보 같다고 해야 하나. 하여튼 좀 그래."

"아무튼 불편해요. 나는 나를 가만히 버려두는 쪽이 제일 좋아요."

"사는 게 뭔데 당신은 사람 사는 재미도 몰라? 그럼 혼자 청승맞게 앓다가 죽겠다 그거야? 이 나이에 관심을 가져주는 사람이 있다니, 얼마나 고마워? 정원 가꾸는 취미도 같겠다, 오가는 길에 손에 들린 것 좀 나누어 주는데 그걸 불순하게 보다니 배호일 씨를 대신해서 내가 화나네. 당신 같은 사람 좋아하다간 망신당하기 딱이겠어."

"우리 다 좋아하니까 만나는 것 아닙니까. 그러나 늙어도 여자는 여자란 말입니다. 남의 눈총 맞을 짓은 하지 않는 게 상책이거든요. 남다른 관심은 줄 필요도 받을 이유도 없어요. 언제나 그것이 말썽이니까요. 서로의 입장이 곤란해지기 전에 예방 차원에서 한 말이니 너무 고깝게 듣지 마세요."

"당신 기분 알아, 충분히 알겠어. 당신 같은 인품에 반하는 남정네가 오죽이나 많았겠어. 나 같은 인물이 알 까닭 없지. 나 같으면 말이야, 우리 한 번 살아봅시다, 하고 말잔치부터 벌릴 터인데."

"당신 정말 너무 웃긴다. 당신 같은 사람이 왜 외롭게 살까."

"내가 남 보기엔 활달한 것 같지요. 실은 사납고 고약한 성질이랍데. 우리 아버지가 늘 손가락질했시오. '저년은…, 어이구! 관두자' 이러다 '피양가시내 망신 내가 다 시키게 생겼어.' 그런데 나 당신한테 충고 한 마디 하리다. 배씨가 좋아하거든 사귀라고요. 우리 모두가 추천하는 참 좋은 사람이외다. 인생 별것 아니우. 그나마 살아서이지, 죽으면 그 뿐. 누가 당신을 쳐다나 본답데. 돌아보아요, 허망하디 허망하지 않습디까."

그리고 다른 사람 말할 겨를 없이 다시 말을 했다.

"우리 세대 여자는 말이요. 너나 할 것 없이 싫어도 싫단 내색 못하고 한평생 끌려 살았었지. 젊어서는 자식 때문에 그랬고, 늙어지면서는 배반할 자신이 없어 그랬었지. 무슨 소용이요? 이제 돈 있고 시간 있고 자유로운데 왜 주어진 행복을 거부해. 자기 자신에게 마지막으로 못할 짓하는 것이지. 세상 따라 사는 것이요, 많이 달라졌지 않소. 당신 마음대로라 할지라도 들어오는 복을 찰 권리는 없소. 한 번뿐인 인생인데 누가 대신 살아준다고, 무엇이 무서워서."

"나는 남의 이목에 비치는 나를 전부로 알고 사는 못난이예요. 한 번도 의연하고 자랑스러운 적 없었어도 그래야 한다는 게 나의 자존심이에요. 남에겐 아무것도 아닌 이것이 무얼까요. 내가 아는 한 내가 사는 이유 같아요."

"당신은 발에 흙 묻히고 살 사람 아니네. 다들 흙에서 와서 흙으로 간다는데 백발이 희끗해도 여전히 뜬구름 잡는 시늉이니, 우리 사이에 이야기는 이만 끝난 걸로 합시다."

"그러지 말아요. 내가 너무 난감해지잖아요. 당신이 내게 좋은 방향을 찾아주려다가 잘못 된 것 맞지요? 저 한 가지 실토하리다. 이 한 세상 저는 평생 저 자신에게 비겁했어요. 그 걸 알지만 이제 와서 어쩔 수가 없는 거예요. 너무 오랜 세월 한 길로 길들여지고 굳어진 결과이어서 이 길 이외 다른 방법이 없어요."

"있어요."

우리 서로 눈이 마주쳤을 뿐 더 이상의 말은 없었다. 그녀와 헤어질 때 나는 불안했다. 그래서 두 팔로 그를 안았건만 그는 꿈쩍 않았다.

한 달이 질척거리며 지나갔다.

'그럼 그렇지, 외톨이 근성이 몸에 밴 나에게 무슨 넓은 세상 호의가 있으랴' 하고 자탄할 즈음이었다. 나의 염려와는 다르게 왁자지껄한 모임이 내 집에서 펼쳐졌다. 손에 음식 꾸러미를 나누어 들고 부동산 모임 팀이 나타난 것이다.

여전히 평양댁이 분위기를 주도하고 있었다. 그것이 내게는 다행이었다.

"내래 그 동안 배호일 씨 상사병에 좋다는 약초를 구하러 시골 갔다 오지 않았갔시오."

말의 서두부터 나의 궁금증을 자극했다. 그런데 다른 사람들의 표정이 가관이다. 아예 고개를 흔드는 사람이 있는가 하면 '뻥이야!' 하고 소리치는 이가 있었던 것이다.

"말 좀 하고 삽시다. 왜들 이러시오. 부아가 터져 어디 말하겠나."

"알았어, 알았어. 오늘의 산채비빔밥 탄생 실화다 이거지."

그런데 분위기는 나로 하여금 그 동안의 잡념을 다 잊고도 남음이 있게 했다. 두고 볼수록 능청스런 평양댁 못지않게 배씨의 너스레도 수준급 이상이었던 것이다. 혼자만의 생활공간에서 일상 일어나는 실수는 모조리 마님부재에 책임을 돌리고 허공을 향해 예사로 투정을 한다는 것이다.

예컨대 '여보, 그러니 누가 먼저 가랬우?' 한다든지, '당신은 좋겠다, 이런 꼴 안 당해서' 한다는 것이었다. 웃기려고 하는 말이 분명한데 말하는 이나 듣는 이 얼굴에 우수가 깃들어 있었다.

"죽은 아내와 농담을 할 여유라니 배호일 씨 일상은 쾌청입니다."

"맞아요. 그 말 한 번 정곡을 찔렀네."

그 자리를 벗어나 혼자 하는 말이지만 돈이나 시간이 다 같이 남아돈다는 차원에서 나도 누구 못지않았다. 분명히 나도 그런 경우에 속하지만 가장 중요한 자유에 있어 크게 다르다. 남자와 여자의 차이라고나 할까, 아니면 성격 때문이라고 해야 할 것이다. 나는 왜 혼자 있어도, 보이지 않는 구속과 온갖 저항에 부딪치는 것일까.

다들 떠나고 밤늦은 시간에 동생이 비아냥거렸다.

"누이 바람날까 겁나, 그거 알아?"

"무슨 뚱딴지같은 소리야."

"느낌이 그래, 별로 안 좋아."

"널 위해서, 아님 날 위해서."

"골고루, 그렇다고 봐야지."

"넌, 잠에 취하고 술에 취해 사는 줄 알았는데 남의 말이나 엿듣는구나."

"언제 나한테 신경이나 썼어? 내가 듣건 말건 신경 썼느냐고."

"그 무슨 애꿎은 소리, 남 잘 때 같이 자고 제때 일어나 같이 밥 먹을 모르는 인간하고 한 집에 살아 봐. 한시도 마음 편할 날이 있나. 넌 몰라, 알 턱이 없지. 난 말이다, 청소하고 빨래하고 밥 챙겨주는 하인노릇 지겹고 분해. 다 같이 한 번뿐인 인생인데 계속 이럴 수는 없어. 변화가 올 때까지 만이라도 서로를 존중할 줄 알았으면 해."

"변화라고 했는데, 나 데리고 있기 싫어서 집을 팔겠다는 거야?"

"그러지 말란 법도 없지."

"알았어, 누나도 그렇게 사는 것 아니야. 꼴사납게 뭉쳐 다니면서 희희낙락인데 남부끄러운 줄도 알아야지."

말은 한결같았지만 실은 충격이었다. 어째서 동생은 함부로 지껄여도 말발이 서는데 누나는 할 말이 산더미건만 말문이 막히는가. 동생보다 좋은 조건을 가진 강자라는 사실이 나의 약점이다.

오늘날 개도 물어가지 않을 웃기는 이 양심! 아니나 다를까 주말에 엄마가 들이닥쳤다.

"뭐? 집을 팔겠다고? 동생을 데리고 있기 싫으면 싫다고 말해. 내가 오는 것도 그렇고. 나는 너 기분 맞추느라고 영양 보충하러 왔다. 잘 먹고 간다 하고 인사했는데 이제 와서 생각을 해 보니 그러는 것이 다 억지춘향이 노릇이었구나. 지금 이 마당에 동생을 보내면 어디로 가란 거냐. 내가 변변히 집 한 채 지니지 못한 것이 따지고 보면 너를 잘 살게 하려고 고씨인지 뭔지 그놈에게서 떼어놓느라고 서둘러 집을 옮기다가 사기를 당한 것 아니냐. 니가 그런 걸 안다면 우리한테 이렇게는 못하지."

"고씨에게서 강제로 나를 빼돌린 건 잘한 짓이고?"

"설마 잘못 했다고는 못 할 텐데."

"말이 났으니 말인데 고씨는 보기 드문 사람이었어. 적어도 세상 사는 이치를 꿰뚫어 보는 인물이었어."

"그걸 말이라고 해? 오늘 참 별 소릴 다 듣겠네."

"결혼하고 나서 만났었지. 전철역에서 참으로 우연히. 그는 아내와 아기와 함께였어. 우선 마음이 놓이더라고. 그냥 지나쳐야지, 하고 땅바닥에 눈을 내리깔았지. 그런데 지나쳐 간 줄 알았던 그가 돌아온 거야. 첫인사가 결혼하지 않았어요? 부자 만나 잘 살 줄 알았는데 하는 것이었어. 내가 부인이 보고 있어요, 라고 하자 내 친구 동생이라고 둘러댔으니 웃으며 말해요, 했어. 그 말을 들으니 그 사이 공포심은 어디로 가고 실지로 웃음이 나왔어. '웃는 얼굴을 보니 좋구만. 우리 한 번 만나요. 찜찜하게 살 필요 없잖아요. 뒤풀이를 깨끗이 하는 의미로 한 번 만나요. 내 전화번호 줄까요' 하다가 '아니요, 오늘이나 내일 이 자리에서 만나요' 라고 말하겠지. 그 날 그 자리에서 다시 만났어. 그는 처음부터 나를 꿰뚫어보고 있었대. 과거의 상처로 파탄난 여자라는 걸. 그런데 인상이 마음에 들어 놓치기가 싫더래. 이런 여자는 다시 배반하지 않을 것이라는 자신감이 결혼을 결심하게 만들었다 했어. 그러나 결혼 후에도 치유될 기미가 보이지 않아서 빠듯한 생활비로 나를 실험해 보았더래. 그러니 자기에게도 일말의 책임은 있다 했어. 착하게 생긴 여자 뒤에 황당한 엄마가 있어 결말은 쉽게 났고, 그래서 체념도 빨랐다고까지 말했어. '어찌 되었건 둘 다 잘되었으니 좋네요. 서로 죄책감에서 해방되기로 합시다' 하는 말에 나는 머리가 땅에 닿도록 고마운 마음을 표했지. 그게 전부야. 그런데 날이 갈수록 그의 인품이 놀랍고 희귀한 거야. 우리가 아는 세상 잣대로는 그를 알아보기 힘들다는 느낌이거든. 엄마가 내 이런 마음을 알 턱이 없지. 그러나 분명히 말해야겠어. 다시 찾아보기 힘든 경지의 인물이었다고. 그리고 난 죽을 때까지 마음 속으로나마 그 사람에게 사죄하고 감사할 것이야. 그런데 그 사람이 마지막으로 뭐랬는지 알아? '짧은 만남이었지만 우리가 이렇게 된 데는 장모님 역할이 컸어요. 처음부터 나를 우습게 보더라고요. 무섭게 저울질 당하는 기분이었지요. 그리고 일이 많이 꼬였어요. 결혼 후 갑자기 앞이 안 보이는 지경이 되었지요. 그래서 도망간 사람을 찾을 생각이 없었어요. 차라리 일찍 끝내는 것이 낫지' 라고 하던 그의 말끝에 전율이 느껴지면서 내 아빠가 나를 도왔구나! 하는 생각이 떠올랐어. 내 어찌 그 남자의 가정에 행복 있어라, 하고 빌지 않을 수 있겠어. 아마 그런 남자를 만난 여자 또한 엄청난 복록을 타고 났을 거야. 결코 쉽지 않은 일이니까."

"나는 그것도 모르고 아내를 찾아내라고 소동을 벌이는 신문기사만 보고도 속으로는 떨었지. 니가 날 벌 줄라고 그런 말을 감추고 있었구나. 솔직히 털어 놔봐."

"엄마는 그런 사람 아닌 줄 알았지. 자기가 저지른 일에 죄책감이 있어 보인 적은 단 한 번도 없었거든."

"처음은 그랬지, 세상 모를 때였었어. 이런저런 소리가 들리면 점점 무서워지는 거야."

"나야말로 뜻밖이네. 그래서이기도 하지만 우리 사이에 그럴 만큼 밀접한 왕래나 있었게?"

"그건 옛날 말이지, 니가 혼자 되고부터 내 한 달도 그러지 않고 니 집에 온 걸로 아는데."

"온들 엄마 따로 나 따로이었지. 언제 알콩달콩 옛말하며 지냈냐고. 제발 말이유, 엄마가 아는 것이 전부가 아니니 속 좀 차리라고요. 어찌 자기 자식만 중요하고 남의 자식은 안중에 없우."

"내가 뭐 나를 위해서 그랬냐. 옛날 말도 있다. 자식을 위해서는 담장 넘는 일 말고는 뭘 어찌해도 죄가 아니 된다고."

"언니 재혼도 성공과는 거리가 먼 일 같은데 어때요."

"아직 잘은 모르지만 구관이 명관이라더라. 다 제 팔자소관이지."

"엄마를 잘 둔 덕 아니고?"

"아무리 두고 봐도 너 참 못된 인간이야."

"그 말 한 번 듣기 후련해요. 역시 내 엄마구만."

"딴 소리 말고 내 말에 대답이나 해. 너 정말 집 팔고 우리 몰래 다른 곳으로 떠날 작정이야? 말을 해 봐."

"몰래는 또 뭐야. 없는 곳에서 쑥덕공론이 많은가 보네. 짐작이 가요. 좋도록 생각해서. 하지만 내가 왜 친정식구 몰래 숨어 살 거라 생각하는데? 내가 엄마한테 죄 지은 것 있우? 그 참 치사해서 못 들어주겠네."

"귀찮아서 그럴 것이다 이거야."

"그뿐이 아닌 것 같은데."

"그래, 좋은 사람 만나 오붓하게 살지 말란 법도 없지."

"그럴 수만 있다면 나 그렇게 한 번 살아보고 싶어. 하지만 지금으로서는 아주 먼 세상 이야기네요. 몸이 말을 듣나, 마음이 움직여주나, 무슨 수로."

"그렇다면 고맙다. 니가 우리의 유일한 희망인 거 니도 잘 알지. 설마 했지만 이제 안심이 된다."

엄마는 내 집을 떠나 있는 일수보다 머무는 일수가 훨씬 더 많아졌다. 용돈을 챙길 때는 금방 떠날 것 같아도 실은 생활비를 받아 쥐고 작정한 일수를 다 채운다.

헤어질 때 개운하게 처신을 못하는 이유로 엄마는 자기가 떠난 뒤 나의 동태를 파악하기 위해서이고 나 역시 감시당하는 것이 싫어 엄마가 떠날 때만 기다리다 말고 번번이 다음 계획에 차질을 빚는다.

우리 모녀는 필요 이상의 관심 때문에 만나면 대체로 피곤하다.

내 주위 사람들이 나에게 불어오는 신선한 바람을 언짢게 보는 건 왜일까. 이 세상 인연의 끈이 제일 무서운 올가미요 일상에 드리운 형벌인 것 같다. 나의 어디가 잘못 된 걸까. 내가 가진 큰 집이 나를 그릇되게, 아니 밉상으로 보이도록 만드는가 싶다.

혼자 잘 사는 것이 그런 것이다.

이젠 모임도 싫고 개인의 친절도 언짢고 사람이 성가시기만 한데 엉뚱하게도 배씨가 전화를 했다.

"저가 좀 더 신중했어야 하는데 허물없이 행동한다는 것이 잘못 된 것 같습니다. 늙어도 여자는 여자란 말씀도 그 기분도 알 만합니다."

"그렇게 말씀하시니 마음이 좀 편합니다. 저는 표정을 알 수 없는 대화를 싫어해서 평소 전화를 잘 하지 않는 편인데 이런 통화도 좋은 점이 있는 줄 오늘 처음 알겠네요."

"이따금 통화라도 했으면 합니다. 적적해서도 그렇지만 정신건강을 위해서도 우리 나이엔 좋은 말 상대가 있어야 해요."

그 말을 끝으로 나는 한동안 생각에 잠겼었다. 방금 통화가 끝난 그 분의 인품이 가슴에 와 닿아서이다.

'아마 고씨도 늙어 저렇게 되었을 것이야!'

당치않은 생각이 어디를 맴돌다 이 순간에 불쑥 나타난 것일까. 나는 황당해 하다 말고 속으로 웅얼거렸다.

'놀라지 마라 손 여사, 네가 지금 누리고 사는 것, 이것 다 고씨 덕이다. 편히 잠드는 것하며 쓸고 닦고 가꾸는 재미가 다 고씨의 놀라운 아량으로부터 허락된 것이거늘 어찌 잊을 수 있겠니, 겁주고 치사하게 굴었어 봐. 서로 피폐해지다가 나락으로 떨어졌겠지.'

착하다는 것은 복을 타고 났다는 뜻이 되고 착한 마음을 쓴다는 건 자기 일신의 안녕뿐 아니라 자손의 평안을 다지는 일이리라.

배호일 씨와의 통화 이래 우리 사이는 급격히 가까워졌다. 두 사람 다 은밀한 대화를 즐기는 기분이었던 것이다.

"인생이 얼마나 남았다고 이렇게 태평하게 지냅니까. 하루가 금쪽 같은 세월입니다. 어디 호젓한 곳을 찾아도 보고 싶고 함께 긴 이야기도 하고 싶고 저는 그러한데 손 여사님 생각은 어떠세요. 우리가 이 나이에 하지 못할 일이 무엇입니까. 서로 존중한다면 말입니다."

"그건 그렇지요. 하지만 우리의 현실이 어떻게 달라졌든 남의 이목이 신경 쓰이는 건 여전하지요."

"남의 눈치나 보는 일, 쓸데없이 자신을 구속하는 일, 이제 과감히 떨쳐 버리세요. 살아봤잖아요, 그런 것들이 좀먹은 누추한 인생을. 이제 저를 따라 나서세요. 저는 손 여사 체면만을 걱정하고 따지니까요. 장담하건데 후회할 일 없을 겁니다."

"알겠습니다. 고맙습니다."

이제나 저제나 하고 여행 스케줄이 잡혔다는 소식을 기다리는데, 뜬금 없이 동생이 여행을 가겠단다. 여행비를 지원해 달라는 말이다. 가슴이 뜨끔했다. 나의 통화사실을 엿듣고 있었구나? 해서였다.

동생은 3박4일간 무인도생활 체험관광단에 등록할 것이란다. 집을 깡 그리 비울 수는 없는데 나의 천금 같은 약속을 어렵게 만드는 이 무슨 고 약한 짓거리인가. 그러나 겉으로는 흔연하게 대할 수밖에 없었다.

나는 동생에게 갑작스런 결정 이유를 묻지 않았다. 몸을 사리는 거짓말 에 꼼짝없이 당할 게 뻔하기 때문이다. 쓸쓸한 밤이 밝자 엄마가 왔다. 왔 다기보다 들이닥쳤다고 하는 것이 알맞은 표현 같다.

"너 혼자 있기 적적할까 봐 왔어. 와 본지도 오래고."

알 만했다. 모자간에 꿍꿍이속이 있었던 게 분명한데 나는 역시 묻지 않기로 한다. 동생은 휴대폰 세상에 살기 때문에 한 지붕 아래 있어도 나 하고는 처지가 다르다. 그뿐만이 아니다. 모자 사이 기류는 예측불가였 다. 원수와의 사랑이 한 묶음에 들어 엎치락뒤치락 한다고나 할까. 하여튼 우리 엄마의 능력은 가히 천의 손을 가진 성 싶다. 나도 그렇게 당했으니까. 나는 늦기 전에 배씨에게 동행불가 사실을 알려야 했다.

"호의를 순수하게 받아들이지 못해 죄송합니다. 모친이 와서 곧바로 떠나기 민망해요."

"손 여사! 모친이 와서 길을 못 떠날 이유가 뭐예요. 우리가 사춘기 아이들입니까. 정히 그러시다면 모친을 모시고 갑시다."

"저가 다른 사람과 다른 점이 있다면 무슨 일이든지 엄마가 개입하면 그만둔다는 사실입니다. 이상하게 들리겠지만 그것이 저의 생활철학입니다. 무엇이 옳고 그른가를 떠나 저가 저 자신을 곧게 세우는 깨달음이 거기 있어요. 정말 죄송합니다."

"더 긴말 않겠습니다. 손 여사의 의지를 존중하겠습니다."

"오로지 상대 입장만을 배려해 주시는 말씀을 듣고 보니 존경스러운 한편, 제 말이 말 같지가 않아서 이대로 물러설 수가 없네요. 저 인격이 의심스러우시죠. 저는 세상에서 제일 강한 인물이 부모요, 제일 약한 인물역시 부모라고 생각합니다. 이해는 하지만 절대로 용납할 수 없는 내 엄마가 세상에서 제일 불쌍하기도 하고요. 저도 더는 긴 말 않겠어요. 부끄럽고 죄스러울 뿐입니다."

이 한 세상

"어쩐 일이야, 너 여행 간 줄 알았는데."

다음 날 내 집에 나타난 언니의 첫 반응이다.

"내가 있어서 실망한 거야? 내가 없는 것이 좋다면 비켜줄 수 있어. 꼭 여행이 아니어도 갈 곳은 많으니까."

"너 연애한다면서. 좋겠다. 돈 많은 남자야?"

"참 어울리는 소리하고 있네."

"나는 돈에 돈 사람이야, 돈 때문에 아주 돌아버리겠다고. 저들 하고 싶은 건 다 해야 되는 아이새끼들 때문에 돈을 당해 낼 수가 없어."

"그렇게 키웠으니 당연하지."

"어떻게 키웠는데, 내가 어떻게 키웠다는 거야. 너 오늘 똑바로 말해."

"언니 잊었어? 자식을 자기 멋대로 마구 키운다고 보는 사람마다 기막혀 해도 눈 하나 까딱하지 않고 자신만만하게 말했지, 나는 딸이라도 그렇게 키운다고. 하물며 아들이야 오죽이나 떠받들었을까. 그 애들이 세상 무서울 게 뭐 있어, 그렇게 막강한 엄마를 두었는데."

"너 지금 내 속에 불 질르는 거야?"

"나는 사실 그대로를 말했을 뿐이야. 잘 생각해 봐, 틀린 말인가. 이 말을 하는 이유는 아이들만 탓할 일이 아니니 잘 참고 이겨내면서 늦게나마 시정해 나가라는 뜻이야. 이것도 형제니까 하는 소리라고."

"나 아직 집 나온 거 아니야, 사람 함부로 보지 마. 이혼하자고 해도 남자가 기다린댔어. 아이들이 제 앞길 가릴 때까지."

나는 아무 말 않고 짐작만 했다.

'그 집엔 챙길 것이 별로 없나 보구나.'

그런데 내 그런 마음이 드러나기라도 했는지 언니가 다시 말했다.

"더러워서 가야겠다. 괜히 엄마 말 듣고 이 집에 온 것부터 잘못이었어."

"진정으로 말하는데 나잇값 좀 하자. 형제 되고 솔직한 의견을 말할 수도 있지, 꼭 그렇게 뒤틀린 채로 살아야 해? 인간이 자기 잘못도 인정할 줄 알아야지, 해법이 있는 거야."

"무슨 해법, 아이들이 찾아와도 재울 곳이 없는데."

"버리고 온 아이들을 왜 붙여."

"네가 내 속을 알아? 내겐 이제 아무런 희망도 없어, 오직 자식뿐이라고. 네가 그러지 않아도 꼭 죽을 맛인데 제 팔자 좋다고 사람을 우습게 보고 있어, 천벌을 받으려고."

나는 더 이상 말하지 않으려 했는데 그 말 한 마디에 감정이 극에 달했다.

"친권 포기를 선언하고 재산 챙겨 내 인생 찾겠다고 할 때는 언제고 이제 와서 자식에게 희망을 걸어. 그 애들 눈에 피눈물 날 때 언니는 재혼재미도 봤잖아. 늦게나마 잃어버린 양심을 찾아주는 나보고 천벌을 받으라는 거야? 보아하니 아직 멀었어."

"오, 하느님! 저 년에게 천벌을 내려주십시오."

그러더니 두 손을 번쩍 들어 절에서나 하는 합장을 했다.

"나는 빌 거야, 사악한 언니를 용서해 주라고. 무슨 죄로 한 핏줄이 되었는지, 몰라도 그렇게 함으로써 한 동기가 된 동기를 사함 받고 싶어."

"그래, 잘 해 봐라. 곧 죽어도 착한 체는 하지."

언니가 떠나려 하고 있었다. 이게 아니었다. 내가 그 앞을 가로막았다. 그리고 울음 섞어 말했다.

"내가 분수를 모르고 날뛰었어. 용서해 줘. 언니 가지 마, 이대로 떠나면 우리는 영영 남이 되는 거잖아. 자식들이 있는데 그럴 수는 없어."

"그래, 니가 좀 지나쳤어. 언니가 지금 어떤 형편인데 덤벼들어, 그거야 막보자는 거지."

엄마였다.

"지금은 모두 내 집에 온 손님인데 내가 사람노릇을 못한 거 사과해."

나는 언니를 두 팔로 감싸 안았다. 마지못해 내 집에 눌러 앉은 언니도 한동안 말없이 창밖에 시선을 두고 있었다. 나는 끼니 준비에 각별히 신경을 썼다. 그런 노력을 사죄의 뜻으로 받아들였는지 식사 중에 언니가 말했다.

"음식 솜씨가 엄마보다 났다. 엄마 또 삐칠라."

비 온 뒤에 하늘이 맑아지듯 우리 사이에 묵은 마음이 말갛게 사라지고 있었다. 그건 서로의 눈을 보면 안다. 눈 속에 마음이 담겨 있는 것으로 알게 된다. 나는 이 순간의 느낌이 여기에 그치지 않고 긴 세월 옹이 진 감정마저 얼음 풀리듯 하여 다시는 되살아나는 일이 없기를 바랐다.

날이 저물자 집 떠난 동생에게서 전화가 오고 미국 딸에게서도 안부전화가 걸려 왔다. 일일이 개별통화를 하도록 했지만 시시한 말장난이 없어 다행이었다. 다른 날 같으면 때 만났다 하고 엄마 바람났다, 운운하는 발

언들이 오갔을 것이 뻔한데 내 기분을 살피느라고 한껏 신경을 쓰는 눈치였다. 딸이 엄마 좀 보내달라고 부탁하는 모양이었다.

'엄마가 늘그막에 미국 가서 무슨 재미로 사냐? 너야 한시름 놓겠지만 너무 달라붙어 조르지 마라. 그 곳에 살던 사람하고 같은가, 낯설고 물설 터인데.'

나야말로 오랜만에 후련한 기분이 되었다. 그래서 곪은 자리는 도려내는 것이 상책이라 했나 보다.

드디어 동생이 돌아오고 다들 떠나는 시각까지 우리는 평정을 유지하는 데 힘썼다. 한 주일이 지나고 심신의 피로가 가실 즈음 배호일 씨로부터 전화가 왔다. 더는 마다할 염치도 없고 또 피할 생각도 없었다.

얼마나 살겠다고 뒷걸음질이냐 하는 배짱이 이전에 내게 없던 길을 열었다. 긴 대화가 이어지고 웃음소리가 끊이지 않았다. 그러나 수화기를 놓고 나서 시간이 흐를수록 느낌이 이상하다. 그의 기쁨이 토하는 열기에서 불결함을 감지하는 것이다.

그럼 나는? 하고 물어보았다. 나의 숨은 열기에는 여전히 호박씨 정신이 깃들어 있다. 속된 말로 밑지는 장사를 왜 해? 하자 마음의 동요가 가신다. 도둑질도 손발이 맞아야 한다더니 갈수록 마음이 어수선하고 짜증스럽기까지 하다. 만사 성가시다는 쪽으로 마음이 흘러 타고난 수치심을 자극한다.

'이 나이에, 무슨 영화를 보겠다고 안 하던 짓을 해. 기쁨도 순간이요, 삶도 허망인 것을.'

부질없다는 생각이 고개를 들며 나에게 있을 법한 모든 영화를 좀먹기 시작했다. 나는 안 돼, 그 한 마디가 또 다시 나를 다진다. 내일 일은 내일 가서 결정하자면서 잠을 청했다. 그 때만 해도 적당하게 꽁지를 감추는 쪽에 무게가 실렸다.

새날이 밝고 나서 그분으로부터 전화가 왔다. 생각을 여미며 다가섰다. 여행 스케줄이 결정되었다는 설명과 함께 '홀가분하게'를 강조하는 그분의 말이 계속되자 내 마음이 그게 아니었다.

손수 운전이 아니라 대리 운전자를 불렀다는 데에도 감동을 받았다. 나 같은 지지리 궁상이 이렇게 행복해도 되는가 싶은 것이다. 나는 하루 종일 배씨의 배려에 취해 있었다. 여자의 다치기 쉬운 체면을 생각하는 지극한 모습이며 내 생전 처음 겪는 풍요와 새로운 활로 찾기에 서광이 비쳤던 것이다. 사랑이 무언지를 아는 사람만이 행할 수 있는 조치였다.

"잘 주무셔야 일이 잘 풀려요. 흐뭇한 출발을 위해."

그의 인사말은 담백해서 좋았다.

다음날 새벽에 우리의 차가 움직이자 그가 말했다. 호텔문화는 거의 비슷해서 피했다고. 서울에서 멀지 않은 산정호수 언저리가 우리의 숙소였다. 차는 내일 다시 오기로 하고 곧장 떠났다.

이로써 우리의 자유는 사통팔달 거침없이 헤엄치는 물고기와 같건만 그것이 전부가 아니었다. 잠자리가 편해야 낮 시간에 마음껏 즐길 수 있다면서 방을 따로 마련해 두었었다.

나의 예상으로는 잠자리를 따로 마련해서 신사적인 행동으로 나를 감동시킬 것이라 여겼던 것이다. 여기까지 따라왔을 때는 모든 가능성이 열려 있지만 그 동안 보여준 바가 있기 때문에 그런 짐작을 했던 것이다. 그런데 그 이상이었다.

저녁 식사 시간을 너무 오래 끌었던지 밤늦은 시각에 공중에 뜬 달은 신비에 싸인 또 하나의 벅찬 선물이었다.

"해님을 사모하는 달님이로구나, 저 보름달을 좀 보세요. 손 여사를 바라보는 이 사람 생각이 꽉 찬 보름달이네요."

"어머, 꼭 시인 같으셔라."

솔직히 말해서 내가 뿡! 갔었다.

"아무나 시인 되나요. 젊은 시절 그 꿈을 버리지 못해 일하는 틈틈이 습작도 참 많이 했어요. 열 몇 번째이던가, 마지막 응모작품이 나를 붕 뜨게 만들었지요. 꼭 당선되리라는 믿음이 있었기에 당선소감까지 써 놓고 기다릴 정도이었는데, 무참히 고배를 마시고는 등을 돌리고 말았지요. 내 길이 아니라는 자각에서죠. 가난이 지배적인 시절이었어도 그나마 성실한 성품 덕에 직장에서 승진을 거듭했어요. 부하 직원 중에 문학한다고 거들먹거리는 자가 제일 싫었어요. 괜히 나를 비웃는 것 같았지요. 그러나 결국 그런 사람과 친해질 수밖에 없었고 그래서 알게 되었어요. 입선도 시상도 결국은 돈에 좌우된다는 것을. 워낙 가난한 집단 활동이다 보니 크게 나무랄 수도 없지만 자기 외숙은 얼마나 참담한 경우를 당했든지 속병을 얻어 그 길로 세상을 뜨고 말았대요. 초등학교 교장 출신인데 정년을 앞두고 등단을 하게 되어 이왕이면 상이라도 하나 받고 싶던 차에 수상결정 소식이 왔더래요. 어찌나 좋았던지 부인과 같이 참석할 요량으로 없는 돈에 정장을 맞추어 입고 식장으로 나갔대요. 그 자리에 황급히 나타난 자의 말에 의하면 갑자기 수상자가 바뀌었다는 것이었어요. 또 다른 경우도 있었는데 상금이 3백만 원이라고 해서 너무 고마운 나머지 백만 원 상당의 축하연을 예약했는데 막상 봉투 속은 비어 있었다는군요. 놀라서 주최 측에 알렸더니 '다 그런 것 아니냐, 여태 그걸 몰랐더냐?' 하고 오히려 의아해 하더라지 않겠어요. 전자는 상이 결정되면 수상전에 소정의 성의표시가 있어야 하는데 그걸 몰라서 당한 경우이고 후자는 너무 순진했던 거고요. 사람의 감성에 호소하는 문인은 작품 활동에 앞서 먼저 진솔한 인간이 되어야 하는데 후원금이 없는 메마른 토양에서 살아남자니 작품은 뒷전이고 이해득실이 우선일 수밖에 없다는군요. 어디 한 곳 썩지 않은 분야가 없는 것 같아 속이 쓰린 시대에 우리가 살고 있는 것입니다. 그래서 문학에 대한 미련을 떨쳤느냐고요? 아닙니다. 인간은 수십억 년을 진화한 예술품이란 말 그대로 예술에 대한 애정은 본능에 포함되어 있다고 봐요. 젊은 날 일찍 아버지를 여의고 칠 남매를 내가 다 공부시키고 출가시켰지요. 그러느라고 나는 자식을 여럿 두어 보지도 못했지요. 너무 고달픈 일상이었던 거죠. 직장을 지킬 수가 없을 만큼 쪼들려서 장사를 시작했는데 남의 손을 빌리지 않고 식구끼리 해결하다 보니 그것이 밑천이었어요. 별의별 일을 다 했는데 하다 보면 귀동냥도 늘고 안목도 넓어져요. 하다가 장사가 잘 될 만하면 동생에게 넘기고 다른 자리를 물색하든지, 아니면 다른 업종을 택하는 식으로 형제가 다 성공할 수 있었지요. 먹고 사는 데 지장이 없을 정도가 되면 부동산에 묻었어요. 지금 생각해 보면 때를 잘 타고 났어요. 참 어리석고 어두운 시절이었으니까."

"그런데 전혀 고생한 사람 같지가 않아요."

"지금의 모습이야 응당 그러해야지요. 다들 잘 살게 해 주었겠다, 현모양처의 극진한 보살핌이 있었겠다, 한 때는 남부러울 것이 없었지요. 문제는 아내를 잃고 나서예요. 진짜 행복에 맛들인 사람은 혼자 되면 그렇지 못한 사람보다 더 곤궁해요. 어찌 할 바를 모르게 되는 것이죠. 자식 집에 들어간 것이 잘못이었어요. 하지만 주부 없이 당장 살 길이 없으니 그 길을 택할 수밖에 없었는데 처량한 꼴 보이지 않으려고 집밖을 맴도는 내 꼴이 자식들 눈에 바람둥이 노인으로 비치는 줄 누가 알았겠어요. 동거인만 찾으면 수고아줌마에게 살림 맡길 생각도 하고 있지요. 그런데 나는 너무 까다로운 인물인가 봐요. 목소리가 듣기 싫고 화장이 싫고 옷 입는 취향이 싫고."

"부인은 그렇게도 마음에 들었나요?"

"무관심했지요. 옷이나 갖추어 입었게요. 그냥 내 비위만 맞추어주면 그만이었어요. 우리 사는 것이 말입니다. 다 고생하고 떠난 사람 덕 보는

것입니다. 그것만은 가슴 깊이 새기고 살아요. 미안하고 고맙기를 따지려
들면 가슴 터지는 일이 한둘이겠습니까. 그러나 산 사람은 어디까지나 현
재에 충실해야지요. 똑 같은 잘못을 반복하지 않기 위해서라도."

　다음 날 새벽 일찍 노크소리가 들렸다.
　"손 여사, 동 트기 전에 호수에서 피어오르는 물안개 좀 보세요. 어제는
미처 그걸 생각지 못했거든요. 그래서 쉬시는데 문을 두드렸습니다. 괜찮
으시면 우리 걸을까요."
　산길이 있고 그 길을 힘들여 벗어나면 반듯한 널빤지 길이 나왔다. 허
리를 비틀며 동트는 하늘 향해 피어오르는 물안개는 바람결에 일렁이는
예술혼이었다. 보고 또 보노라면 호수는 살아서 잠든 것 같고, 그 속에 간
직한 열정에 의해 걷잡을 수 없이 김이 오르는 것만 같았다.
　"신비경이예요. 전에 본 풍경이라고 생각할 수 없을 정도로요."
　"하루 더 머물까요?"
　"아닙니다. 익숙해지면 매력도 반감해요. 사람이 얼마나 약은데요. 이
주변에 사는 사람들의 덤덤한 일상을 보세요. 경치에 반해서 사는 사람은
아무도 없을 거예요. 돈벌이 때문이지. 이것으로 충분하단 뜻입니다. 경
비가 너무 많이 나면 어쩌나 하는 걱정도 있고요. 이 나이에 지출 걱정이
없으면 잘못 된 거예요. 말년에 위험이 따르기 전에 대비하는 것이 상책
이니까요. 그날그날 안주머니 사정을 잘 점검하세요."
　"나는 두 손 들었어요. 네 것, 내 것, 할 것 없이 공정하게 다스리는 의로
운 생각이 여사님을 존경하게 만들어요. 진심으로 존경해요."
　"괜히 쑥스럽네요."
　"이번에는 첫 동행길이어서 사실 신경이 쓰였어요. 행여 실례되는 일이
있을까 해서도 그랬지만 나의 진심을 알리는 기회라 생각했지요. 이렇게

나마 자주 바라보고 마음을 나눌 수만 있으면 나는 더 이상 바랄 것이 없어요. 솔직히 말씀드립니다만 어떤 친구는 남자 구실할 수 있는 때까지만 살고 싶다고 했어요. 그 무슨 동물적인 사고방식입니까. 저는 달라요. 젊은 사람 흉내를 낼 일이 무엇입니까. 늙어서 누릴 수 있는 최고의 정신세계로 한 발 두 발 나아가는 것입니다. 그 길에 혼자가 아니라니, 지금 저에게는 여사님보다 더 귀한 대상이 없어요. 이제부터는 여사님이 눈앞에 보이지 않아도 마음 푸근하게 기다릴 수 있을 것만 같아요. 어떤 환경에서건 서로 의지할 수 있으리라고 믿게 된 것이지요."

"다음부터는 기차여행이 좋겠어요. 잠자리만 따로 쓰면 한방을 써도 무방하리라는 생각이 들어요. 정신적인 교감을 이루는 나이에 걸맞게."

"알았습니다. 충분히 알아들었어요. 저한테 맡겨만 주세요."

귀경길은 버스를 이용하자고 한사코 사양했지만 약속은 약속이라면서 기어코 어제 그 차를 다시 불렀다. 운전기사도 호의를 베풀었다. 군데군데 차를 세워 주변경치를 감상케 하는가 하면 말로라도 한껏 선심을 베풀고 있었다. 가는 길에 어디 둘러볼 곳이 있으면 말하라는 식이었다.

그래서 차를 세우고 담소하며 우리의 시간을 더욱 알차게 꾸릴 수가 있었다. 돌아오는 길이 가까워지면서 피곤과 함께 알 수 없는 불안심리가 작동을 했다.

'내가 이리 행복해도 되는가!'

그런 생각을 말끔히 청산하도록 하는 기사양반의 제안이 인상적이었다. 일종의 상호보조 거래인데 주말을 피해 미리 예약할 경우 절반가격 봉사도 가능하고 또 월급 보조 형태의 일정급여 책정으로 자가용같이 쓰시라는 제안이었다. 세금도 보험금도 해당이 아니 되니 충분히 검토해 볼 만한 일이었다.

저녁 어스름 길은 산 능선이 그리는 스카이라인에 따라 방향이 바뀌었다. 드디어 큰 길을 뒤로하고 골목 입구에 접어들자 내 집으로 돌아왔다는 반가움보다 아쉬움이 더했다. 신사도를 지켜 배씨가 내린 것이 불찰이었다. 산책중인 동생에게 들키고 만 것이다. 아무것도 모르는 배씨하고는 홀가분하게 헤어졌지만 나는 암암리에 한 방 맞은 기분이었다.

그 날 밤은 별 탈 없이 지나갔다. 하지만 다음날 기류가 아침부터 심상치 않았다. 몇 번째 취직 희망이 무산된 이래 부쩍 사업 쪽으로 생각이 기울고 있어 자금타령이 만만치 않았던 것이다.

한데 배씨에게서 먼저 전화가 왔다. 목소리가 착 가라앉아 노독이 심했나 보다 하고 짐작하자니 들리는 소리가 가관이다.

다름이 아니라 돈독이 오른 아들 이야기였다. 둘 다 집 사주고 뒷돈 주고 이제 줄 것 다 주었다고 안심하고 있었는데 착실하게 살 생각은 하지 않고 오직 홀로 된 아버지가 가진 것만 노린단다. 보나마나 비싼 차를 빌려 여행 다녀온 것이 못마땅해서 그런 모양이었다.

이제는 자식에게 다 맡기고 편히 쉬라는 말이 흡사 남은 것마저 내어놓고 빈털터리가 되란 말로 들린다고도 했다. 그렇게 돈에만 집착하는 욕심쟁이인 줄 알았더라면 깊은 곳에 묻어두고 없다고 할 걸. 그러나 다음으로 듣지 말아야 할 말이 들려왔다.

— 누구든지 아버지를 좋아하는 것 같지요. 돈을 바라는 거라고요. 어쩜 그렇게 세상을 몰라요.

"너 어디서 말을 함부로 하니?"

— 어떤 인물이건, 늙은 여자의 속내가 다 그렇다는 말입니다.

"보아하니 죽기나 바라는 모양 같은데 이대로 죽어지낼 수는 없다. 젊어 고생한 보람을 헌 신짝 버리듯 그럴 수는 없어. 더 막막하기 전에 의지할 곳을 찾는 거야. 자식에게 할 만큼 다 해 주었는데 남은 안식마저 포기

해야 할 까닭이 없어. 내가 바보냐?"

— 엄마 돌아간 지가 얼마나 되었다고. 금슬 좋기로 소문난 건 다 새빨간 거짓이었지요.

"모르는 소리들 마라. 엄마는 수호천사 같은 사람이었어. 살아서의 기쁨이 죽은 뒤 절망인 걸 모르는구나. 엄마 가고 나 꼭 따라 가고 싶었어. 밤낮 날 데려가 달라고 졸랐었지. 다 소용없는 짓이고 보니 도저히 혼자 살 자신이 없어 그래. 정말이지, 혼자 죽을 수는 없단 말이야, 너무 무서운 일이야."

— 그러게 우리하고 같이 살자잖아요. 부모 자식간에 불편할 게 뭐냐고요.

"그것만은 싫어, 생전에 너 엄마 말 잊었어? 누구의 잘못도 아니지만 서로 눈치 보며 살게 마련이라고 누차 말했었지."

— 엄마가 안 계시니 말이잖아요.

"나는 니 엄마랑 작정한 대로 살 거야. 엄마 뜻을 어길 생각은 추호도 없어. 그러니 다시는 서로 얼굴 붉히는 일 없었으면 한다. 너희는 어떤지 몰라도 나는 앞으로 누구와 어디에서 살더라도 엄마 마음을 읽으면서 딴 사람 실망시키지 않고 바르게 살 거야."

— 그래서 어떻게 하실 거예요?

"지금 이 나이에 뾰쪽한 수가 있나. 말이 통하고 만나서 즐거운 상대가 있으면 서로 떨어지지 말고 짧은 여생도 길게 살아보자는 것이지."

— 그 연세에 꼭 재혼을 해야 되겠어요?

"재혼이 되었건, 동거가 되었건, 너희들 신경 쓰이도록 하지 않을 터이니 제발 마음 편케 멀리서 두고 보렴. 그것도 아니라면 나 숫제 소식 끊고 살겠다."

— 그 뒤는 어떻게 하실 건가요?

"나도 몰라. 서로 마음에 드는 길 따라 가다가 갈림길이 나오면 그때 결정짓고 알려 주마."

배씨가 너무 흥분해서인지, 나를 너무 믿어서인지, 지금까지 내가 알던 배씨가 아니라 흡사 자기 말에 도취한 사람 같았다.

"나 당당하게 말했어요. 손 여사 같은 이와 함께라면 굳이 결혼이라는 절차를 밟지 않아도 부족함이 없는 여생을 보낼 수 있을 것 같다고. 그러니 상대가 누군지 알려고 하지도 마라. 서로의 외로움을 떨치고 품위를 지키면서 그 동안 하지 못한 여행이나 하면서 살 터이니."

"지금 저더러 들으라는 말씀 같네요."

"그렇다고 봐야죠. 나를 바라보는 아들자식의 생각을 전하면서 동시에 제 입장을 알리는 거예요. 자중자애하는 길밖에 없다는 우리의 현주소를 알리는 의도도 있다고요. 나는 손 여사가 원하시는 대로 살 거예요. 옆에 오지 말라면 떨어져서 지내고, 밥하기 싫다면 그것도 아니 시킬 마음의 준비가 되어 있어요. 한 지붕 아래 살 수만 있다면 말입니다."

"그럼 같이 있는 의미를 어디에서 찾는데요?"

"언제 어디서나 바라볼 수 있다는 데 큰 의미가 있지요. 참 좋은 세상 아닙니까. 사별한 아내에게 못해 준 한을 그대로 품은 채 죽고 싶지 않아요. 아내도 절대로 그걸 원치 않을 것이구요. 이제 마음껏 누리며 살 때가 되었다고 봅니다. 그 중 압권은 죽음 준비예요. 빈손으로 왜 갑니까. 사랑하는 사람의 손을 꼭 잡은 채 눈을 감아야지."

'맙소사. 이렇게 이기적일 수가. 여태 상대를 배려하던 모든 조치들이 자기 목적 달성하기 위한 수단에 불과했던 거야?'

죽은 사람의 차가운 손을 잡고 남은 사람 생각은 꿈에도 없다니, 전신에 소름이 끼쳤다.

"대단한 집념이어요. 이제 보니 삶에 대한 집착이 지나치세요. 모든 것을 완전히 놓아버리고 허허롭게 떠나야 하는 임종의 순간에 그처럼 이기적인 발상을 하다니요. 상대방을 배려하는 마음이 털끝만큼이라도 있는 겁니까. 정말 놀라워요. 댁을 다시 보게 되었어요."

"내가 어쩌다가 이렇게 큰 실망을 안겨드렸나 참, 어리둥절합니다만 손 여사! 너무 심층 분석하지 마세요. 내가 흥분한 나머지 사리판단을 흐렸나 봅니다. 순간적인 언행의 잘못을 나의 전부인 양 다시 보게 되다니요. 아직도 저를 모르시겠습니까. 지금은 이중으로 섭섭합니다."

"죄송해요. 아드님 때문에 몹시 기분이 상하신 줄 알면서 저도 생각이 짧았어요. 이런 경우 말이 제일 어렵네요. 잘못 되었다고 깨달을 때는 이미 늦었으니까요. 자기만의 생각에 갇혀서 순간적인 기분에 충실하다가 우리가 그만 길을 잃은 격입니다."

나는 우리라는 단어를 강조하면서 둘 사이에 빗나간 감정을 바르게 하려고 애썼다. 그러나 그마저 별 효과가 없는 듯했다. 배씨가 서운한 마음을 여실히 드러내 보이는 것이었다.

"불교에서 첫째로 집착을 버리라 했지요. 나 그걸 모르는 바 아닌데 내 나름대로 손 여사와 함께 보낼 여생을 미화하다 보니 서툴러서 표현이 일그러졌어요. 잠깐 이성을 잃었나 봅니다. 그럴 수도 있는 일인데 참 호되게 당하는 꼴이 되었군요. 여사님도 꼭 그렇게까지 이 사람을 난처하게 만들어야 하겠어요?"

상황은 최악의 상태로 치닫는 느낌이었다.

"저야말로 댁의 호의를 듬뿍 받은 사람으로서 정말 면목 없어요. 피차 가벼운 말실수가 큰 허물이 된 겁니다. 이 순간의 불편한 심기로부터 얻는 것이 있을 터입니다. 우리 서로 홀가분해지는 계기로 삼읍시다."

"단절을 뜻하는 겁니까."

"우리가 사춘기 아이들인가요?"

"잘 알아들었습니다. 앞으로 상호관계 발전을 위해 미심쩍은 점은 상의하고 그러면서 해법을 찾아가기로 합시다."

말은 듣기 좋게 끝났지만 헤어진 뒷맛이 개운치 않았다. 믿거니 하고 한 말인지, 흥분해서 함부로 나온 말인지 잘은 몰라도 말이 무섭다.

얼마든지 고쳐 써도 흔적을 남기지 않는 글에 비해 말은 너무 가볍고도 처치곤란이다. 그러나 말은 입에 달려 있고 글은 멀다.

배씨의 기분인들 지금의 나와 별반 다르지 않을 것이었다. 나로서는 그가 일방적으로 치른 여행비용이 당장의 부담으로 다가왔다. 이 찜찜한 기분을 풀 길은 그걸 청산하는 길뿐이란 생각인데 방법이 없었다.

밤이 깊도록 잠 못 이루는 나를 꿰뚫어 보기라도 한 듯 엄마가 전화기 앞에 나를 불러 세웠다.

"아직 안 자지?"

"늦은 시각에 무슨 일이우?"

"너 동생 일로 상의 좀 해야겠다."

"……."

"언제까지 저렇게 빈둥거리도록 버려둘 수는 없지 않니."

"본인이 일자리를 찾으려고 노력을 해야지 누가 버려두고 말고 한다는 거예요. 하여튼 엄마는 주위사람 원망 일색이야. 그러니 가뜩이나 나태한 인간의 의타심만 키우는 거라고."

"그럼 자금 없이 사업하라고 말을 하랴?"

"자금이 있는 사람도 사업에 뛰어들기 전에 그 분야 말단 월급쟁이 노릇부터 한답디다. 그래야 거래처도 익히고 시장조사도 하는 것 아니오. 어쩨 만사 쉽게만 생각하우?"

"너는 너만 잘 살면 그만인 줄 아는데 그러는 것 아니다. 형제가 뭐야. 다 한 나무에서 열린 열매 아니니. 하나가 영양분을 독차지하면 나머지는 곯아. 나누어 가질 줄 알아야지."

"이럴 수가! 아니 무슨 말이 그다지요. 내가 무얼 어떻게 독차지했다는 거예요. 엄마는 나무 사정에 밝은가 보오, 하지만 사람은 말이요, 둘이 뛰어도 일등이 있고 꼴찌가 있다오. 자식의 형편이 똑 같기를 바라는 것 같아서 한 말인데 생사람 잡지 말고 전화 끊어요."

"그럼 자식이 죽는다는데 그냥 보고만 있으란 말이야. 아무리 어미가 힘없고 보잘것이 없어도 그렇지, 너 그럼 못쓴다."

"나중에 만나서 말해요. 나도 아주 죽을 맛이라고요."

"그러지 마라. 한창 재미보고 다니니까 네 눈에 보이는 것이 없나 본데 하나뿐인 동생을 홀대하면 벌 받는다 너. 내가 아무것도 모르는 줄 알지? 나도 생각 끝에 결심한 바가 있어 하는 말이다. 너 사람 호락호락하게 보는 것 아니야, 잘못하면 큰 코 다친다."

"알았어요. 나도 결심이 있으니까 전화 이만 끊어요."

수화기를 놓고 눈을 감은 내 귀에 동생의 목소리가 들렸다.

"다 못난 이 동생 때문이오. 오죽하면 누이한테 얹혀 살겠어. 나 이렇게 사느니 차라리 쥐약이라도 먹고 콱 죽고 말까 봐."

"너 지금 나를 협박하는 거냐?"

"협박? 공갈은 아니고? 두고 보라지."

"나 말이야, 한 마디만 더 할게. 제발 나한테 사실 확인을 한 다음 엄마한데 말해. 재미를 보는지, 연애를 하는지, 어림짐작하는 건 아주 질색이야. 지금 그 둘 다 아니거든. 젊은 사람들은 하룻밤에도 만리장성을 쌓는다지만 이 나이가 되면 말이야. 상대방 말 한 마디에도 정이 뚝 떨어지는 판이란 말이야. 가뜩이나 심란한데 내가 지금 식구들 입에 오르내리게 되었어?"

"내가 뭐 딴말했나? 둘이 다정하게 여행 다녀오는 모습 보기 좋더라고 말했지."

"그리고 엄마가 나더러 너 사업자금 마련해 주지 않는다고 해괴한 소릴 다 하는데 나는 도무지 이해가 안 가. 연금도 남편이 살아있을 때 말이지, 지금은 절반 밖에 안 나온단 말이야. 간신히 먹고 사는 걱정을 면했을 뿐인데 어디에 목돈이 있어. 사업자금 운운하는지 참 모를 일이야."

"누가 돈 달래. 집을 담보로 은행 돈 좀 쓰게 해 달라는 거지, 이자 부담 같은 것 전혀 걱정 안 시킬 거니까."

"나더러 집 잡혀먹으라고? 처음부터 이자 나 몰라라 하는 사람이 어딨어. 아예 이 집안을 망쳐먹으란 소리지. 내 분명히 말해 두지만 나는 이 집에 대해 아무 권한 없어. 딸아이가 돌아와 살 집이니까. 그리고 그 컴퓨터 말인데 사람이 어떻게 꼬박 밤을 새워가며 게임을 하니. 멀리서 지켜보는 것만으로도 넌더리가 나. 나는 너 군대 가고 나서 인터넷 위약금 무느라고 쓸데없는 돈을 썼어. 그런데 돌아오자 말자 또다시 가설비 들어, 거기에 또 매달 사용료 물어, 그 뿐이냐? 비싼 밥 먹고 쓸데없는 짓하는 꼴 보느라 날마다 마음 상해. 내가 말이야, 그 놈의 게임 없는 세상에 살면 수를 누릴 것 같아. 사람의 정신을 좀먹고 장래를 망치는 그것이 무슨 문명의 이기야? 물론 사람이 쓰기 나름이겠지만 웬만해야지."

"내가 나가면 되겠네?"

나는 아무 반응도 보이지 않았다.

그러나 곧 엄마가 내 집에 자리를 잡고 뒤따라 언니마저 합세했다. 주객이 전도된다더니 내 집에 그 짝이 났다.

그들을 부엌방에 가라고 할 수 없는 나는 어이없게도 손님에게 관대한 주인노릇에 급급해야 했다. 자칫 잘못했다가는 체면마저 잃게 될까 봐서였다.

"역시 큰 집에 살고 보기야, 마당이 있으니까 마음이 확 트이고 왠지 좋은 일이 있을 것만 같아. 너도 생각을 해 봐라. 언니가 이혼할 때 들여 놓은 살림살이 때문에 나 혼자 있기도 좁은 방에 또다시 언니가 끼어들면 돌아누울 자리가 있어야지. 조만간 결판이 날 거야, 설마 그냥이야 내보내겠어. 그래도 그 동안 밥해 주고 살림 살아주었는데."

"지금 재혼자리 이야기유?"

"그렇지 않고? 그러니 괴롭더라도 조금만 참자."

그렇게 말하는 엄마는 내가 한 번도 본 적이 없는 초췌한 모습이었다. 내가 죄를 지었다는 생각이 들어 나 또한 힘겨운 대답을 했다.

"듣기 곤란하게 말을 하고 있어. 가족인데 괴로울 것까지야."

그런데 시간이 지나도 내가 비켜주면 좋겠구나, 하는 마음이 나를 떠나지 않았다. 그렇게도 망설이던 미국행을 결심하기에 이른 것이다. 한 때 둘이서 컴퓨터 채팅하던 시간대에 인터넷상을 서성거려 보았지만 불통이었다.

그래도 섣불리 다가서지 못하고 메일을 보냈다. 일상적인 이야기를 주고 받다 보면 그쪽 사정이 밝아질 것이기에다. 그러나 딸은 좀처럼 메일을 열어보지 않았다. 일단 작정한 일이어서 마음이 급했다. 하는 수 없이 전화를 했다. 그런데 오고 싶으면 오는 거지 뭘 망설이느냐다.

나의 도미계획이 진행되면서 내 집에는 새 바람이 불었다. 모두들 기분이 좋아졌는데 나 혼자 연민의 정을 느낀다. 내가 준비한 선물 꾸러미를 열어 보이고 서로의 의견을 나누는 동안 우리 모두 현실의 불편을 잊었었다.

드디어 미국 땅에 발을 들여놓고 어눌한 사위의 한국어가 즐거운 날이 시작되었다. 시댁 안부를 묻는 나더러 딸은 말했다.

"한국 사람들 같지 않아, 얼마나 이해성이 많고 신사적인데. 정을 써도 한국 사람들같이 염치없는 짓은 안 해."

딸은 그냥 말을 하지 꼭 한국 사람을 들추어 나쁘게 말할 것이 뭐람. 나는 꼭 나를 꼬집어 말하는 것처럼 들린다. 실 사정이 어쨌든 간에 마음이 울적하고 기댈 곳이 필요해서 친정 식구들과 가까워진 이야기며 변화가 있어야 하겠기에 여길 왔노라고 누누이 말했지만 딸은 숨은 배경에 대한 의심을 감추지 않는다.

정말 만만치 않은 인물이다. 때로는 무서운 생각마저 들 정도다. 사사건건 못마땅해서 신경질이니 당할 재주가 없는지라 한 달을 간신히 채우고 나서 귀국할 결심을 알렸다.

지금 나이가 몇인데 아직도 친정식구들이랑 붙어서 사느냐면서, 아예 다 팔아치우고 나서 다시 오면 그 땐 잘 해 주겠노란다.

그제야 딸의 진심이 밝혀졌다. 집을 팔아서 한 재산 마련해 오지 않았다고 구박했던 것이란 걸. 그것도 모르고 나는 남의 자식 흉을 함부로 입에 담았던 것이다. 내가 만약 그 분과 부부의 연을 맺었더라면 오늘날 내 딸로부터 사람대접이나 받을 수 있었겠는가를 생각하니 절로 오금이 저려 왔다.

어찌 되었든 간에 나는 다시 내가 살던 곳으로 간다. 가면 다시 오지 않을 결심을 하고.

숨결 같은 꿈결

밤에 도착한 내 집안은 이름 그대로 난장판이었다. 있는 그대로를 보고 싶어 아무런 통보 없이 왔지만 나를 만난 반응들이 여러 가지다.

"왜 미리 알려주지 않고 갑자기 닥쳐?"

엄마보다 한 술 더 뜨는 언니의 노여움이 귓전에 날아들었다. 나도 만만치 않은 속내를 드러냈다.

"뭘 알려, 내 집에 내가 오는데."

"그래도 그렇지, 사람 놀라게 시리. 야, 니네들 어서 나와 이모한테 인사해."

동생은 없었다. 북새통에 어디로 피신을 한 모양이었다. 내 방이 말끔히 치워지고 나서도 나에게는 편히 쉴 틈이 없었다. 조카들이 뻔질나게 드나들 뿐더러 딴에는 정 쓴다고 말들이 많았다.

"외삼촌은 어디 갔어?"

"아니."

다락방에라도 박혀 있는 모양인가 하는데.

"할머니하고 싸웠어."

"왜?"

"게임 때문에 매일 밤을 꼬박 새운대, 할머니가 게임 없는 세상이라면 지옥에라도 가고 싶대. 그러니까 외삼촌이 게임 말고 뭐든지 할 일이 있느냐고 일거리를 달라고 야단도 아니었어."

나는 코웃음을 쳤다.

'다 큰 놈이 일거리를 자기가 찾지 누굴 보고 달래. 한 푼 벌지 않아도 배고픈 일이 없다 보니 태평하게 하는 말인데 글쎄 자존심이 상해서 언제까지 그러고 살 수 있으려나 두고 보라지. 그러기에 가난보다 더 좋은 자식교육은 없다고 했는데 워낙 부잣집 아들로만 키웠으니 엄마도 당해서 싸지, 어떻게 자기 아들만 최고냐고. 내 여러 번 분개했거든. 나도 절대로 자식교육을 제대로 한 사람은 못된다. 하지만 엄마와는 질이 다르다. 젊어서 저지른 잘못은 대개 몰라서 그랬다 치자. 아차! 하면 때를 놓치고 마는 것이 자식교육이니까.'

나는 밤새 아이들과 한 덤불이 되어 어지럽게 노니는 꿈을 꾸었다. 새 날을 맞아 마당을 둘러보니 그런대로 손질이 잘 되어 있었다. 동생이 다가와 말했다.

"어제는 누이 볼 낯이 없어 인사도 못했어. 정말 면목 없어."

"네가 그런 걸 다 아는구나. 있는 그대로 불편을 최소한 줄이며 잘 해보자."

그는 여전히 나를 바로 보지 못하고 있었다. 어깨가 축 쳐진 옆모습을 보니 턱뼈가 전에 없이 두드러져 보였다. 수척한 것이다. 마음이 아려 내가 많이 잘못하고 있는 것 같은 착각이 들었다.

어느덧 처음 당도했을 때의 불쾌감은 사라지고 나는 여러 사람의 훈기 속에서 안정을 되찾는 것이었다.

　'그래 이러고 살자. 나만의 공간에 대한 아쉬움을 떨치고 모두가 주인이 되는 집을 만들어가자. 가면 가는 대로 오면 오는 대로 자유로운 사람들이 모였다 헤어지기를 반복하는 집에서 바보처럼 마음 편케 사는 거다. 이 모든 것이 내게 주어진 몫이라 여기고 내가 아니면 아니 되는 일에 충실하자.'

　시간이 지나면서 나는 일체의 말을 삼갔다. 간섭을 하지 않기 위함이었다. 나의 주장이나 권리를 포기하고 나니 눈에 뜨이게 나에 대한 대우가 달라졌다. 모두가 나의 눈치를 보고 나를 배려하고 나의 권위를 세워주는 것이었다.

　장보기에서 집안일 하기까지 어느 것 하나 나무랄 데가 없이 정돈되어 갔다. 특히 민감한 돈 문제가 그랬다. 엄마는 내가 준 만큼만 장을 봤다. 이를테면 필요한 것들을 엄마가 먼저 말하고 나와 대충 계산한 다음 찬거리 비용을 별도로 지불하는데 금액에 따라 그날의 식탁메뉴의 질과 양이 결정되었다. 다른 누구와도 비교가 되지 않는 거래라 할 수 있다. 그나마 고맙다는 생각을 굳히다 보니 자주 마음바탕이 흥건해졌다.

　자유, 평등, 그런 것들이 뒤엉켜 내 갈 길이 혼미해질 때 그런 증상이 나타났다. 하루하루가 기계적으로 오늘의 나를 내일로 실어 나르는데 이 환경이 뿜는 온기 역시 침묵이 자아내는 숨결이면서 아등바등 살아가는 사람의 꿈결인 것이다.

　나는 새벽에 마당에 나가 일하기를 좋아했다. 밤새 불을 밝힌 채 게임에 몰두한 동생이 아직도 삼매경을 헤매고 있지만 애써 못 본 체한다. 그것이 내가 건강을 지키는 길이라 생각해서였다. 어둠에서 풀려나는 풀을 뽑고 웃자란 순을 자르고 뿌리에 흙을 돋우면서 일그러지는 나를 땜질이라도 해야 하니까. 쓸데없는 울분이 다 잡초와 같고 어디론가 달아나고 싶어 안달인 내 모양이 넝쿨 순만 같았다.

밥 먹으라는 말을 듣고 나서야 집으로 들어오는 나의 변신을 나는 반겼다. 끼니때마다 또 뭘 먹나 하고 궁상을 떨던 나를 나는 잊고 있지 않은가. 실로 이 얼마나 원하던 바인가. 식후 차 한 잔의 서비스에 곁들인 따뜻한 위로의 말은 내 위상을 더욱 높여준다.

"혼자 있을 적에는 신선놀음이었을 터인데 우리가 덮쳐서 너무 소란스럽지, 싫지, 그지? 솔직히 말을 해 봐."

"말을 하면 어쩔 건데, 엄마 나 모르는 무슨 수나 있어?"

"수가 있는 게 아니라, 싫다면 가야지 뭐."

엄마와 나 사이에 살짝 따고 든 언니의 말이었다. 그래서 내가 말했다.

"어디로 어떻게 가는데?"

"어떻게든지, 사는 입에 거미줄 치랴."

그리고는 엄마에게 소리쳤다.

"그러니 아무 말 말라고. 남의 속 터지게 하지 좀 말고."

"네가 화근이다. 왜 나는 말도 못하니? 네 동생보기 미안해서 하는 소린데."

"제발 좀 닥치고 있어. 내 속에 불나는 줄 빤히 알면서 기름 부을 일이야? 아이새끼 전화질 때문에 밤새 잠 한숨 못자고 사람 죽겠는데 엄마가 되어서 꼭 그렇게 해야 되냐고. 머슴아 말마따나 엄마야말로 나를 망쳐놓고."

"엄마가 널 망쳤다고? 이게 무슨 고약한 소리야."

"엄마 외손자 말이오, 내가 절 망쳤대."

"이혼은 나만 하나. 내가 뭘 망쳤다고 그 말을 입에 달아놓고 사는지 몰라."

"어떻게 망쳤냐고 한 번 물어보지?"

"대답이나 하나? 엄마가 아직도 자기 죄를 다 모르는 거야? 하고 대꾸질이지?"

내 귀가 번쩍 뜨이는 동시에 불을 뿜고 싶은 소리가 입안을 맴돌았다.

"원수를 알아보았으니 이제 멋지게 원수 갚는 방법만 알아차리면 되겠네. 조카 녀석 들어라. '성공하는 거야. 원수가 부끄럽게 되도록 도와주고 또 도와주면서 후회하게 만드는 거야.' 그 말을 해 주지 않아도 스스로 깨닫는 때는 오고 말 것인 즉 힘내라, 이것들아. 성공은 남들이 말하는 명성에 있지 않고 성실한 자기 안에 있는 거야. 제가 하는 일에 푹 빠져서 피곤한 줄 모르는 사람이 되면 거의 다 되게 되어 있어."

내 말에 심취해서 졸고 있는데 엄마의 말소리가 다시 들렸다.

"우리만 없으면 조용히 지낼 둘째가 북새통 속에 있는 게 미안해서 내가 한 마디 했는데 너 왜 그러니."

"혼자 있으면 저도 외로울 것 아니유. 같이 있어 좋기도 하고 나쁘기도 하겠지 뭐. 꼭 그렇게 내 염장 지를 말을 골라 할 일이유?"

나는 모녀의 실랑이를 피해 다시 마당으로 나왔다. 그리고 되도록이면 먼 곳에 자리를 잡고 앉아 남동생을 생각했다. 군대에서 굳건히 다진 의지마저 잃고 저러는 이유가 무언가 해서였다. 정상생활을 불가능하게 만든다는 게임에 빠져서 밤낮을 바꾸어 살면 우선 누구 눈치 보지 않고 지낼 수가 있다.

배고프면 준비된 음식 찾아 데워먹고 버티어 나가겠다는 꿈수일진대 그래 내 너랑 끝까지 같이 갈 것이야. 어디까지 가는지 참고 견디다 보면 나락으로 떨어지는 꿈을 깨듯이 화들짝 놀랄 때는 오고 말 것이다.

내 딸이 이 집을 가질 권리가 있다 해도 이 집에 살고 있는 나의 혈육을 몰라라 할 수는 없을 것인즉 내 너랑 달라진 세상 구경하는 그날까지 기다리고말고. 딸도 한국에 심어놓은 부모의 재산을 노릴 만큼 어려운 처지도 아니니 말이다.

나도 배씨랑 나란히 늠름하게 살아갈 것이니까. 꼭 결혼을 할 이유가 없고, 자식에게 얽매일 이유는 더욱 없고, 남의 눈치 따위 상관할 필요는 더 더욱 없고 보니 그렇다.

"언니, 언니, 그냥 가면 어떻게 해."

내가 나의 생각에 몰두해 있는 동안 무슨 일이 있었던지 언니가 대문을 향해 바람같이 달려 나갔다.

나는 언니의 뒷모습을 쫓으며 불러 그를 불러 세우고자 애썼다. 그러나 언니는 막무가내이었다. 대문 밖까지 나가서야 간신히 그의 팔을 잡고 늘어졌다.

"놔."

"이런 일 처음은 아니지 않아. 들어가자, 집에 들어가서 말하자."

"너랑은 상관없어, 이 길로 나 결말을 낼 거야. 이 이상 이대로는 못 살아."

"무슨 결말?"

"넌 몰라도 돼. 이 손 놓아. 가나오나 인간들이 모조리 사람을 잘못 보고 있어. 본때를 보여주고 말 거야."

"일단 마음을 정리하고 차분하게 결말을 지어야지. 언니 들어가서 외출 준비부터 하자. 나도 언니하고 같이 갈게."

"괜찮아, 나 이대로 엄마네 집에 가서 마음 정리하고 그 다음에 재혼 자리 찾아서 담판할 거야. 넌 집에 있어."

"재혼자리 찾아서 어쩔 건데?"

"나를 살게 하든지, 보내주던지, 양단간 분명히 해야지. 내가 이 나이에 그깟 손찌검 무서워 말을 못할 줄 알아? 이젠 안 그래. 나도 독이 오를 대로 올랐어."

"조심해. 지나고 나면 아무 것도 아닌 일이라도 순간의 실수로 돌이킬
수 없을 만큼 큰일을 만들 수도 있단 말이야."

"이보다 더 큰 일이 뭐겠어. 내가 알아서 할게."

언니는 떠나고 집안은 사뭇 음산했다. 그래도 때는 흘러 마치 감정이
없는 사람들의 세계처럼 밤이 깊었다.

깜빡 첫 잠이 들었던 모양인데 전화벨이 울렸다.

'누가 이 밤에 전화질이야' 하면서 일어나다 말고 선뜻 불길한 예감이
들었다.

"여보세요. 엄마! 아니 엄마잖아."

"뭐야? 뭐야? 이게 무슨 소리야."

엄마는 병원에 있었다. 내가 잠든 사이 집을 빠져 나갔던 모양이었다.

허둥지둥 가서 만나 보니 일은 이미 다 끝난 시점이었다. 엄마는 왠지
너무 불안해서 택시를 타고 자기 집에 갔더란다.

아니나 다를까, 문이 열려 있었다고 했다. 전기 스위치를 올리고 발을
내딛기도 전에 빨랫줄에 걸린 사람의 몸체가 드러났다고 했다. 사정없이
앞집 문을 두드려 도움을 청하고 경찰이 출동해서 현장 수습이 마무리되
었다는 것이다.

엄마는 완전히 넋이 나간 사람이었다. 그 옆에는 나 말고 부축해 줄 사
람도 없다. 동생은 어디서 담배나 태우고 있을 것이고 영안실도 잠든 시
간이어서 엄마와 둘이 있자니 우리 함께 여행길에 시달리고 있는 느낌마
저 든다.

별안간 사람 여럿이 밀어닥치고 울음소리가 진동한다. 억울한 죽음이
있었던가 본데 우리에겐 아무런 일도 없었던 것만 같다.

'도대체 무엇이 어떻게 되었다는 말이야, 우리가 지금 왜 여기 있는데?'

멀어져가는 현실인식을 바로잡기 위해서라도 나는 자꾸 나를 흔들고 있었다. 어디선가 우리 모녀를 보고 있었던 듯 동생이 다가왔다. 내 옆에 앉으려는 그를 밀어 나는 그가 엄마 옆에 앉아 위로해 주도록 만들었다.

"세상에 제일 큰 불효가 부모 앞서 가는 거라는데 강제로 목숨을 끊어? 나한테 이럴 수는 없는데."

"엄마, 가만히 있기요. 이럴 때는 아무 말 않는 거란 말이요. 죽은 사람도 있는데 입이 있다고 할 말을 다하면 말 못하는 사람은 두 배로 억울하지, 안 그래 엄마?"

나도 말했다.

"엄마, 눈 좀 붙이세요."

그곳에도 새 날이 오고 잃어버린 줄 알았던 조카아이들이 왔다. 사내 녀석 제 아빠 키를 웃돌았다. 딸아이 혼자 눈물범벅이 되어 오빠 속을 태우는 모양이었다. 오빠가 성내는 모양이 그랬다.

나는 가까이 갈 수가 없었다.

'너희가 있어 언니가 이 세상 다녀간 보람이 있구나, 우리에겐 너희가 한없이 소중하다. 내 이 말을 어디 가서 할꼬.'

나는 분명 그들의 이모인데 이모란 말이 나 스스로 어색하다. 우리의 의지와는 관계없이 진행된 법적 고비가 우리를 갈라놓더니 언니가 재혼을 해서 우리 사이에 높은 철조망을 친 꼴이다. 엄숙한 선택이 아무렇게나 저질러진 것 같아 무엇보다 그것이 원통하다.

그래서 결심했다. 저 아이들 눈에 보이는 엄마의 마지막 모습을 장식하기 위해 그의 유해를 리무진에 태워 보내리라고. 그러나 영구차가 떠나는 시각에 그들은 보이지 않았다.

이제 죽은 사람은 죽어도 사는 사람은 살아야 한단 말이 우리의 현실이 되어 있었다. '죄 많은 인간'을 화두처럼 지닌 엄마는 떠난 딸을 향해서라기보다 자기 자신을 일러 하는 말 같았다.

나는 새벽에 잠이 깨면 살그머니 뜰에 나와 밤하늘을 바라보곤 했다. 거기 어디에도 내 언니의 별은 보이지 않았다. 그래도 그와 함께 했던 이 땅 위의 아픔과 그와의 이별이 똑같이 서러웠다. 동생이 되어 그 험난한 순간들을 위로하고 어루만져 준 적이 없어 괴로운 것이다.

'지친 심신을 떨쳐 버렸으니 부디 편안해다오.'

나는 차마 언니라는 말을 입에 담지 못하고 가슴에 손을 얹어 뉘우치기를 되풀이했다.

"왜 잠 안 자고 거기 있어?"

동생이었다.

"넌 왜?"

"누이한테 할 말이 있어."

"무슨 말."

나는 가슴이 철렁했지만 애써 태연하게 말했다.

"이제 내 걱정은 하지 말라고."

"듣던 중 반가운 소리구나. 하지만 네 생활이 변하지 않는데 내가 무슨 수로 걱정을 안 하니."

"누나가 몰라서 그렇지. 나 많이 달라지고 있어. 우선 말인데, 사업자금 운운했던 일 크게 반성하고 있다는 점을 알아주었으면 해. 그리고 나 게임하는 것 아니야. 아니 게임은 하는 데 즐기는 것이 아니라 연구하는 거야. 어느 땐가 히트 치면 큰 돈이 될 수도 있어. 말을 해도 누나는 잘 모를 테니까 그저 그렇게 알아들으라고. 한 가지 확실한 건 월급봉투와 인생을 맞바꾸는 일은 없을 터이니 나더러 일자리 구하라고 압력은 넣지 말아줘.

서로 피곤할 뿐이니까. 그 대신 기다려 달라는 부탁을 하고 싶어. 걱정 없이 믿고 기다려 달란 말이야. 이젠 확신을 가지고 내 일을 진행중이니까."

"말해 줘서 고마워. 겉으로 달라진 것이 없으니까, 실은 나 많이 힘들었거든. 너를 믿는 마음이 없진 않지만 사람이 어디 그래? 자꾸 흔들리지. 지치면 마음에 없는 소리도 나오고 말이야. 언제까지 이렇게 같이 살지는 몰라도 우리 이 순간, 순간이 다 소중한 걸 잊지 말자."

그러던 어느 날 보름달 앞에서 배씨를 그리는 내 마음을 굳혔다. 말로 덧난 상처는 말로 치유하리라고.

며칠이 또 그렇게 지나 버린 뒤 나는 전화기 앞에서 망설이지 않고 수화기를 들었다. 그리고 배씨에게 하는 말은 단순한 사과가 아니었다. 진정에서 우러나는 목소리는 상대의 얼떨떨한 기분을 단숨에 잠재웠다. 두 사람 다 잘 대처하고 있었던 것이다.

"운명의 순간을 떠올리게 하신 말씀이 그 때는 그렇게 큰 충격일 수가 없었어요. 불원간 두 사람 사이에 닥칠 비애가 비수로 꽂혔나 봐요. 참으로 각별한 사이에만 있을 법한 이변이었는데 미처 몰랐어요. 혼자 태평양을 건너서 가고 오는 동안 그걸 깨달았답니다. 이제 앓고 난 사람끼리 웃으며 재회할 일만 남았다고 생각해서 전화 드렸어요."

"우리 언제 만나게 되어요?"

배씨의 목소리가 젖어 있었다.

"곧이요."

이로써 나는 생애의 말미를 흐뭇하게 꾸며 나갈 장본인을 자처하기에 이르렀다. 그 어느 때보다 확신에 찬 여행 계획이 성사되자 나는 집안 식구들에게 단체여행 계획이 있음을 알렸다.

말하는 쪽이나 듣는 쪽이나 편한 방법을 택한 것이다. 기다리는 시간을 줄이기라도 하듯 나는 혼자 속으로 읊조렸다.

'사계절을 옮겨 다니며 살아보리라. 바다와 산을 배경삼아 잃어버린 세월을 추스르며 흡족한 삶을 누려보리라. 이전에 성가신 무리들을 구경꾼으로 모시고 떳떳하고 정갈하게 남은 날을 보내다가 다리에 힘 풀리면 가진 것 다 내어놓고 신성한 불을 통해 무거운 죄 말끔히 씻고 가리라.'

배씨와 나는 준비 없이 무작정 기차에 올랐다. 현지에서 조달하는 설렘과 긴장을 젊음과 함께 빼앗긴 지 이 얼마만이던가.

나는 말했다.

"늙으니까 친구 사이도 긴긴 세월을 함께 해온 부부 못지않게 덤덤해서 좋아요. 남의 눈이 왜 중요한지, 남의 입이 왜 무서운지, 그 까닭을 곰곰이 따져보면 남을 위해 사는 것 같아 언짢았는데 오늘을 계기로 중심을 잡게 되었어요. 이런 순간을 온전한 내 것으로 차지하기까지 단단한 용기가 필요했단 그 말을 하는 겁니다."

"아직은 그다지 늙지도 않았고 어디 한 군데 불편을 느낄 정도로 병든 곳도 없건만 남자는 일상생활 전반에 약점이 드러나요. 나 자신은 극복했지만 역시 남의 눈에 비친 나는 아니더라고요."

"그래서 어떻게 되었는데요?"

"이렇게 행복해요."

그러나 여행의 낭만은 거기까지였다. 길에 발이 닿는 순간 먹을 걱정 잠자리 걱정들로 불안은 계속되었다.

생각이 멋지면 속이 허하고 준비가 알차면 피곤이 따랐다. 그런데 몸의 피로는 정신적인 것과 달랐다. 녹초가 되어도 즐거움이 바탕에 깔려 있어 또다시 떠나고 싶어지는 것이다. 젊은 남녀간에 그리움보다 애틋하고 은은한 정이 시간의 소중함을 헤아리고 있었다.

그래서 집을 떠날 때마다 불편도 색다른 낙인가, 하면서 우리는 출발을 서둘렀다. 우리의 떠돌이 근성은 거듭되면서 서로를 닮아가고 서로의 비중을 높였다. 만남도 헤어짐도 익숙하게 몸에 배어 장래가 내다보일 즈음 그가 말했다.

"우리 이러지 말고 서로에 대한 갈증 없이 삽시다."

"남 보기가 그래서 그렇지요."

"우리에게 시간이 얼마나 남았는지, 언제까지 길동무로 떠돌 것인지, 잘 한 번 생각해 봐요. 우리 스스로 남은 삶의 가치를 보잘것없이 만들고 있다고요. 우리가 지금 다른 사람의 기분이나 눈치 볼 때가 아닙니다. 한 지붕 아래 둥지 틀고 느긋하게 살자고요."

"우선 서로의 호칭을 바꾸었으면 해요. 앞으로는 친구로 통일해요."

그로부터 두 사람의 보금자리가 한적한 시골에 마련되었다. 구태여 여행을 떠나지 않아도 두 사람만의 세상이 보장되는 길을 찾아 그가 친구 별장에 임시거처를 마련한 것이었다.

이제 내가 나의 둥지를 정리할 일만 남았지만 서둘지 않기로 했다. 단체행동임을 핑계 삼아 비교적 자유로운 동거생활이 계속되고 있었다. 내 집에서는 여행 간다고 했지만 친구 집에 머물기 반 함께 여행하기 반이었다. 그런대로 재미도 있고 색다른 맛도 있었다.

"어쩌면 이 번 길이 마지막이 될 수도 있어요. 전혀 새로운 세상이 열릴 지도 모르니까."

"어떤 세상이 어떻게 열리는데요?"

그 때였다.

"이 별장이 내 것이 되고 손 여사가 안주인이 되지 말란 법이 없어요. 귓밥만 만지시라고요."

나는 그냥 웃고만 있었다. 그가 친 가림막 뒤를 넘보는 것이 내 취향이 아니었던 것이다. 그래서 점잖게 그 말을 지나쳤다. 설혹 그에게 어떤 요

행수가 있다고 해도 나하고 연관 지을 생각은 추호도 없었다.

그런데 친구는 너무 만족스러워 하면서 다음 말을 망설이고 있었다.

"복권을 사놓았구나, 그 정도로만 아세요. 절대로 손 여사를 빈손으로 돌아서게 하는 일은 없을 터이니."

한데 그 길에 날벼락 같은 일이 터지고 말았다.

둘이 마주 앉아 음식을 먹다 말고 눈이 휘둥그런 친구를 보았다.

"그으윽, 꺼어억."

소리와 함께 그가 허공에 손을 저었다. 숨이 막히는 모양새였다.

"어떻게, 어떻게, 여봐요!"

크게 소리치자 아래층에서 사람이 올라왔다.

친구는 이미 얼굴색이 검붉게 변해 있었다. 한순간이었다.

구급차가 도착하기도 전에 그는 고통을 잊은 듯했다. 얼굴색도 하얗게 돌아와 있었다. 차 안에 자리를 잡자 환자를 살펴보던 이가 고개를 저었다. 그리고 나직이 말했다.

음식이 기도로 넘어갔다고.

옆에서 그를 보조하던 이가 그 말을 거들었다.

"음식이 식도로 넘어가지 않고 기도로 넘어가서 숨이 막혔다고요."

나의 체념도 빨랐다. 의식은 없어도 늦게까지 귀는 열려 있다던 운명의 순간을 떠올리며 내 입이 친구의 귓전에 닿도록 목을 늘려 말했다.

"제 말 들으세요. 나 아직 손을 꼭 잡고 있어요. 이걸 원했지요? 소원을 풀었기 바랍니다."

차를 갈아타고 서울로 오는 중에 나는 나의 마지막 행보를 결정했다. 이 차 속이 우리의 마지막 은신처라고. 그리고 그를 향해 내 마음 속 깊은 곳에 움츠린 뜻을 전했다.

'차를 내리면 나는 가요. 친구를 떠나, 나는 나대로 나에게 주어진 길을

가요. 우리 비록 허망하게 헤어지지만 짧은 동안이나마 일생일대 후회 없
는 만남이었어요.'

그리고 나는 늦기 전에 그의 수첩을 뒤져 아들에게 연락했다. 병원 간
판이 보이고 그리고 차에서 내리자 나는 작정한 대로 친구의 아드님을 찾
았다. 장승처럼 내 앞에 선 그를 향해 나는 말했다.

"여러 사람의 체면을 생각해서 이만 물러납니다. 친구가 마지막 가는
길에 듬직한 아드님이 있어 참 좋군요. 안녕히 가세요."

돌아선 내 등 뒤에 그의 목소리가 들렸다.

"찾아뵐게요. 연락처나 주시지요."

나는 뒤돌아보지 않고 한 손을 들다마는 걸로 피차 알아차릴 결말을 맺
었다. 내 뒷모습을 붙잡은 그의 시선이 한동안 나를 부자연스럽게 했지만
그뿐이었다.

부르지도 않은 택시가 내 앞에 멎었고 가까운 지하철역에 내린 나는 우
선 화장실에 들렀다. 나만의 공간이 확보되자 비로소 세상평화를 다 가진
듯한 안정이 찾아들었다. 볼 일을 보고 생각을 하니 배씨가 눈을 감고 그
는 나를 잃었지만 나는 그를 독차지했다. 사랑, 여운, 희망 같은 말이 글
로 새겨지던 시기를 지나 이제 막 내 안에 뜻으로 살아나는 듯한 움직임
이 그랬다. 나를 만난 가족들이 나의 난데없는 출현에 놀라는 기색임에도
나는 차분하게 말할 수 있었다.

"일행 중 한 사람이 죽었어. 너무 급작스럽게 당하고 보니 우리 모두 살
아있다고 할 수가 없구나."

그리고 목욕탕에 들어가기 전에 한 마디를 남겼다.

"나 지금 정신이 없으니까, 씻고 좀 쉬어야겠어. 늦게 자더라도 깨우지
말아 줘."

그리고 북받친 신음소리가 바깥으로 새어나가지 않도록 물을 틀어놓고

입을 틀어막았다. 실컷 울어버리자고 한 짓인데 머리가 맑아지면서 친구와 함께 있던 거기로 갔다. 가슴이 쿵쾅거리며 겁에 질린 친구의 마지막 눈빛이 나를 관통했다.

아기라면 거꾸로 들고 등을 친다지만 어림도 없는 순간이 나를 채찍질했다. 그 옛날 내 언니의 거센 기질이 털끝만큼이라도 있었더라면 그가 그렇게 죽지 않을 수도 있지 않았을까. 얄궂은 생각은 못난 나를 무자비하게 망가뜨렸다.

'나 평생 여자이기 싫었는데 나 정말 당신의 여자로 이 세상을 마감하고 싶었는데, 사랑의 친구여! 아직은 이 땅위에 남아서 나를 맴도는 그대여. 불원간 번개 같은 불길을 거친 후 그대는 태초에 뿌려진 별의 먼지에서 백억 년을 진화해 온 정신의 인자로 돌아가겠지요. 지구에서 태어나 같은 시대를 살아온 홑씨로서의 기억만은 우리가 하나임을 굳게 믿어요. 바람의 힘을 빌지 않아도 누리는 자유가 있고 거리낄 것이 없는 평화가 있을 것이어요. 부디 나를 마중해 주오. 걸핏하면 노엽고 제풀에 구겨지는 마음의 갈피 접고 둘인 듯 하나 되어 우리 어디를 못 가오리까.'

늦기 전에 나는 내 물건을 찾으러 친구의 친구네 별장으로 갔다. 출입구 열쇠는 그가 감추어둔 그 자리에 있었다. 아무것도 없으려니 하는 나를 반겨 물건들은 하나같이 살아 있었다.

나는 지그시 눈을 감았다. 사라진 사람의 살 냄새를 풍기며 갇혀 있던 시간이 달아났다.

나도 더는 거기 없었다.

'나' 라고 일컬어지는 모든 사람은 인간 세상에 머무는 한 유일했다.

이 한 세상

·

지은이 / 이현정
발행인 / 김영란
발행처 / **한누리미디어**
디자인 / 지선숙

08303, 서울시 구로구 구로중앙로18길 40, 2층(구로동)
전화 / (02)379-4514, 379-4519
Fax / (02)379-4516
E-mail/hannury2003@hanmail.net

·

신고번호 / 제 25100-2016-000025호
신고연월일 / 2016. 4. 11
등록일 / 1993. 11. 4

·

초판발행일 / 2019년 2월 20일

·

ⓒ 2019 이현정 Printed in KOREA

·

값 15,000원

※잘못된 책은 바꿔드립니다.
※저자와의 협약으로 인지는 생략합니다.

ISBN 978-89-7969-793-3 03810